서유기

일러두기

1. 이 번역은 대만의 이인서국里仁書局에서 나온 이탁오비평본李卓吾批評本 『서유기교주西遊記校注』(2000년 초판 2쇄)를 저본底本으로 삼고, 상해고적출판사上海古籍出版社 및 북경인민출판사北京人民出版社 등에서 나온 세 종류의 다른 판본을 참고로 하되, 이탁오의 이름으로 된 평점評點은 생략하고 이야기 본문만 번역한 것이다.

2. 이 번역에서 혹시 발견될 수도 있는 오류는 역자 모두의 책임이다.

3. 기본적인 줄거리를 이해하는 데 반드시 필요한 사항은 각주 형식의 역주를 두어 설명하였고, 그 외에 불교나 도교와 관련된 개념어 등에 대한 설명은 '●'으로 표시하여 각 권의 맨 뒤에 「부록」('불교·도교 용어 풀이')으로 실었다.

4. 주석에서 중국 고유명사의 표기는 현행 맞춤법의 규정에 따라 신해혁명(1911)을 분기점으로 하여, 그 이전은 한자 발음대로, 그 이후는 중국어 원음대로 표기하였다. 단, 현행 외래어 표기법이 중국어 원음을 올바로 나타낼 수 없다고 판단되는 경우는 예외로 두었다. 예를 들어, '曲江縣'은 현행 외래어 표기법에 따르면 '취장시앤'이라고 써야 하지만 이 책에서는 '취쟝시앤'으로 표기하였다.

5. 본문 삽화는 청나라 때의 『신설서유기도상新說西遊記圖像』에서 발췌하였다.

6. 책명은 『 』으로, 편명이나 시 등은 「 」으로 표기하였다.

7. 이 책의 「부록」에 포함된 '불교·도교 용어 풀이', '등장인물', '현장법사의 서역 여행도'는 서울대학교 서유기 번역 연구회의 역자들이 직접 작성한 것이다.

8. '불교·도교 용어 풀이'는 가나다순으로 정리했다.

西遊記

서유기

오승은 지음

홍상훈 외 옮김

5

솔

차례

제41회
손오공, 홍해아의 불길에 쩔쩔매다

선악도 일시에 잊었고
성쇠에도 관심이 없네.
어둡고 밝은 것, 숨고 드러내는 것 모두 흐르는 대로 맡기고
배고프면 먹고 목마르면 마시면서 분수에 맞게 사네.
정신을 고요히 가라앉히면 늘 조용하다가도
흐려지면 곧 요마가 덤빈다네.
오행이 무너져 선림을 어지럽히고
바람이 부니 곧 추위 닥치리라.

善惡一時忘念　榮枯都不關心
晦明隱現任浮沉　隨分饑湌渴飮
神靜湛然常寂　昏冥便有魔侵
五行蹭蹬破禪林　風動必然寒凜

한편, 제천대성은 사오정과 작별한 후 저팔계를 데리고 고송간
枯松澗을 뛰어넘어 곧바로 그 기이한 돌벼랑 앞으로 왔어요. 과연
동굴 하나가 보였는데, 그 경치가 정말 뛰어났어요.

구불구불 이어진 산속 옛길은 으슥하고 고요하며
바람과 달빛도 검은 두루미 노니는 소리 듣는다.
흰 구름 사이로 나온 빛은 시내 가득하고
시냇물 다리 지나 흐르니 신선의 기분 일어난다.
원숭이 울고 새 노래하며 꽃과 나무 기이한데
등나무 감긴 바위엔 지초와 난초 빼어나네.
푸른빛 아른거리는 절벽과 골짜기엔 안개와 노을 흩어지고
비췻빛 물든 소나무와 대나무는 고운 봉황을 부르네.
멀리 늘어선 산봉우리 병풍 세워놓은 듯하고
아침 산속 시내는 진정한 신선의 동굴을 돌아 흐른다.
곤륜의 산맥이 용처럼 뻗어 나가니
연분이 있어야 누릴 수 있는 풍경이로다.

$$\begin{array}{ll} \text{廻巒古道幽還靜} & \text{風月也聽玄鶴弄} \\ \text{白雲透出滿川光} & \text{流水過橋仙意興} \\ \text{猿嘯鳥啼花木奇} & \text{藤蘿石蹬芝蘭勝} \\ \text{蒼搖崖壑散烟霞} & \text{翠染松篁招彩鳳} \\ \text{遠列巔峰似插屏} & \text{山朝澗繞眞仙洞} \\ \text{崑崙地脉發來龍} & \text{有分有緣方受用} \end{array}$$

동굴 문 앞에 가까이 가니 돌 비석이 보였는데, 그 위에 '호산號
山 고송간 화운동火雲洞'이라고 크게 새겨져 있었어요. 졸개 요괴
한 무리가 그곳에서 칼과 창을 빙빙 돌리고 공중제비를 하며 놀
고 있는 걸 보고 제천대성이 큰 소리로 외쳤어요.

"조무래기들아, 빨리 너희 주인에게 알려라. 우리 사부님을 내
놓으면 너희 요괴들의 목숨은 살려주겠다고 말이다. 네놈들 입에
서 안 된다는 '안' 자만 나와도 내 너희 산을 뒤집어놓고 너희 동

굴을 짓밟아 무너뜨려줄 테니까."

졸개 요괴들은 이 말을 듣고 황급히 몸을 돌려 동굴 안으로 들어가 두 짝의 돌문을 닫고는 아뢰었어요.

"대왕님, 큰일 났습니다!"

한편, 요괴는 삼장법사를 동굴로 잡아 와서는 우선 옷을 벗기고 두 손 두 발을 결박해 뒤뜰에다 묶어두었어요. 졸개 요괴들에게 깨끗한 물을 길어다 씻게 한 다음, 찜통에 쪄서 먹을 참이었지요. 그런데 갑자기 큰일 났다는 소리를 듣자 요괴 왕은 앞뜰로 와서 물었어요.

"무슨 큰일이 났느냐?"

졸개 요괴가 고했어요.

"털북숭이 얼굴에 벼락신의 입을 한 중하고, 길쭉한 주둥이에 귀가 큰 중이 문 앞에서 무슨 사부를 내놓으라고 합니다. 만약 안 된다는 '안' 자만 나와도 산을 뒤집어놓고 동굴을 짓밟아 무너뜨리겠다고요."

요괴는 슬며시 코웃음을 치며 이렇게 말했어요.

"그놈들은 손오공과 저팔계이다. 그래도 찾아올 줄은 아는군. 내가 그놈들 사부를 잡아 온 산에서 여기까지는 백오십 리나 되는데, 어떻게 여기까지 찾아왔을까?"

그리고 명령을 내렸어요.

"애들아! 수레 담당은 수레를 밀어서 내가거라!"

몇몇 졸개 요괴들은 조그만 수레 다섯 대를 밀고 와서 앞문을 열었어요. 저팔계가 그 모습을 보고 이렇게 말했어요.

"형님, 이 요괴들이 우리를 무서워하나 봐요. 수레를 밀고 나와 어디로 이사 가려고 하는데요?"

"그게 아니야. 어디다 놓나 보자."

졸개 요괴들은 수레를 금, 목, 수, 화, 토의 오행에 맞춰 세우더니, 다섯은 남아 지키고 다섯은 보고하러 들어갔어요. 그러자 요괴 왕이 물었지요.

"준비됐느냐?"

"다 됐습니다."

"창을 가져오너라."

무기를 관리하는 졸개 요괴가 다른 졸개 둘에게 길이가 한 길 여덟 자에다가, 날이 불꽃 모양으로 생긴 화첨창火尖鎗을 메고 나와 요괴 왕에게 드리도록 했어요. 요괴 왕은 창을 휘두르며 문 앞으로 성큼성큼 걸어 나갔는데, 투구와 갑옷 같은 것도 걸치지 않고 다만 싸울 때 입는 수놓은 비단 치마만을 허리에 두른 채 맨발이었어요. 손오공과 저팔계가 쳐다보니, 요괴는 이런 모습이었어요.

얼굴은 분을 칠한 듯 꽤나 하얗고
입술은 연지 바른 듯 그럴듯한 인물이네.
살쩍은 청운을 끌어다 놓은 듯 쪽빛 물감보다 푸르고
초승달 모양 두 눈썹 칼로 다듬은 듯하네.
치마에는 용과 봉황 정교히 수놓아져 있고
덩치는 나타태자哪抬太子보다도 우람하다네.
두 손에 창을 쥔 모습 매섭고
상서로운 빛으로 몸을 감싼 채 문밖을 나서네.
우렁찬 목소리 봄날 우레같이 울리고
사나운 눈은 내리치는 번개처럼 밝게 번뜩이네.
이 요괴의 진짜 이름을 알고 싶은가?
천고에 날릴 이름 홍해아라네.

面如傅粉三分白　　唇若塗朱一表才
鬢挽青雲欺靛染　　眉分新月似刀裁
戰裙巧繡盤龍鳳　　形比哪吒更富胎
雙手絳鐘成凜冽　　祥光護體出門來
哏聲響若春雷吼　　暴眼明如掣電乖
要識此魔眞姓氏　　名揚千古喚紅孩

홍해아 요괴는 문을 나서서 크게 소리 질렀어요.

"웬 놈이기에 내 집 앞에서 소리 지르는 거냐?"

손오공이 가까이 다가가 웃으면서 말했어요.

"이봐 조카, 허세 부리지 말라고. 넌 오늘 아침에 산길가 소나무 가지 끝에 높이 매달려 있을 땐, 말라비틀어지고 얼굴이 누렇게 뜬 아이 모습으로 둔갑해 우리 사부님을 홀렸지. 내가 선심을 써 널 업어주었는데도 넌 바람을 일으켜 우리 사부님을 납치해 갔어. 네가 지금 이런 모습을 하고 있다고 해서 내가 못 알아볼 줄 아느냐? 얼른 우리 사부님을 내놓아라. 안면 몰수하고 친지의 정을 저버리지 말고. 네 아버지가 아시면 이 손 어르신이 어른된 몸으로 어린아이를 괴롭혔다고 책망할 테니 모양이 안 좋잖아?"

요괴는 이 말을 듣고 매우 화가 나서 호통을 쳤어요.

"이 못된 원숭이놈! 내가 네놈과 무슨 친지의 정이 있다는 거냐? 하는 말마다 헛소리군. 무슨 사기를 치는 거냐? 누가 네 조카야?"

"아이고 형님, 모르실 수도 있겠구려. 왕년에 내가 자네 아버님과 형제의 의를 맺을 때, 자네는 어디에 있었는지도 모르니까."

"이 원숭이놈이 점점 더 헛소리네! 네놈이랑 나랑 근본이 전혀 다른데, 네놈이 어떻게 우리 아버지와 형제가 된다는 거냐?"

"넌 모르지. 내가 바로 오백 년 전에 하늘궁전에서 소란을 피

윘던 제천대성 손오공이다. 하늘궁전에서 소란을 부리기 전, 나는 온 세상을 두루 돌아다녀 가보지 않은 곳이 없었다. 그때는 오로지 영웅호걸만을 앙모했지. 너희 아버지는 우마왕으로 평천대성平天大聖이라고 했는데, 이 손 어르신과 칠 형제를 맺고 맏형님이 되셨다. 또 복해대성覆海大聖이라고 불리는 교마왕蛟魔王이 둘째 형님이 되고, 혼천대성混天大聖이라고 불리는 대붕마왕大鵬魔王이 셋째 형님이 되고, 이산대성移山大聖이라고 불리는 사타왕獅㺄王이 넷째 형님이 되셨지. 또 통풍대성通風大聖이라고 불리는 미후왕獼猴王이 다섯째 형님이 되시고, 구신대성驅神大王이라고 불리는 우융왕禺狨王이 여섯째 형님이 되셨다. 이 제천대성 손 어르신이 체구가 제일 작아서 일곱째가 되었지. 우리 형제들이 같이 놀던 그땐 너는 아직 태어나지도 않았어."

요괴가 이 말을 믿을 리가 있나요? 그는 화첨창을 들더니 곧장 찔러왔지요. 손오공이 허둥대는 법이 어디 있나요? 재빨리 신법身法을 써서 창끝을 피하고 여의봉을 빙빙 돌리며 이렇게 꾸짖었어요.

"이 어린놈이 위아래를 몰라보는구나. 여의봉 맛 좀 봐라!"

요괴도 신법을 써서 여의봉을 피하면서 이렇게 말했어요.

"못된 원숭이놈! 물정 모르고 까부는군. 창을 받아라!"

그들 둘은 친지의 정이고 뭐고 없이 얼굴색을 바꾸고는 각자 신통술을 부려 구름으로 뛰어올랐는데, 그 광경은 정말 대단했어요.

　　손오공은 명성이 크고
　　요괴 왕은 수단이 대단하네.
　　하나가 여의봉을 비껴들면

다른 하나는 화첨창을 곧추세우네.

안개를 토해 삼계를 덮고

구름을 뿜어 사방에 퍼뜨리네.

하늘에 살기 가득하고 흉포한 소리 울리니

해와 달, 별들도 빛을 잃었네.

오가는 말 불손하고 조심성 없으니

감정이 서로 상하네.

저쪽이 양심을 속이고 예의를 저버리면

이쪽은 태도를 돌변해 위아래도 없네.

몽둥이로 막아내니 그 위풍 대단하고

창으로 덤벼드니 미친 듯 거칠구나.

하나는 도를 얻은 진정 위대한 신선이요

또 하나는 불문에 들어갈 선재동자善財童子라네.

그중 하나가 애써 이기려 하는 것은

다만 삼장법사가 부처님을 참배하게 하기 위해서라네.

行者名聲大　魔王手段強

一個橫擧金箍棒　一個直挺火尖鎗

吐霧遮三界　噴雲照四方

一天殺氣凶聲吼　日月星辰不見光

語言無遜讓　情意兩乖張

那一個欺心失禮義　這一個變臉沒綱常

棍架威風長　鎗來野性狂

一個是混元眞大聖　一個是正果善財郎

一人努力爭強勝　只爲唐僧拜法王

요괴와 제천대성은 스무 합을 싸웠지만 승부를 내지 못했어요. 저팔계는 옆에서 똑똑히 보았지요. 요괴는 비록 지진 않았어도 막기만 할 뿐 공격할 능력은 없었어요. 손오공은 끝내 요괴를 이기진 못했지만 여의봉 놀리는 술법이 정교하고 강력해서, 봉이 그 요괴의 머리 위에서 왔다 갔다 하며 그 좌우로 벗어나지 않았지요. 저팔계는 속으로 이렇게 생각했어요.

'야단났네, 손오공이 슬쩍 풀어주다가 잠깐 허점을 보여서 저 요괴가 달려들게 하고, 여의봉 한 방으로 때려눕히면 내 공로는 없는 거잖아?'

여러분, 보세요. 저팔계는 정신을 가다듬고 아홉 날 쇠스랑을 들더니 공중에서 요괴의 머리를 향해 내려치는 것이었어요. 요괴는 그걸 보고 놀라서 급히 창을 끌고 달아나버렸어요. 손오공은 저팔계에게 소리를 질렀지요.

"쫓아가! 어서!"

둘이 요괴의 동굴 앞까지 쫓아갔더니, 요괴가 한 손에 화첨창을 들고 다섯 대 중 한가운데 수레에 서 있었어요. 요괴는 다른 한 손으로는 주먹을 쥐고 자기 코를 툭툭 쳤어요. 저팔계는 낄낄 웃었지요.

"이놈이 수작 부리네. 부끄럽지도 않나! 네놈이 코를 주먹으로 쳐서 코피가 나면, 온 얼굴에 시뻘겋게 문질러놓고는 어디 가서 우리가 그랬다고 일러바치려는 거지?"

요괴가 자기 코를 두어 번 툭툭 치면서 주문을 외자, 입에서 불을 토해내고, 코에선 짙은 연기가 뿜어져 나왔어요. 눈을 깜빡깜빡하자 불꽃이 뿜어져 나오고, 다섯 대의 수레 위에선 불빛이 솟아올랐지요. 몇 차례 연달아 뿜어내니, 하늘에 시뻘건 불길이 타올라 화운동은 그 불길과 연기에 온통 휩싸여서 정말 하늘도 땅도 불타는 듯했어요. 저팔계가 당황해서 외쳤지요.

心猿遭火敗
水母被魔擒

손오공, 홍해아의 삼매진화를 당해내지 못하고 도망치다

"형님, 안 되겠어요! 이 불 속에 갇히면 살아날 생각은 말아야 겠는데요. 이 저팔계님이 바삭바삭 잘 구워져 양념까지 뿌려지면 저 요괴 밥이 돼버리겠는 걸요? 빨리 도망갑시다! 빨리요!"

도망가자는 말을 하는가 싶더니, 저팔계는 손오공은 돌아보지도 않고 어느새 개울을 뛰어넘어 갔어요. 손오공은 신통력이 뛰어나 손가락을 구부려 불을 피하는 결을 맺고 불 속으로 뛰어들어 요괴를 찾았어요. 요괴가 손오공이 오는 것을 보고 또 몇 차례 불을 뿜어대니, 불길은 전보다 더 크게 일어났어요.

이글이글 탁탁 하늘 가득 타오르고
잡아먹을 듯 훨훨 온 땅이 새빨갛다.
불 바퀴 위아래로 날아다니는 듯하고
숯가루가 동서로 춤추는 듯하네.
이 불은 수인씨의 부싯돌 불도 아니고
또 노자가 단약 달이던 불도 아니네.
번갯불도 도깨비불도 아닌 이것은
바로 요괴가 수련으로 만들어낸 삼매진화라네.
다섯 대 수레가 오행을 이루고
오행의 작용으로 불이 생겨난 것이네.
간목[1]은 심화를 왕성하게 피어나게 해주고
심화는 비토를 눌러 평온하게 하네.
비토는 금을 낳고 금은 수로 변하며
수는 목을 낳으니 정말 신령하도다.
낳고 변하는 것이 모두 불 때문이고
불은 넓은 하늘 뒤덮었으니 만물이 빛나네.

---

1 몸의 장부도 오행五行에 따라 배당되는데, 간은 목木, 심장은 화火, 비장은 토土에 해당된다.

요괴는 오랜 수련으로 깨달아 삼매를 부릴 줄 알고
길이길이 서역 땅의 일인자가 되었네.

炎炎烈烈盈空燎　　赫赫威威徧地紅

却似火輪飛上下　　猶如炭屑舞西東

這火不是燧人鑽木　　又不是老子炮丹

非天火　　非野火　　乃是妖魔修煉成眞三昧火

五輛車兒合五行　　五行生化火煎成

肝木能生心火旺　　心火致令脾土平

脾土生金金化水　　水能生木徹通靈

生生化化皆因火　　火徧長空萬物榮

妖邪久悟呼三昧　　永鎭西方第一名

　손오공은 연기가 솟구치는 바람에 요괴도 찾을 수 없고 동굴 문 앞의 길도 보이지 않자, 몸을 빼내 불 속에서 껑충 뛰어나왔어요. 요괴는 문 앞에서 이를 다 보고 있었지요. 요괴는 손오공이 물러나는 걸 보고서야 불 피우는 도구를 거두고 조무래기 요괴들을 이끌고 동굴 안으로 들어가 돌문을 닫았어요. 그리고 싸움에서 이겼다고 생각한 그가 연회를 벌이고 풍악을 울리며 즐겼던 것은 말하지 않겠어요.

　한편, 손오공이 고송간을 뛰어넘어 구름을 멈추니, 저팔계와 사오정이 소나무 숲 사이에서 두런두런 얘기하는 소리가 들렸어요. 손오공은 그 앞으로 가 저팔계에게 버럭 소리를 질렀지요.

　"이 멍청한 놈! 인정머리 없는 놈아! 요괴의 불이 무서워서 살겠다고 줄행랑을 치면서 이 몸은 내팽개쳐? 내 진즉에 이럴 줄 알았다!"

저팔계는 실실 웃었어요.

"형님, 그 요괴 말 한번 잘했지. 형님은 정말 물정을 모른다니까요. '세상 물정을 아는 자를 호걸이라고 부른다(識得時務者 呼爲俊傑)'는 옛말이 있잖아요? 그 요괴가 형님이랑 가까운 사이라면서요? 형님이 굳이 삼촌 대접을 받으려고 하니까 형님한테 덤벼들고 그렇게 무자비하게 불까지 뿜어대잖아요? 그런데도 도망가지 않고 그놈이랑 계속 싸우려고 하다니요!"

"나랑 비교했을 때 그 요괴놈의 재주가 어떻더냐?"

"형님보다 못하지요"

"나랑 비교해서 창 쓰는 건 어떻더냐?

"그것도 형님만 못해요. 제가 그놈이 버티지 못하는 걸 보고 쇠스랑으로 한 방 거들었더니, 뜻밖에 그놈이 재미없게도 내빼버렸잖아요? 그리고 양심 없게도 불을 놔버렸지요"

"그래. 그러니까 네가 끼어들면 안 되는 거였어. 내가 그놈이랑 몇 합 더 싸우다가 속임수를 써서 한 방 먹였으면 좋았잖아?"

둘은 요괴의 재주와 요괴가 내뿜는 지독한 불에 대해서 얘기하느라 정신이 없었는데, 사오정은 소나무 밑동에 기대어 실실 웃고 있었어요. 손오공이 그 모습을 보고 말했어요.

"사오정, 넌 뭐 때문에 웃는 거야? 요괴를 잡고 저 불의 진영[火陣]을 깰 무슨 좋은 수가 있으면 말해봐. 이건 우리 모두한테 이로운 일이니까. 속담에 '백지장도 맞들면 낫다(衆毛攢毬)'고 하잖아? 네가 만약 요괴를 잡고 사부님을 구해내면, 넌 큰 공을 세우는 거야."

"저도 뭐 뾰족한 수는 없어요. 요괴를 잡을 수도 없고요. 저는 두 분 형님들이 다 허둥대시니까 웃은 거지요."

그러자 손오공이 물었지요.

"내가 어떻게 허둥댔는데?"

"그 요괴의 재주가 형님만 못하고 창 쓰는 것도 형님만 못한데, 다만 그놈한텐 한 가지, 불이란 게 있어서 이길 수가 없는 거지요. 제 생각으로는 상생상극相生相剋의 원리로 그 요괴를 잡는다면, 뭐 어려울 게 있겠나 싶습니다."

손오공은 사오정의 말을 듣고 껄껄 웃어 젖혔어요.

"네 말이 일리가 있구나. 네 말대로 우리가 그걸 깜빡하고 허둥댔어. 상생상극의 원리로 다스리자면 물로써 불을 다스려야지. 그러니까 어디에선가 물을 구해다가 이 요괴의 불을 꺼뜨리면 사부님을 구할 수 있는 거잖아?"

"그 말씀 그대로입니다. 더 주저할 필요 없어요."

그러자 손오공이 이렇게 말했어요.

"너희들은 저놈에게 싸움 걸지 말고 가만히 여기에 있어라. 이 몸이 동쪽 큰 바다에 가서 용왕의 군대를 빌려 물을 끌어다가 요괴의 불을 끄고 이 못된 요괴를 잡을 테니까."

그러자 저팔계가 이렇게 말했어요.

"형님, 걱정 말고 어서 가시오. 다 알아들었으니까."

멋진 제천대성! 그는 구름을 높이 솟구쳐 그곳을 떠나 금방 동쪽 바다에 도착했지요. 하지만 그는 바다의 경치를 즐길 겨를이 없는지라 물을 밀어내는 핍수법逼水法을 써서 파도를 갈랐어요. 그런데 막 그 사이를 지나가려다가 그는 바다를 순찰하는 야차와 마주쳤어요. 야차는 제천대성을 보고는 급히 수정궁으로 돌아가 용왕에게 이 사실을 아뢰었어요. 용왕 오광敖廣은 급히 아들과 손자, 새우와 게 병사들을 거느리고 궁문을 나와 그를 영접하여 궁 안으로 모셨어요. 모두 자리에 앉아 예를 주고받았고, 용왕은 차를 내오게 했어요. 손오공이 말을 꺼냈어요.

"차는 됐고, 부탁드릴 일이 하나 있소. 사부님인 당나라 스님을 따라 서역으로 부처님을 배알하고 경전을 가지러 가다가 호산 고송간 화운동을 지나는데, 성영대왕聖嬰大王 홍해아라는 요괴가 사부님을 잡아갔소. 이 몸이 사부님을 찾으러 동굴 앞까지 가서 그 요괴와 싸웠는데, 아니 그놈이 불을 내뿜는 거요. 우리는 그 불을 견뎌낼 수가 없는지라, 물이 불을 누를 수 있을 거라는 생각에 당신에게 물을 빌리려고 왔소. 큰비를 한 번 내려주어 요괴의 불을 꺼뜨리고 사부님을 재난에서 구해주시오."

용왕은 이렇게 말하는 것이었어요.

"제천대성님, 잘못 생각하셨군요. 빗물을 얻으려면 저한테 오시면 안 되지요."

"당신이 사해四海의 용왕으로 비를 관장하잖소? 당신한테 오지 않으면 누구한테 가란 말이요?"

"제가 비록 비를 맡고는 있지만 제 맘대로 할 수는 없습니다. 옥황상제께서 어느 곳에, 얼마나, 또 어느 시각에 내리기 시작할 것인가 명을 내리시고, 삼관三官이 받아 적어서 태을신太乙神이 공문서를 만들어 벼락신과 번개신[電母], 바람신[風伯]과 구름신[雲童]을 모아야 하지요. 속담에 '용도 구름이 없으면 움직이지 못한다(龍無雲而不行)'지 않습니까."

"나는 바람과 구름, 벼락과 번개까지는 필요 없소. 불을 꺼뜨릴 빗물만 조금 있으면 되오."

"제천대성님께서 바람과 구름, 벼락과 번개를 쓰지 않으신다 해도 저 혼자 힘으로는 도와드릴 수가 없습니다. 제 형제들도 같이 제천대성님을 돕게 하면 어떻겠습니까?"

"형제들은 어디 있소?"

"남해 용왕 오흠敖欽, 북해 용왕 오윤敖閏, 서해 용왕 오순敖順이

제 형제들입니다."

그 말에 손오공은 웃었어요.

"바다 셋을 더 건너가느니 하늘나라에 올라가 옥황상제에게 명령을 내려달라는 게 낫겠소."

"제천대성님께서 가실 건 없습니다. 여기서 쇠북과 쇠종을 쳐 대기만 하면 그 애들이 금방 온답니다."

"용왕, 빨리 북과 종을 치시오."

삽시간에 세 바다의 용왕들이 몰려와서는 물었어요.

"형님, 저희들에게 무슨 분부가 있으십니까?"

"제천대성님께서 요괴를 물리치도록 비를 빌려달라고 하시네."

세 동생들은 곧 손오공을 뵙고 예를 올렸어요. 손오공이 물을 빌리러 온 일을 자세히 설명하자, 여러 신들은 모두 기꺼이 그를 따랐지요. 그 모습을 하나하나 보자면 다음과 같았어요.

상어는 날래고 용감해 앞에 서고
멍청한 메기는 입이 커 선봉이 되었다.
잉어 원수는 펄떡펄떡 파도를 뒤집고
방어 제독은 안개와 바람 뿜어낸다.
청어 태위는 동쪽에서 망을 보고
준치 도사는 서쪽 길에서 행군을 재촉하네.
홍안의 마랑은 남쪽에서 춤추고
검은 갑옷의 장군은 북쪽으로 내달린다.
황어 파총은 중군에서 지휘하고
사방의 병사들은 모두 다 영웅
종횡으로 작전을 꾸미는 자라 추밀
현묘한 묘책 내는 거북 상공

계략과 지혜에 뛰어난 악어 승상
재주와 변신술에 뛰어난 큰 거북 총융
옆으로 가는 게 병사는 긴 칼을 휘두르고
폴짝폴짝 새우 부인은 단단한 활을 당긴다.
아구 외랑은 서류를 자세히 조사하여
용병을 점검하고 파도에서 벗어나네.

鯊魚驍勇爲前部	鱧痴口大作先鋒
鯉元帥翻波跳浪	鯿提督吐霧噴風
鯖太尉東方打哨	鮊都司西路催征
紅眼馬郎南面舞	黑甲將軍北下衝
鱗把總中軍掌號	五方兵處處英雄
縱橫機巧黿樞密	妙算玄微龜相公
有謀有智鼉丞相	多變多能鱉總戎
橫行蟹士輪長劍	直跳蝦婆扯硬弓
鮎外郎查明文簿	點龍兵出離波中

이런 시도 있지요.

　사해 용왕은 기꺼이 도우려 하고
　제천대성은 따라가 달라고 부탁했네.
　삼장법사가 도중에 재난을 만났기에
　물을 빌려 벌건 불을 꺼뜨리려고 왔네.

四海龍王喜助功	齊天大聖請相從
只因三藏途中難	借水前來滅火紅

　손오공은 용왕의 병사들을 이끌고 곧 호산 고송간에 이르렀어

요. 손오공이 말했지요.

"오씨 형제들, 먼 걸음을 하게 했소. 여기가 요괴의 소굴이니 당신들은 잠시 하늘에 계시고 모습을 드러내지 마시오. 이 몸이 그놈한테 싸움을 걸어 만약 이긴다면 여러분이 붙잡을 필요 없고, 그놈한테 진다 해도 여러분이 싸움에 끼어들 필요는 없소. 다만 그놈이 불을 놓을 때, 내가 부르는 소리를 들으면 일제히 비를 뿜어주시오."

용왕들은 모두 그 분부대로 따랐어요.

손오공은 구름을 내려 소나무 숲 안으로 들어가 저팔계와 사오정을 불렀어요.

"얘들아."

그러자 저팔계가 말했지요.

"형님, 빨리도 오셨네! 용왕은 모셔 왔소?"

"모두 다 왔다! 너희들은 아무리 큰비가 와도 짐이 젖지 않도록 조심해야 한다. 이 몸은 요괴와 싸우러 가마."

사오정이 말했어요.

"형님은 마음 놓고 가보세요. 잘 알았으니까요."

손오공은 개울을 폴짝 뛰어넘어 동굴 문 앞으로 가서 소리를 질렀어요.

"문 열어라!"

아까 그 조무래기 요괴들이 다시 동굴 안으로 들어가 이렇게 보고했어요.

"손오공이 또 왔습니다."

홍해아는 고개를 젖히고 껄걸 웃으면서 말했어요.

"그 원숭이놈 또 온 걸 보니 불 속에서 타 죽지 않은 모양이로군. 이번엔 봐줄 것 없이 반드시 그놈 가죽이 새까맣게 그을리고 살이 문드러질 때까지 태워주마."

요괴는 급히 몸을 날려 긴 창을 곧추들고는 이렇게 명령했어요.

"얘들아, 불 수레를 끌어내어라!"

그러고는 동굴 문을 나와서는 손오공에게 이렇게 소리쳤지요.

"왜 또 왔느냐?"

"우리 사부님을 돌려다오."

"네 이 원숭이놈, 정말 말이 안 통하는구나. 그 당나라 중은 너한텐 사부님이지만, 나한텐 안줏거리란 말이다. 그런데도 너는 계속 내놓으란 거냐? 꿈도 꾸지 마, 알겠어?"

손오공은 이 말을 듣고 화가 잔뜩 나서 여의봉을 휘둘러 요괴의 머리를 향해 내리쳤어요. 요괴는 화첨창을 급히 놀려 그 공격을 막아냈지요. 이 싸움은 이전과는 달리 아주 대단했지요.

화가 머리끝까지 난 못된 요괴
약이 바짝 오른 원숭이
이쪽은 오로지 경전 구하러 가는 스님 구하려 하고
저쪽은 당나라 삼장법사 먹으려 드네.
마음이 변하면 친지의 정도 없고
정이 소원해지니 양보할 것도 없네.
이쪽은 붙잡아 산 채 가죽을 벗기지 못하는 것이 한이고
저쪽은 잡다가 산 채 젓갈을 담가 먹지 못해 안달이다.
정말 뛰어난 영웅이니
과연 용맹하고 씩씩하구나.
여의봉 쳐오면 화첨창이 막아 승부를 겨루고
화첨창이 덤비면 여의봉이 맞아 위아래를 다투네.
팔을 들어 서로 겨룬 것이 스무 합

둘의 재주는 똑같이 뛰어나다네.

怒髮潑妖魔　惱急猴王將

這一箇專救取經僧　那一箇要吃唐三藏

心變沒親情　情疎無義讓

這箇恨不得捉住活剝皮　那箇恨不得拿來生蘸醬

眞箇忒英雄　果然多猛壯

棒來鎗架賭輸贏　鎗去棒迎爭下上

擧手相輪二十回　兩家本事一般樣

　요괴 왕은 손오공과 스무 합 남짓 싸우다가 이길 수 없을 듯하자, 창을 휘두르는 척하더니 급히 몸을 뺐어요. 그리고 주먹을 꽉 쥐고서 또다시 자기 코를 두어 번 툭툭 쳐서 불을 내뿜었어요. 문앞의 수레에서도 연기와 불이 솟아오르고, 입에서는 시뻘건 불꽃이 나와 날아올랐어요. 제천대성은 고개를 돌려 외쳤어요.

"용왕은 어디 있소?"

　용왕 형제는 바다 군사들을 이끌고 요괴의 불을 향해 비를 뿜어댔어요. 대단한 비!

쏴아 쏴아 비가 내리고

후두둑 후두둑 쏟아붓네.

쏴쏴 비 내리는 것이

하늘에서 별이 떨어지는 듯하고

후두둑 쏟아붓는 것이

바닷가에서 파도가 거꾸로 뒤집어지는 듯

처음엔 주먹만 하더니

나중엔 독으로 붓고 동이를 기울여놓은 듯하네.

온 땅에 물이 흘러서 오리 정수리처럼 검푸르고
높은 산이 씻기니 부처님 머리처럼 파릇하다.
나는 듯 떨어지는 골짜기 물은 천 길 옥 같고
불어 넘실거리는 시내와 샘물 만 가닥 은 같네.
세 갈래 길도 금방 잠기고
아홉 굽이 계곡도 점점 차오르네.
이것은 당나라 스님이 재난을 당하자 용왕이 도와
하늘 물을 기울여 아래 세상 향해 쏟아부은 것이네.

瀟瀟洒洒　密密沉沉

瀟瀟洒洒　如天邊墜落星辰

密密沉沉　似海口倒懸浪滾

起初時如奉大小　次後來覽澄盆傾

滿地澆流鴨頂綠　高山洗出佛頭青

溝壑水飛千丈玉　澗泉波漲萬條銀

三叉路口看看滿　九曲溪中漸漸平

這箇是唐僧有難神龍助　扳倒天河往下傾

　비는 주룩주룩 내리는 정도라서 요괴의 불기운을 막을 수는 없었어요. 용왕이 사사로이 내리는 비는 속세의 평범한 불만 끌 수 있는 것이니, 어떻게 요괴의 삼매진화를 끌 수 있겠어요? 기름을 부은 격으로 불은 점점 더 타오르기만 했어요. 이렇게 되자 제천대성이 말했어요.

　"내가 손가락을 구부려 결을 맺고 불 속으로 뚫고 들어가야겠다."

　그러고는 여의봉을 휘둘러 요괴 쪽으로 내리쳤지요. 요괴는 손오공이 오는 것을 보고 입안 가득 연기를 모아서 손오공의 얼굴에 대고 확 뿜었어요. 손오공은 얼른 고개를 돌렸지만, 눈앞이 어질어질해서 참지 못하고 눈물을 비 오듯 흘렸어요. 원래 제천대성은 불은 무서워하지 않지만 연기는 무서워하거든요.

전에 하늘궁전에서 소란을 피울 때, 태상노군太上老君이 팔괘로 속에 집어넣고 한 번 단련한 적이 있었지요. 다행히 몸이 바람의 방위인 손위巽位에 있었기 때문에 타 죽지는 않았지만, 바람이 연기를 휘저어놓는 바람에 시뻘건 눈에 금빛 눈동자가 되어버렸지요. 그래서 아직까지도 연기만은 무서워하는 거예요. 요괴가 또 한 입 훅 불을 내뿜자 손오공은 견디지 못하고 구름을 타고 도망쳐버렸어요. 요괴 왕은 또 불 피우는 도구를 거두고 동굴 안으로 돌아갔어요.

제천대성은 온몸이 연기와 불에 휩싸이자 뜨거워 참을 수가 없어서, 풍덩 개울물로 뛰어들어 불을 껐어요. 하지만 갑자기 찬물을 만나게 되자 화기火氣가 심장을 쳐서 삼혼三魂이 다 빠져나가버릴 줄이야 어떻게 알았겠어요? 가엾게도 기가 가슴에서 막혀 목구멍과 혀가 싸늘해지고, 혼과 백이 날아가고 흩어져 생명의 기운이 다했지요. 하늘에 있던 사해 용왕들은 덜컥 놀라서 비를 거두고 고래고래 소리를 질렀어요.

"천봉원수! 권렴장군! 숲속에 숨어 있지 말고 자네들 사형을 찾아보게!"

저팔계와 사오정은 자기들의 이름을 부르는 소리가 들리자, 급히 말을 풀고 짐을 메고 숲에서 뛰쳐나왔어요. 그리고 질퍽한 길도 상관하지 않고 개울을 따라 찾아 헤맸지요. 그런데 상류 쪽에서 물결이 거세게 일어나더니 급류에 사람 하나가 쓸려 내려왔어요. 사오정이 그걸 보고 옷을 입은 채 물속으로 뛰어들어 끌어안고 물가로 올라왔어요. 그것은 제천대성의 몸뚱이였지요. 아! 여러분, 보세요. 손오공의 사지가 굳어져 펴지지도 않고 온몸이 얼음처럼 차가웠어요. 사오정은 눈물을 뚝뚝 흘리면서 말했어요.

"형님, 불쌍하게도 억만년 불로장생하실 분께서 이렇게 비명 횡사하는 운명이 되시다니요!"

그런데도 저팔계는 웃으면서 이렇게 말했어요.

"동생, 울 것 없어. 이 원숭이는 가짜로 죽은 체하고 우리를 놀라게 하려는 거야. 형님 앞가슴을 한번 만져봐. 아직도 온기가 약간 있지?"

"온몸이 다 싸늘한데, 온기가 조금 있다고 한들 어떻게 살아날 수 있단 말이요?"

"손오공은 일흔두 가지로 변할 수 있으니, 일흔두 개의 목숨이 있는 거야. 넌 다리를 잡아당겨. 내가 알아서 할 테니까."

사오정이 다리를 잡고 있자, 저팔계는 손오공의 머리를 떠받치고는 끌어당겨 똑바로 세우고 다리를 접어서 가부좌를 틀게 했어요. 그러고는 두 손바닥을 비며 따뜻하게 해서 손오공의 일곱 구멍을 덮고는 안마선법按摩禪法을 썼어요. 원래 손오공은 갑자기 찬물에 들어가는 바람에 기가 단전丹田에서 막혔던지라 소리를 낼 수 없었어요. 다행히 저팔계가 문질러서 안마를 해주자 순식간에 기가 삼관三關*에 통해서 명당明堂을 돌아 일곱 구멍이 뚫려 열리자 이렇게 소리를 질렀어요.

"사부님!"

그러자 사오정이 말했어요.

"형님, 살았을 때도 사부님을 그렇게 위하더니만, 죽어서도 사부님 소리네요. 어서 깨어나세요. 저희들 여기 있어요."

손오공은 눈을 번쩍 뜨고 말했어요.

"너희들 여기 있었구나. 이 몸께서 고생을 좀 했단다."

저팔계가 웃었어요.

"형님은 방금 전까지도 정신을 잃고 있더니만. 만약 이 저팔계님이 구해주지 않았다면 벌써 저세상으로 갔을 거요. 그런데 나한테 감사하지도 않소?"

손오공은 그제야 몸을 일으키고 고개를 젖혀 위를 바라보며 말했어요.

"오씨 형제들은 어디 있소?"

사해 용왕들이 하늘에서 대답했어요.

"저희들은 여기 대기하고 있습니다."

"멀리까지 오시게 했는데, 공과功果도 이루지 못하게 됐군요. 이만 돌아가시고 다음에 다시 인사드리겠소."

용왕들이 위풍당당한 바다 군사들을 우르르 이끌고 돌아간 것은 더 이상 말하지 않겠어요.

사오정은 손오공을 부축해 소나무 숲으로 와서 앉혔어요. 얼마 지나지 않아 손오공은 정신이 안정되고 기가 잘 돌게 되자, 하염없이 두 뺨 위로 눈물을 흘리기 시작했어요. 그러더니 이렇게 외치는 거예요.

"사부님!"

지난날 위대한 당나라 나설 때
바위 앞에서 나를 재앙에서 구해주셨지.
수많은 산과 물가에서 요괴 만났고
천신만고 고생으로 창자를 도려내는 듯했지.
아침 공양은 탁발해서 되는대로 먹고
참선하며 저녁에는 숲속에서 자기도 했네.
오롯한 마음으로 공과를 이루기만을 바랐는데

오늘 이렇게 다치게 될 줄 어찌 알았으랴?

憶昔當年出大唐　嚴前救我出災殃

三山六水遭魔障　萬苦千辛割寸腸

托鉢朝飡隨厚薄　參禪暮宿或林庄

一心指望成功果　今日安知痛受傷

사오정이 말했어요.

"형님, 고민하지 마세요. 저희들이 어디로 가서 지원병을 청해와 사부님을 구할지 벌써 계책을 다 짜놓았으니까요."

"어디서 지원병을 청해 온다는 거냐?"

"원래 보살님이 우리들에게 당나라 승려를 보호하라고 분부하신 거잖아요? 보살님이 천신天神도 지신地神도 부릴 수 있게 해주셨으니, 그들에게 도움을 청합시다."

"내가 하늘궁전에서 소란을 피울 때, 그곳의 신병神兵들도 모두 나를 당해내지 못했다. 이 요괴는 신통력이 뛰어나니 나보다 재주가 더 뛰어난 자여야 그를 굴복시킬 수 있어. 하늘의 신도 도움이 안 되고, 땅의 신도 능력이 없으니, 이 요괴를 잡으려면 관음보살님한테 가는 수밖에 없어. 그런데 온몸이 저리고 허리며 무릎이 쑤셔서 근두운을 도저히 탈 수가 없으니, 어떻게 청해 올 수 있겠냐?"

그러자 저팔계가 끼어들었어요.

"무슨 분부신데요? 제가 가서 청해 오지요."

손오공이 웃으면서 말했어요.

"그래, 넌 갈 수 있겠다. 보살님을 뵈면 절대 머리를 빳빳이 들어 쳐다보지 말고 고개를 숙이고 예를 올려야 한다. 보살님이 물으시거든 여기 지명과 요괴의 이름을 말씀드리고, 그다음에 사부님을 구하는 일로 도움을 청하러 왔다고 말씀드려. 보살님이 와 주신다면, 요괴는 분명히 잡을 수 있지."

저팔계는 그 말을 듣고 곧 구름을 타고 남쪽으로 갔어요.

한편, 요괴 왕은 동굴 안에서 신이 나서 말했어요.

"애들아, 손오공이 아주 혼이 나서 갔구나. 그놈이 죽는 건 못 봤지만, 그래도 정신을 잃었으니까. 아이고, 그놈이 또 지원병을 청해 올까 걱정이구나. 빨리 문을 열어라. 누굴 청해 오는지 내가 가서 좀 봐야겠다."

졸개 요괴들이 문을 열자 요괴가 하늘로 뛰어올라 내려다보니, 저팔계가 남쪽으로 가고 있었어요. 요괴 생각에 남쪽에 다른 건 없으니 분명히 관음보살을 청하러 가는 것이라, 그는 급히 구름을 내리고 졸개들을 불렀어요.

"애들아, 내 가죽 자루를 찾아오너라. 쓴 지가 오래돼서 주둥이 끈이 튼튼하지 못할지도 모르니, 새 끈으로 바꿔 끼워서 두 번째 문 아래에 놓아두어라. 내가 저팔계를 속여서 잡아 오면 자루 안에 넣어 흐물흐물 삶아서 너희들을 푸짐하게 먹여주마."

이 요괴 왕은 마음대로 늘어났다 줄어들었다 하는 가죽 자루를 가지고 있었어요. 졸개 요괴들이 자루를 꺼내 와서 주둥이 끈을 바꾸고 동굴 안에 놓아둔 것은 더 이야기하지 않겠어요.

한편, 요괴 왕은 여기에서 오래 살았던 터라, 이 일대가 다 익숙했지요. 그래서 남해까지 어느 길이 가깝고 어느 길이 먼지 알고 있었어요. 요괴는 가까운 길을 따라 구름을 몰아 팔계를 앞질러 가서 가짜 관세음보살로 변해 절벽 위에 가부좌를 틀고 앉아 저 팔계를 기다렸어요.

그 멍텅구리가 구름을 몰아가다 보니, 갑자기 멀리 보살이 보였어요. 그가 진짜와 가짜를 알아볼 리가 있나요? 이게 바로 '겉모양만 보면 모두가 부처(見像作佛)'라는 거지요. 멍텅구리는 구름을 멈추고 내려서 절을 올렸어요.

"보살님, 제자 저오능이 절을 올립니다."

"너는 당나라 승려를 모시고 경전을 구하러 가지 않고, 왜 나를 찾아온 거냐?"

"제가 사부님과 함께 가는 도중에 호산 고송간 화운동의 홍해아란 요괴를 만났는데, 그놈이 사부님을 채어 갔습니다. 저와 형님은 그놈 동굴 앞까지 찾아가 싸움을 벌였지요. 그런데 그놈이 불을 뿜을 줄 알더라고요. 첫 번째 싸움에서 이기지 못했고, 두 번째 싸움에서는 용왕에게 비를 내려달라고 부탁했지만 역시 불을 끄지 못했습니다. 형님은 그 불에 화상을 입어 거동할 수가 없어서, 저에게 보살님을 청해 오라고 하셨어요. 제발 자비를 베푸셔서 저희 사부님을 재난에서 구해주십시오."

"그 화운동의 주인은 남의 생명을 해치는 자가 아닌데. 분명히 너희들이 그자의 화를 돋우었겠지?"

"저는 안 그랬어요. 그놈을 건드린 건 손오공 형님이지요. 그 요괴는 어린아이로 변해서 나무에 매달려, 사부님을 시험했지요. 사부님께선 워낙 마음이 착하셔서 저한테 그 아이를 내려주라고 하시고, 형님에게 업고 가라고 하셨지요. 형님이 그 아이를 내팽개치는 바람에, 그 아이가 바람을 일으켜 사부님을 채어 간 것입니다."

"일어나라. 나와 그 동굴로 가자. 동굴 주인을 만나 잘 얘기해줄 테니까, 넌 예를 올리고 너희 사부를 찾아가면 그만이야."

"보살님! 사부님을 돌려주기만 한다면 머리를 땅바닥에 조아리기라도 해야지요."

"따라오너라."

멍텅구리는 사리 분별도 못한 채 요괴를 따라갔어요. 왔던 길을 그대로 밟아, 남해로 가지는 않고 화운동으로 왔지요. 곧 동굴 문 앞에 도착했어요. 요괴 왕은 안으로 들어가면서 말했어요.

"의심할 것 없다. 여기 동굴 주인은 나의 친구이니, 너도 들어오너라."

멍텅구리가 할 수 없이 걸음을 옮겨 동굴 안으로 들어가자, 졸개 요괴들이 일제히 소리를 지르며 저팔계를 잡아 넘어뜨려 자루 속에 넣고 입구를 끈으로 단단히 묶은 다음, 대들보 위에 높이 매달아 놓았어요. 요괴는 본모습으로 돌아와 무리들 가운데 앉아서 이렇게 말했어요.

"저팔계, 네까짓 게 무슨 재주가 있다고 감히 당나라 승려를 보호해 경전을 구하고 보살께 나를 항복시켜 달라고 청한다는 거냐? 두 눈 똑똑히 뜨고도 내가 성영대왕이란 걸 못 알아보다니! 널 잡았으니 사나흘 매달아 놨다가 푹 쪄서 졸개들에게 주어 술안주나 하게 해야겠다."

저팔계는 이 말을 듣고 자루 안에서 욕을 해댔어요.

"못된 괴물놈! 참으로 무례하구나! 술수로 속여서 날 잡아먹어? 너희들은 다 머리가 부어오르는 역병에 걸릴 거다!"

멍텅구리가 욕을 해대고 소리를 질러댄 것은 더 이상 얘기하지 않겠어요.

한편, 제천대성은 사오정과 함께 정좌하고 있었는데, 비릿한 바람이 불어와 얼굴을 스치고 지나가자 곧 재채기를 하며 말했어요.

"불길하구나, 불길해. 이 바람은 길한 것은 적고 흉한 게 많아.

저팔계가 길을 잘못 들었나 보다."

사오정이 대꾸했지요.

"길을 잘못 들면, 사람들한테 물어보겠지요."

"요괴를 만난 거 같아."

"요괴를 만나면 도망쳐 오겠지요."

"개운치가 않아. 넌 여기 앉아서 지키고 있어라. 내가 고송간으로 달려가 알아보고 올 테니까."

"형님께선 허리가 아프셔서 또 그놈에게 잡힐지도 모르니, 제가 가지요."

"넌 소용없어. 그래도 내가 가야지."

멋진 손오공! 그는 이를 악물고 아픔을 참으면서, 여의봉을 비껴들고 시내를 건너 화운동 앞까지 와서 소리를 질렀어요.

"요괴놈아!"

문지기 요괴는 급히 동굴 안으로 들어가 알렸어요.

"손오공이 또 문 앞에서 소리를 지릅니다!"

요괴 왕은 잡아들이라고 명령을 했지요.

졸개 요괴들이 우루루 창과 칼을 들고 일제히 소리를 지르며 동굴 문을 열고 몰려나오며 외쳤어요.

"잡아라! 잡아라!"

손오공은 지친 터라 맞서 싸우지 못하고 길가에 몸을 숨긴 채 "변해랏!" 하고 주문을 외었어요. 그러자 즉시 금박을 입힌 봇짐으로 변했지요. 졸개 요괴들은 이걸 보고 요괴 왕에게 이렇게 보고했어요.

"대왕님, 손오공이 겁을 먹었습니다. '잡아라!' 하는 소리를 듣더니 황급히 봇짐을 내팽개치고 도망가버렸습니다."

요괴 왕은 껄껄 웃었어요.

"그 봇짐이라 해봤자 뭐 별 값나가는 물건은 없고 온통 중의 해진 가사와 낡은 모자뿐일 테니, 가져다가 뜯어 빨아서 신발 밑창으로나 쓰도록 해라."

졸개 요괴 하나가 분부대로 봇짐을 메고 들어왔지만, 그것이 손오공이 변한 것인 줄은 몰랐지요. 손오공이 속으로 중얼거렸어요.

'옳지, 봇짐을 멨구나.'

요괴는 신경도 쓰지 않고 봇짐을 동굴 안에 놓아두었어요.

멋진 손오공! 가짜 속에 또 가짜, 거짓 속에 또 거짓이라고, 그는 즉시 털을 하나 뽑아 신선의 기운을 불어 넣어 똑같은 봇짐으로 변하게 해놓고, 자기는 파리로 변해서 문의 지도리에 앉았어요. 저쪽에서 저팔계가 끙끙대는 소리가 들렸는데, 답답해하는 그 소리가 마치 역병에 걸린 돼지 같았어요. 손오공이 앵 날아가 찾아보니, 저팔계는 가죽 자루 안에 매달려 있었지요. 손오공은 가죽 자루에 앉아서 저팔계가 이 요괴놈 저 요괴놈 하며 악담하는 소리를 들었지요.

"네놈이 어찌 관음보살로 변해서 나를 속여 데려와 여기에 매달아 놓았느냐? 더구나 날 먹겠다고? 언젠가 우리 형님이 가만두지 않으실 거야."

하늘 같은 무한한 법술을 크게 펼치시면
온 산의 못된 요괴들 금방 잡히고 말걸?
가죽 자루를 열어 나를 꺼내주시면
네놈을 쇠스랑으로 천 번은 내리쳐야 속이 후련하겠다.

大展齊天無量法　滿山潑怪等時擒

解開皮袋放我出　築你千鈀方趁心

손오공은 이 말을 듣고 몰래 웃었어요.

'이 멍텅구리가 이 안에서 곤욕을 당하고는 있지만, 그래도 아직 망신스러운 일을 저지르지는 않았구나. 이 어르신이 요괴놈을 꼭 잡아주겠다. 아니면 이 울분을 어떻게 풀겠어!'

손오공이 막 술법을 써서 저팔계를 구하려고 하는데, 요괴 왕이 소리치는 게 들렸어요.

"여섯 건장健將은 어디 있느냐?"

여기 있는 졸개 요괴들 가운데 요괴 왕과 친한 정령들이 있었는데, 요괴 왕은 그들을 건장으로 임명했어요. 그놈들은 각각 이름이 운리무雲裡霧, 무리운霧裡雲, 급여화急如火, 쾌여풍快如風, 흥흥흔興烘掀, 흔흥흥掀烘興이라고 했어요. 여섯 건장이 앞으로 나와 꿇어앉자, 요괴 왕이 말했지요.

"너희들은 큰대왕님 집을 아느냐?"

여섯 건장이 대답했어요.

"압니다."

"너희들이 나 대신 밤새 가서 큰대왕님을 모셔 오너라. 내가 여기 당나라 중을 잡아놨으니 쪄 잡수시면 천년만년 장수할 수 있다고 말씀드려라."

여섯 요괴는 명을 받고 서로 앞서거니 뒤서거니 하며 곧 동굴 밖으로 나갔어요. 손오공은 앵 날아 자루에서 내려와, 여섯 요괴를 따라 동굴 밖으로 나왔어요. 이 여섯 요괴가 결국 어떻게 큰대왕을 모셔 올지는 알 수 없으니, 이에 대해서는 다음 회를 들어보시라.

제42회

관음보살이 홍해아를 거둬들이다

한편, 여섯 건장들은 동굴 문을 나서 곧장 서남쪽으로 길을 따라 달려갔어요. 손오공이 속으로 생각했지요.

'저놈들이 큰대왕을 데려와 우리 사부님을 잡아먹게 한다는데, 그 큰대왕이란 틀림없이 우마왕일 거야. 이 몸이 옛날 그와 만났을 땐 정말 마음이 잘 맞는 사이라 함께 잘 어울렸는데 말이야. 그런데 이제 나는 불문에 귀의했고, 그는 아직 사악한 요괴로구나! 안 본 지는 오래되었으나 아직 모습을 기억하고 있으니, 이 몸이 우마왕으로 변신해 저놈을 한 번 골려 먹어야겠다. 어떻게 나오나 보자!'

멋진 손오공! 여섯 졸개가 있는 곳을 떠나 날개를 펴고 앞으로 날아가다 졸개들로부터 십 리 남짓 떨어진 곳에 이르자 손오공은 몸을 한 번 흔들어 우마왕으로 변했어요. 그리고 털 몇 가닥을 뽑아 "변해랏!" 하고 외치자 곧 졸개 요괴 몇으로 변했지요. 산골짜기에서 횃대에 매를 걸고 사냥개를 끌며, 쇠뇌를 메고 활을 당겨 사냥하는 척하면서 여섯 건장들을 기다렸어요.

여섯 건장들이 떼를 지어 앞서거니 뒤서거니 하면서 한참 가고 있는데, 문득 우마왕이 길 한가운데에 떡 버티고 앉아 있는 걸 보았어요. 당황한 흥흥흔과 흔흥흥은 털썩 꿇어앉아 말했어요.

"큰대왕 나리께서 여기 계셨군요."

운리무, 무리운, 급여화, 쾌여풍 또한 모두 안목이 평범한 놈들 일진대, 어디 진짜 가짜를 구별할 수 있나요? 역시 함께 꿇어 엎 드리어 머리를 조아리며 말했어요.

"나리, 화운동 성영대왕께서 저희들을 파견하시어, 큰대왕 나 리께서 당나라 중의 고기를 드시고 천년만년 장수하시도록 모셔 오라 분부하셨사옵니다."

손오공은 말이 나오는 대로 대답했어요.

"애들아, 일어나라. 나랑 같이 돌아가 옷이나 갈아입고 가자꾸나."

졸개들이 머리를 조아리며 말했어요.

"그냥 나리 편하신 대로 하시지요. 댁으로 돌아가실 필요까지 없사옵니다. 길이 멀어 늦어져 저희 대왕께 꾸중을 들을까 두렵 사옵니다. 저희는 이 길로 곧장 모시고 갔으면 합니다."

손오공이 웃으며 말했어요.

"착한 녀석들이로구나. 좋다, 좋아! 앞장서거라, 내 너희들과 함께 가주지."

여섯 요괴가 정신을 바짝 차리고 앞에서 물렀거라 호령하며 길을 열었어요. 제천대성은 그 뒤를 따라갔지요. 얼마 안 되어 곧 화운동에 도착했어요. 쾌여풍과 급여화가 얼른 안으로 뛰어들어 가 알렸어요.

"대왕, 큰대왕 나리께서 오셨습니다."

요괴 왕이 기뻐하며 말했어요.

"그래도 꽤 쓸 만한 놈들이구나, 이렇게 빨리 다녀오다니."

하고는 즉시 명령을 내렸어요.

"각 부대의 두목들은 대오를 정비하여 기를 올리고 북을 울려 큰대왕 나리를 영접하라."

그러자 온 동굴의 요괴들이 명령에 따라 질서 정연하게 늘어섰어요.

손오공은 으쓱으쓱 당당하게 가슴을 쭉 내밀었어요. 몸을 한 번 흔들어 매를 걸고 사냥개를 끌던 졸개로 변한 털들을 다시 몸으로 거둬들였지요. 그리고 뚜벅뚜벅 큰 걸음으로 곧장 문을 들어서서 정중앙에 남쪽을 보고 앉았어요. 홍해아가 앞에 와 무릎을 꿇으며 위를 향해 머리를 조아렸지요.

"아바마마! 제 절을 받으시지요."

"그만 됐다."

요괴 왕이 네 번 큰절을 마치고 아래쪽에 공손히 서자, 손오공이 말했어요.

"네가 날 청했다던데, 무슨 일이냐?"

요괴 왕이 허리를 굽혀 말했어요.

"불민한 제가 어제 사람 하나를 잡았는데, 바로 동녘 땅 위대한 당나라 중이었습니다. 사람들이 늘 얘기하길, 당나라 중은 열 세상을 돌며 수행한 사람이라 그의 고기 한 점만 먹으면 봉래蓬萊와 영주瀛洲에 사는 불사不死의 신선처럼 될 수 있다 하더이다. 그래서 제가 감히 혼자 먹을 수 없어, 아바마마와 함께하여 천년만년 장수하고자 모신 것이옵니다."

손오공이 이 말을 듣자 화들짝 놀라는 시늉을 했어요.

"애야, 어느 당나라 중을 말하는 게냐?"

"서천으로 경전을 가지러 가는 중입니다."

"애야, 그럼 손오공의 사부가 아니냐?"

"그렇습니다."

손오공이 손을 내젓고 머리를 내저으며 말했어요.

"건드리지 말거라! 건드리지 마! 다른 놈은 다 건드려도 된다만, 손오공이 어떤 놈이라고! 착한 내 아들아! 네가 손오공을 만나보지 않아서 그러는데, 그 원숭이가 신통력이 엄청나고 변신술이 대단하단다. 그가 하늘궁전을 뒤집어놓았을 때도, 옥황상제가 하늘 병사 십만을 풀어 물샐틈없는 포위망을 폈건만 그를 잡지 못했다. 헌데 어쩌자고 감히 그의 사부를 먹겠단 게냐? 얼른 손오공에게 돌려보내라. 괜히 그 원숭이 성질 건드리지 말고. 만약 네가 자기 사부를 먹은 줄 알면, 너와 싸우러 오지도 않고 그 여의봉으로 아예 이 산허리에 구멍을 내 산을 통째로 무너뜨려버릴 거다. 애야, 그렇게 되면 네가 어디 가서 편히 살겠느냐? 그럼 또 나는 늙은 몸으로 누굴 믿고 살아간단 말이냐?"

"지금 무슨 말씀을 하시는 겁니까? 다른 놈 기세는 세워주고 제 위풍은 깎아내리시다니요. 그 손오공이란 놈이 도합 삼 형제이온데, 당나라 중을 이끌고 이 산을 지나던 걸 제가 변신술을 써서 그의 사부를 잡아 온 것입니다. 그때 손오공과 저팔계가 여기 문 앞까지 왔었는데, 아버님과 무슨 오랜 친분이 있다느니 하며 지껄여대기에 제가 노기충천하여 그와 몇 합 싸웠지요. 뭐 그저 그런 게 대단한 솜씨는 아니더군요. 저팔계가 도와준답시고 옆에서 불쑥 뛰어들었지만 제가 삼매진화를 뿜어 불에 태우니 그냥 도망가더군요. 손오공이 다급했는지 사해 용왕에게 비를 청했지만 저의 삼매진화를 끌 수야 없었지요.

제 불에 타서 기절까지 하더니, 다급히 남해 관음보살에게 도움을 청하러 저팔계를 보내더군요. 그래서 제가 남해 관음보살로 둔갑해 저팔계를 잡아다 마음대로 부릴 수 있는 가죽 자루 속에 넣어 매달아 놓았답니다. 쪄서 졸개들이나 먹일까 하고요. 그 손오공이란 놈은 오늘 아침에도 문 앞에 찾아와 시끄럽게 굴기에 제가 잡아들이라 명을 내리니, 놀래가지고 봇짐까지 팽개치고 도망쳐버렸습니다. 그래서 이제 아바마마를 모셔 왔사오니, 당나라 중의 산 모습을 한번 감상해보신 뒤, 쪄 드시고 불로장생하십시오."

손오공이 웃으며 말했어요.

"착한 내 아들아, 삼매진화로 그를 이길 수 있다는 생각만 하지, 그에게는 일흔두 가지 변신술이 있다는 건 모르는구나."

"그놈이 어떻게 변신하든 다 알아볼 수 있습니다. 감히 내 집 문 안에 발을 들여놓을 수는 없을 걸요?"

"애야, 그놈을 알아본다 해도 말이다, 그가 큰 것으로 변하지 않고, 예를 들어 덩치가 이만한 코끼리 같은 걸로 변한다면야 안으로 들이지 않겠지만, 만약 작은 것으로 변하면 그걸 어떻게 알아보겠니?"

"그가 어떤 작은 걸로 변하든 층층마다 부하 네다섯을 시켜 문을 지키게 하고 있으니, 제깟 놈이 어딜 감히 들어오겠습니까?"

"네가 모르는 모양인데, 그놈은 파리, 모기, 벼룩, 벌, 나비, 모기 눈썹 사이의 작은 벌레 같은 걸로도 변할 수 있단다. 또 나 같은 모습으로도 변할 수 있는데, 네가 어찌 알아보겠느냐?"

"걱정마십시오. 제 아무리 강철 심장을 가진 놈이라도 감히 이 문 가까이는 못 올 겁니다."

"그렇게 말하는 걸 보니, 우리 착한 아들이 능력이 대단해서 정말 그놈을 물리치고 이제 날 청해 당나라 중의 고기를 먹으라는 모양인데, 이거 어쩌면 좋으냐? 오늘 난 고기를 먹지 않으련다."

"왜 그러십니까?"

"근자에 나이가 드니까 네 어미가 노상 나더러 선한 일을 좀 하

라는구나. 딱히 선한 일이라고 할 만한 것도 없고 해서, 소식재
계素食齋戒를 하려고 한단다."

"아바마마께서 하시려는 게 장기간 하는 재계입니까? 아니면
달포 동안 하는 재계입니까?"

"장기간 하는 것도 아니고 달포나 하는 것도 아니다. 뇌재雷齋
라고, 매달 나흘만 하면 되지."

"어느 날과 어느 날을 포함한 나흘입니까?"

"한 달에 세 번 '신辛' 자가 들어가는 짝수 날인데, 오늘이 신유일
辛酉日이니, 첫째로 소식을 해야 하고, 둘째로 저녁에 손님을 만나
지 않는단다. 내일 내가 직접 그 중을 씻어서 쪄줄 테니, 같이 먹
도록 하자꾸나."

요괴 왕이 이 말을 듣고 속으로 곰곰 생각했어요.

'아바마마께선 평소 사람을 잡숫고 지금까지 천 살 넘게 사셨
는데, 어째서 이제 와서 소식을 시작하신단 거지? 애당초 온갖
나쁜 일을 다 한 마당에, 이 사나흘 재계한다고 어디 그 덕이 쌓이
기나 하겠어? 이건 거짓말이야! 이상하구나, 이상해!'

요괴 왕은 당장 그 자리를 떠나 두 번째 문으로 나가 여섯 건장
을 불러 물었어요.

"너희들, 큰대왕님을 어디에서 모시고 왔느냐?"

"가는 도중에 만나 모시고 온 것이옵니다."

"어쩐지 빨리 다녀왔다 했더니. 댁까지 가지 않았더란 말이냐?"

"가지 않았습니다."

"아뿔싸! 속았구나! 저놈은 큰대왕님이 아니야."

그러자 졸개들이 일제히 꿇어 엎드려 말했어요.

"대왕님, 친아버지도 못 알아보신단 말씀이십니까?"

"생김새나 행동거지는 똑같다만 하는 말이 영 다르구나. 이거

가짜에게 속아 된통 당한 게 아닌가 모르겠다. 너희들 모두 정신 똑바로 차려라! 칼 쓰는 자들은 칼집에서 칼을 꺼내놓고, 창을 쓰는 자들은 창날을 잘 갈고, 몽둥이를 쓰는 자들은 몽둥이를, 오라를 쓰는 자들은 오라를 준비해둬라. 내 다시 가서 이것저것 물어 말이 어떻게 나오나 봐야겠다. 정말 큰대왕님이시라면, 오늘내일 안 드시는 거야 물론이거니와, 한 달을 미루신다 한들 어떻겠느냐? 만일 대답이 틀리면, 내가 흐음 하고 소리를 낼 테니 일제히 손을 쓰도록 해라."

요괴들은 모두 그 명을 따랐어요.

요괴 왕이 다시 몸을 돌려 안으로 들어가 손오공 앞에 또 절을 올렸어요. 그러자 손오공이 말했지요.

"얘야, 집안에서 뭐 그리 예절을 갖추고 그러느냐? 절할 필요 없다. 허나 할 말이 있으면 다 해봐라."

요괴 왕이 땅에 꿇어 엎드려 말했어요.

"제가 아바마마를 청한 것은 첫째로 당나라 중의 고기를 올리고자 함이요, 둘째로 여쭙고 싶은 일이 있어서입니다. 제가 예전에 산보 삼아 상서로운 빛을 타고 저 하늘 끝까지 올라간 적이 있는데, 거기서 장도령張道齡[1] 선생을 우연히 만났습니다."

"하늘 군대의 그 장도령 말이냐?"

"예."

"그래 뭐라더냐?"

"절 보더니, 제가 눈, 코, 입, 귀, 혀 오관五官이 두루 반듯하고, 이마 부위와 중간 코 부분 그리고 아래 턱 부분, 이 삼정三停이 고르다 하시면서, 몇 년, 몇 월, 며칠, 몇 시에 태어났는지 물으시더이다. 제 나이 아직 어린지라 제대로 기억을 못했는데, 선생께서 당

---

1 오두미도五斗米道의 창시자 장도릉張道陵을 가리킨다.

신이 별점에 능하니 제게 오성五星으로 점을 쳐주겠다고 하시더군요. 오늘 아바마마를 모신 건 바로 그것을 묻기 위해서였습니다. 혹시라도 다음에 선생을 만나게 되면 점을 쳐달라고 부탁드릴까 해서요."

손오공이 이 말을 듣고, 윗자리에 앉아 속으로 웃으며 말했어요.

'대단한 녀석인데! 이 몸이 불가에 귀의한 후로 당나라 사부님을 보호하며 여기까지 오는 동안 요괴 몇 놈을 잡아보았지만, 이 녀석처럼 음흉하고 지독한 놈은 처음이야. 쌀이나 땔감이 떨어졌다든지 하는 사소한 집안일을 물으면 나도 되는대로 꾸며서 대답해주기가 편할 텐데, 이렇게 생년월일을 물으니, 이거야 원. 그걸 내가 어떻게 알 수 있담!'

멋진 원숭이 왕! 그 또한 영리하고 꾀가 넘치는지라, 한복판에 떡 허니 위엄 있게 버티고 앉아 한 점 두려운 기색도 없이, 도리어 얼굴엔 싱글벙글 미소를 띠고 말했어요.

"착한 아들아, 일어나라! 내 연로한데다 요 며칠 계속 뜻대로 일이 되지 않아, 네 생년월일까지 깜박 생각이 안 나는구나. 내일 집에 돌아가 네 어미에게 물어 알려주마."

"아바마마께선 말끝마다 늘 제 생년월일 여덟 자를 입에 올리시며, 하늘과 같이 늙지 않을 수명을 타고났다고 말씀하셨는데 어째서 오늘 하루아침에 그걸 잊으셨단 말씀이십니까? 이건 말도 안 돼! 이 자는 필시 가짜로다!"

그리고 그가 "흐음" 하고 소리를 내자 여러 요괴들이 창과 칼을 들고 우루루 몰려들어 다짜고짜 손오공을 때리기 시작했어요. 제천대성은 얼른 여의봉을 놀려 다 막아내며 본모습으로 돌아왔어요. 그리고 요괴를 향해 말했어요.

"착한 아들아, 버르장머리가 없구나. 어찌 아들이 애비를 때린다더냐?"

요괴 왕은 부끄러움에 온 낯이 뜨거워 감히 얼굴을 똑바로 들지도 못했어요. 손오공이 금빛 광선으로 변해 그의 동굴을 빠져나오자, 졸개 요괴들이 말했어요.

"대왕님, 손오공이 도망쳤습니다."

"됐다, 됐어! 도망가게 놔둬라! 내가 이번에 그 녀석에게 된통 당했구나! 그놈과 실랑이할 것 없이 잠시 문을 닫아걸고 당나라 중이나 잘 씻어서 쪄 먹으면 그만이지."

한편, 손오공이 여의봉을 뽑아 들고 깔깔깔 큰 소리로 웃으며 저쪽 시냇가에서 걸어오자, 사오정이 그걸 듣고 얼른 숲에서 나와 그를 맞이했어요.

"형님, 한나절 만에야 겨우 돌아오면서 뭘 그리 웃는 게요? 사부님을 구해내신 게로군요?"

"아우야, 사부님을 구하진 못했다만 이 몸이 한 수 위라는 걸 보여주고 왔지."

"한 수 위라뇨?"

"가 보니 저팔계가 관음보살로 변신한 요괴에게 속아 가죽 자루에 갇혀 매달려 있지 않겠어? 저팔계를 구해주려고 하는데, 난데없이 무슨 여섯 건장인가 하는 놈들을 보내 큰대왕을 청해 사부님의 고기를 먹겠다는 거야. 이 몸이 그놈의 큰대왕이 누굴까 생각해보니 분명 우마왕이더라 이거야. 그래서 우마왕으로 변신해 모른 척하고 들어가 동굴 한가운데에 버티고 앉아, 그놈이 아바마마라 부르면 대답하고 그놈이 머리를 조아리면 시치미 뚝 떼고 받아줬지. 아, 정말 속 시원하다! 진짜 멋지게 한 방 먹였어."

"형님, 그렇게 시시한 재미를 보는 사이에 사부님의 목숨이 위태로울까 걱정이오."

"걱정할 거 없다, 내가 가서 관음보살을 모셔 오마."

"아직 허리가 아프다면서요?"

"이제 안 아프다. 옛사람들이 '기쁜 일을 맞으면 기운이 난다 (人逢喜事精神爽)'고 하지 않더냐? 넌 짐이랑 말을 잘 지키고 있어라. 다녀오마."

"형이 원한을 사고 왔으니 그놈이 사부님을 해칠까 걱정돼 죽겠소. 빨리 갔다 얼른 돌아와야 합니다."

"빨리 갔다 올 수 있어. 밥 한 끼 먹을 시간이면 곧 돌아올 거야."

멋진 제천대성! 그는 사오정 곁을 떠나 몸을 솟구쳐 근두운을 타고 곧장 남해로 향했는데, 공중에서 한 시간도 지나지 않아 보타산普陀山 경치가 바라보였지요. 손오공은 눈 깜짝할 사이에 구름을 멈추고 낙가산落伽山 절벽에 내렸어요. 단정한 모습으로 한참 가고 있는데 스물네 곳 하늘신들이 맞이하러 나왔어요.

"제천대성, 어디 가시오?"

손오공이 인사를 하고 말했어요.

"관음보살님을 뵈려고요."

"잠시 기다리시오. 기별을 넣겠소."

귀자모鬼子母[2] 하늘신이 조음동潮音洞에 가서 소식을 알렸어요.

"보살님, 손오공이 와서 뵙자고 합니다."

관음보살이 듣고 즉시 들어오라 명했어요. 제천대성은 의관을 단정히 하고 명을 좇아 차분한 걸음걸이로 곧장 안으로 들어가,

---

2 귀자모鬼子母는 환희모歡喜母, 포악모暴惡母 또는 애자모愛子母라고도 하며 범어梵語 '하리티Hariti'를 음역하여 하리제모訶利帝母라고도 한다. 그는 원래 바라문교의 악신惡神인 호법이십제천護法二十諸天 가운데 하나이며, 인간 세상의 어린아이를 즐겨 잡아먹기 때문에 '모야차母夜叉'라는 별명으로 불리기도 했다. 그러나 석가모니의 교화를 받은 뒤에는 어린아이를 지켜주는 호법신이 되었다.

관음보살을 보자 엎드려 절을 했어요. 그러자 관음보살이 말했어요.

"오공아, 금선존자金蟬尊者를 이끌고 서방으로 경전을 가지러 가지 않고, 무슨 일로 여길 찾아왔느냐?"

"보살님, 제가 삼장법사를 보호하여 길을 가고 있는데 호산의 고송간 화운동이란 곳에서 홍해아란 요괴가 성영대왕이라 자처하며 사부님을 잡아갔습니다. 저와 저팔계가 동굴 문 앞까지 찾아가 싸움을 했습니다만, 홍해아가 삼매진화를 내뿜는 통에 이길 수가 없어 사부님을 구하지 못했습니다. 급히 동쪽 큰 바다로 가 사해 용왕에게 비를 내려달라 청했지만, 역시 그 불을 이길 수 없었습니다. 저조차 까맣게 그을려 하마터면 다 타 죽을 뻔했습니다."

"삼매진화라면 신통력이 대단한데, 어찌 용왕을 청하고 난 청하지 않았느냐?"

"원래 모셔가려고 했는데, 제가 연기에 그을려 구름을 몰 수 없게 되는 바람에 저팔계더러 보살님을 청해 오라 했습니다."

"저팔계는 온 적이 없는데?"

"맞습니다. 여기에 닿기 전에, 요괴가 보살님으로 둔갑하여 저팔계를 속여가지고 또 동굴로 끌고 갔으니까요. 지금 가죽 자루 안에 갇혀 매달려 있는데, 곧 쪄 먹을 거랍니다."

관음보살이 그 말을 듣더니 크게 노하여 말했어요.

"못된 요괴놈이 감히 내 모습으로 변하다니!"

관음보살은 노한 음성으로 한 마디 내뱉더니 손에 들고 있던 보주寶珠와 정병淨瓶을 바다에 풍덩 던져버렸어요. 깜짝 놀란 손오공은 모골이 송연해져서, 얼른 일어나서 아래쪽에 공손히 서서 중얼거렸어요.

"저 보살님, 불같은 성질은 여전하시네. 이 몸의 말이 비위에 거슬리고 자기 덕행을 망가뜨렸다고 대뜸 정병을 내던지시다니!
아깝다, 아까워! 진작 이 몸에게 주셨다면 큰일에 썼을 것 아냐?"

　말을 다 마치기도 전에 바다 한가운데서 물결이 튀고 파도가
일더니 정병이 솟아올랐어요. 알고 보니 괴물 하나가 정병을 등
에 지고 올라왔던 것이었지요. 손오공이 정병을 지고 온 괴물을
자세히 보자니, 바로 이런 모습이었어요.

> 태어난 근본과 출처는 방니幫泥[3]라 하고
> 바다 밑에서 빛을 더해 홀로 위엄을 드러낸다.
> 세상을 버리고 살고 있으나 천지의 본성을 능히 알고
> 편안히 숨어 지내나 귀신의 비밀을 잘 알도다.
> 몸을 감추어 움츠리면 머리도 꼬리도 없고
> 발을 쭉 펼치면 나는 듯이 빠르게 갈 수 있다네.
> 문왕이 괘를 그려 일찍이 영험한 점을 쳤고
> 항시 정원 누대에 들어 복희씨와 함께했네.
> 구름 속에 용이 솟아오르듯 미끈하기 짝이 없고
> 물을 호령하며 파도를 밀고 물결을 흩날리네.
> 올올이 황금 실로 꿰어 껍데기를 만들고
> 점점이 장식하여 알록달록 대모를 이루었다.
> 구궁 팔괘 문양 도포 단정히 입었고
> 비늘 같은 등딱지 푸르게 빛나는 옷 덮고 있네.
> 살아생전 용맹하여 용왕의 총애를 받더니
> 죽은 뒤엔 다시 부처님의 비석을 짊어지고 있다네.
> 이것의 성과 이름을 알고 싶은가?

3　거북의 대칭. 전설에서 우임금이 물길을 다스릴 때 거북이 진흙[泥]을 날라 도왔다[幫]고
　한다.

바람을 일으키고 파도를 만드는 심술궂은 거북이라 한다네.

根源出處號蚌泥　水底增光獨顯威
世隱能知天地性　安藏偏曉鬼神機
藏身一縮無頭尾　展足能行快似飛
文王畵卦曾元卜　常納庭臺伴伏羲
雲龍透出千般俏　號水推波把浪吹
條條金線穿成甲　點點裝成彩玳瑁
九宮八卦袍披定　散碎鋪遮綠燦衣
生前好勇龍王幸　死後還馱佛祖碑
要知此物名和姓　興風作浪惡烏龜

　거북이 정병을 등에 지고 절벽으로 기어올라 관음보살에게 아쉬운 대로 고개를 스물네 번 끄덕끄덕하여 스물네 번 절을 대신했어요. 손오공이 그 모습을 보자 혼자 슬며시 웃음이 나왔어요.
　"알고 보니 정병을 관리하는 놈이구나. 정병이 안 보이면 저놈에게 물어보면 되겠군."
　관음보살이 말했어요.
　"오공아, 그 아래서 뭐라고 중얼대는 게냐?"
　"아무것도 아닙니다."
　관음보살이 정병을 가져오라 분부하니 손오공이 그 병을 가지러 갔는데, 아! 어찌된 영문인지 아무리 들려고 해도 정병이 꼼짝도 않는 거예요. 잠자리가 돌기둥을 흔드는 것처럼 아무리 해도 털끝만큼도 움직일 수가 없었어요. 손오공이 앞으로 나가 꿇어앉아 말했어요.
　"보살님, 꼼짝도 않는군요."
　"원숭이 녀석, 입만 살았지 병 하나도 움직이지 못하는 주제에 어찌 요괴를 잡을 수 있겠느냐?"

"솔직히 말씀드리지요, 보살님. 평소에는 들 수 있는데, 오늘은 안 되겠습니다. 요괴에게 골탕을 먹어서 아무래도 근력이 약해진 것 같습니다."

"평소에 이것은 빈 병이다. 하지만 지금 바다에 던졌기 때문에, 순식간에 세 강과 다섯 호수, 여덟 바다와 네 저수지, 시내와 못의 근원지를 모두 돌아 바닷물을 몽땅 그 안에 담았다. 네게 어디 바다를 지탱할 힘이 있겠느냐? 그래서 들 수 없었던 게야."

손오공이 합장하며 말했어요.

"네, 제가 뭘 몰랐군요."

관음보살이 앞으로 걸어 나와 오른손으로 가볍게 정병을 들어 왼손 손바닥 위에 놓았어요. 정병을 지고 왔던 거북은 고개를 끄덕이더니 물속으로 들어갔어요. 손오공이 말했어요.

"저 녀석 알고 보니 병이나 지키는 멍청이잖아!"

관음보살이 좌정하고 말했어요.

"오공아, 이 병에 담긴 감로수는 용왕이 맘대로 내릴 수 있는 비와는 다른 것이라, 그 요괴의 삼매진화를 끌 수 있다. 네게 줘 보내려고 했더니 네가 영 들지도 못하니, 선재용녀善財龍女더러 함께 가주라고 하마. 헌데 네 녀석은 선량한 맘이란 없고 오로지 사람을 속일 생각만 할 줄 알거든. 네 녀석이 용녀가 아름답고 정병 또한 귀한 물건이라 훔쳐 달아나면, 내게 어디 널 찾으러 다닐 틈이 있겠느냐? 뭐든 물건으로 저당을 잡히고 가거라."

"딱도 하십니다! 보살님께서 이렇게 의심이 많으시다니. 제가 불문에 들어온 뒤로 지금껏 단 한 번도 그런 적이 없습니다. 저당을 잡아두고 가라시는데, 무슨 물건이면 되겠습니까? 제가 걸친 이 무명 승복도 어르신께서 주신 거 아닙니까? 이 호랑이 가죽 치마는 몇 푼이나 나가겠어요? 여의봉은 언제든 제가 지녀 몸을 보호해야지요. 여기 머리의 긴고테緊箍兒만은 금으로 만든 것입니다만, 그거야 보살님이 술수를 부려 제 머리에서 자라게 해서 벗을 수도 없는 물건이지요. 저당물을 원하시면 제발 이놈을 가져가 주십시오. 보살님이 송고아주鬆箍兒咒을 외어 이걸 좀 벗겨주세요. 그렇지 않으면 무엇으로 저당을 잡으리까?"

"정말 제멋대로구나! 나 또한 네 옷이나 여의봉, 긴고테를 원하는 게 아니야. 네 머리 뒤에 나 있는 목숨을 구하는 털 한 가닥을 뽑아서 내게 맡겨라."

"그 털도 어르신이 제게 준 겁니다만, 한 가닥 뽑다가 다른 털까지 뭉텅 뽑히면 제 목숨이 위태로울까 무섭습니다."

이 말에 관음보살이 손오공을 꾸짖었어요.

"이 원숭이 녀석! 너는 털 한 가닥도 뽑기 싫다니, 나도 선재용녀를 보낼 수 없다."

손오공이 웃으며 말했어요.

"보살님, 참 의심도 많으십니다. 그야말로 중 얼굴은 보지 않아도 부처님 얼굴을 보아서 제발 저희 사부님의 재난을 한 번만 구해주십시오."

그러자 관음보살이

유유자적 기꺼이 보련대 내려와
구름 같은 걸음, 향기 흩날리며 돌벼랑 오르네.
오로지 성승이 재난을 만났기에
요괴를 항복시키고 그를 구해내기 위해서라네.

逍遙欣喜下蓮臺　雲步香飄上石崖
只爲聖僧遭瘴害　要降妖怪救回來

제천대성은 기뻐 어쩔 줄 모르며 관음보살을 모시고 조음선
동潮音仙洞을 나왔어요. 여러 하늘신들이 모두 보타암 위에 늘어
서 있었지요. 관음보살이 말했어요.

"오공아, 바다를 건너라."

손오공이 몸을 굽혀 대답했어요.

"보살님께서 먼저 가시지요."

"네가 먼저 건너렴."

손오공이 머리를 조아리며 말했어요.

"감히 보살님 앞에서 재주를 부릴 수야 없지요. 근두운을 몰게
되면 알몸뚱이가 다 드러날 텐데, 보살님께서 불경하다 꾸짖으실
까 두렵습니다."

관음보살이 이 말을 듣더니 곧 선재용녀더러 연화지蓮花池에
가서 연꽃잎 하나를 따 오라 하여, 돌벼랑 아래 바다에다 띄워놓
고 손오공에게 분부했어요.

"저 연꽃잎에 올라타라. 내가 바다를 건너게 해주마."

손오공이 그걸 보고 말했어요.

"보살님, 이 연꽃잎은 가볍고 얇은데 어찌 저를 태울 수 있겠습
니까? 한 걸음 디뎠다 뒤집혀 물속에 빠지면 호랑이 가죽 치마가
젖을 것 아닙니까? 암초에라도 부딪히면 이 추운 날씨에 그걸 어
찌 입습니까?"

관음보살이 호통을 쳤어요.

"일단 타보면 알 게 아니냐!"

손오공은 감히 더 이상 거역할 수 없어 목숨을 걸고 그 위로 폴
짝 뛰어올랐어요. 그런데 정말 보기엔 가볍고 작던 연꽃잎이, 타
보니 바다의 배보다 훨씬 넓었어요. 손오공이 기뻐하며 말했어요.

"보살님, 탈 수 있는데요?"

"탔으면 어째서 가지 않느냐?"

"삿대도 없고 노도 없고 돛도 돛대도 없는데 어찌 간답니까?"

"그런 건 필요 없다."

관음보살이 숨을 들이마셨다가 훅 불자 그 입김 한 번에 남쪽 험난한 바다를 건너 저편 기슭에 도착했어요. 손오공이 내려 땅을 밟고 웃으며 중얼거렸어요.

"저 보살이 신통력을 뽐내며 전혀 힘들이지 않고 이 몸을 이리 불었다 저리 불었다 하는구나."

관음보살은 여러 하늘신들에게 자기가 맡은 선경仙境을 잘 지키라 일렀어요. 그리고 선재용녀를 시켜 조음동 문을 닫아걸게 한 뒤, 상서로운 구름을 타고 보타암을 떠나 저편에 도착해 소리쳤어요.

"혜안惠岸은 어디에 있느냐?"

혜안은 바로 탁탑천왕托塔天王의 둘째 태자로서 속명을 목차木叉라 했어요. 관음보살이 친히 가르친 제자로서 잠시도 그 곁을 떠나지 않으니, 호법護法 혜안이라 불렸지요. 혜안이 곧 관음보살에게 합장하여 인사를 올리고 곁에 시립하니, 관음보살이 말했어요.

"얼른 천상으로 가서 아버님을 뵙고 천강도天罡刀를 빌려 오도록 해라."

"몇 개나 필요하십니까?"

"전부 다 필요하다."

혜안이 명을 받고 곧장 구름을 몰아 남천문南天門으로 들어가, 구름 위에 세워진 궁전에 도착해 부왕을 뵙고 절을 올렸어요. 탁탑천왕이 그를 보더니 물었어요.

"어디서 오는 길이냐?"

"사부님께서 손오공의 청을 받아 요괴를 잡으러 가시는데, 저더러 아버님을 뵙고 천강도를 빌려 오라 하셨습니다."

그러자 탁탑천왕은 즉시 나타태자를 불러 천강도 서른여섯 자루를 내오게 하여 목차에게 건네주었어요. 목차가 나타태자에게 말했지요.

"형님, 돌아가 어머님께 안부 인사를 전해주세요. 저는 일이 다급한지라 칼을 돌려주러 올 때 다시 인사를 드리겠어요."

이렇게 정신없이 작별하고 상서로운 빛을 타고 내려와 곧장 남해로 가서 천강도를 관음보살에게 바쳤어요. 관음보살이 칼을 손에 받아 들었다가 휙 집어 던지며 주문을 외었어요. 그러자 칼은 천 겹의 꽃잎이 받쳐진 연화대로 변했어요. 관음보살은 몸을 솟구쳐 올라가 연화대 가운데에 앉았지요. 손오공이 옆에서 보고 있다가 속으로 웃으며 중얼거렸어요.

'이 보살은 자기 것을 꽤나 아끼는군. 연화지에 오색 보련대를 놔두고 거기 앉기가 아까워 남의 것을 빌려 쓰는군.'

"오공아, 중얼거리지 말고 따라오너라."

그제야 모두 구름을 몰아 바다를 떠났어요. 흰 앵무새가 날개를 펴 앞장을 서고 제천대성과 혜안이 뒤를 따랐지요.

순식간에 저기 산머리가 보이자 손오공이 말했어요.

"이 산이 바로 호산입니다. 여기서부터 요괴의 집 앞까지 사백 리 남짓 됩니다."

관음보살이 그 말에 구름을 멈추라 명했어요. 산꼭대기에서 '옴' 자 주문을 한 마디 외자, 산의 이곳저곳에서 수많은 귀신들이 나타나니, 바로 그 산의 토지신들이었어요. 그들이 모두 관음보살의 보련대 아래에 와서 머리를 조아리자 관음보살이 말했어요.

"다들 놀랄 것 없다. 내 오늘 요괴 왕을 잡으러 왔으니, 너희는 이 근방을 깨끗이 정리해라. 삼백 리 안에 살아 있는 생명이 하나라도 남아 있어선 안 된다. 둥지 속의 작은 짐승이나 굴 안의 어린 짐승까지 모두 안전하게 산꼭대기 가장 높은 곳으로 옮겨라."

토지신들이 명을 받들고 물러가더니 눈 깜짝할 사이에 돌아와 다 되었노라 보고했어요. 그러자 관음보살이 말했지요.

"깨끗해졌으면 다들 각자 맡은 곳으로 돌아가거라."

드디어 관음보살이 정병을 거꾸로 기울여 콸콸 물을 쏟아내니 마치 벼락이 치는 듯한 소리가 났어요. 그 광경은 정말 이러했답니다.

질펀하게 흘러넘친 물 산머리를 넘어
돌벼랑에 세차게 부딪쳐 갈라지네.
흘러넘쳐 산머리를 넘으니 바다의 기세인 듯
돌벼랑에 세차게 부딪치니 웅장한 대양이로다.
검은 안개 하늘까지 자욱이, 온통 물기운이요
파도가 햇빛을 받아 차가운 빛 번쩍이네.
절벽마다 옥 같은 물방울 세차게 튀고
바다 가득 금련화 솟아나네.
관음보살이 요괴 잡는 법술을 한바탕 펼쳐
소매에서 몸의 동작을 멈추는 정신선법定身禪法을 꺼내 보이네.
낙가산 풍경으로 변하게 하니
남해 바다와 똑같은 모습이로다.
아리따운 창포 곧게 솟고 진귀한 우담화優曇華[4] 여릿여릿
향초 활짝 피고 패다라貝多羅나무 싱싱하다.

---

4 인도 전설 속의 우담바라 꽃으로 삼천 년에 한 번씩 꽃이 피는데, 꽃이 필 때는 금륜명왕金輪明王이 나타난다고 한다.

자줏빛 대나무 몇 줄기엔 앵무새 쉬고
푸른 소나무 무리 진 곳엔 자고새가 지저귀네.
만 겹 첩첩 파도가 사방 들판에 넘실넘실
오직 들리는 건 울부짖는 바람과 하늘 뒤덮는 물소리뿐.

漫過山頭　衝開石壁

漫過山頭如海勢　衝開石壁似汪洋

黑霧漲天全水氣　滄波影日幌寒光

徧崖衝玉浪　滿海長金蓮

菩薩大展降魔法　袖中取出定身禪

化做落伽仙景界　眞如南海一般般

秀蒲挺出雲花嫩　香草舒開貝葉鮮

紫竹幾竿鸚鵡歇　青松數簇鷓鴣喧

萬疊波濤連四野　只聞風吼水漫天

제천대성이 이 광경을 보고 속으로 감탄을 금치 못했어요.

'과연 대자대비하신 보살님일세! 이 몸에게 저런 법력이 있었다면 그냥 병을 산에 들이부었을 거야. 무슨 짐승이고 뱀이고 상관이나 했겠어?'

관음보살이 손오공을 불렀어요.

"오공아, 손을 이리 내밀어라."

손오공이 얼른 소매를 걷어 올리고 왼손을 내밀자, 관음보살은 버드나무 가지를 뽑아 들고 감로수를 적셔 그의 손바닥에 '미迷'라는 글자를 쓰더니, 이렇게 분부했어요.

"주먹을 쥐고 빨리 가서 저 요괴에게 싸움을 걸어라. 허나 이길 생각 말고 져서 내 앞까지 유인해 오너라. 내게 그를 거둘 법력이 있으니 말이다."

손오공이 명을 받들어 구름을 돌려 곧장 동굴 앞으로 갔어요. 한 손으론 주먹을 쥐고 다른 한 손으론 여의봉을 휘두르며 목청을 세워 고함을 질렀어요.

"요괴놈아, 문 열어라!"

졸개들이 안으로 들어가 보고했지요.

"손오공이 또 왔습니다!"

"문을 꽉 닫고 아는 척하지 말거라."

손오공이 또 소리쳤어요.

"착한 아들아! 애비를 밖으로 내쫓더니 문도 안 열어주는구나!"

졸개가 다시 보고를 올렸어요.

"손오공이 욕을 퍼붓고 있어요!"

하지만 요괴 왕은 여전히 아는 척하지 말라고 했어요. 손오공은 몇 번 더 떠들어댔지만 문이 열리지 않자 불같이 화가 치밀어 올라 여의봉으로 문을 내리쳐 구멍을 뻥 뚫어놓았어요. 깜짝 놀란 졸개 요괴가 허겁지겁 곤두박질쳐 들어가 보고했지요.

"손오공이 문을 때려 부쉈습니다."

요괴 왕은 벌써 몇 차례 보고를 받은 데다 문을 때려 부쉈다는 말에 벌떡 일어나 밖으로 뛰쳐나와, 화첨창을 뽑아 들고 손오공에게 욕을 퍼부었어요.

"이 원숭이 자식, 제 분수도 모르고 까부는구나! 네게 좀 당해 줬으면 됐지, 그걸로 만족할 줄 모르고 또 와서 귀찮게 굴다니! 문을 때려 부순 게 무슨 죄인 줄 아느냐?"

"아들아, 아비를 문밖으로 내쫓은 건 또 무슨 죄라더냐?"

요괴 왕은 부끄럽고 화가 나서 화첨창을 들어 손오공의 가슴을 냅다 찔렀어요. 손오공은 여의봉을 들어 멀찍이 거리를 두고 맞받아쳤지요. 둘이 한 번 붙게 되자 네댓 합을 내리 싸웠는데, 그쯤 되자 손오공이 주먹을 쥐고 여의봉을 끌며 짐짓 패하는 척 도 망쳤어요. 그러자 요괴 왕이 산 앞에 서서 말했어요.

"나는 당나라 중이나 썰으러 가야겠다!"

"착한 아들아, 하늘이 다 내려다보고 있다! 어디 덤벼봐라!"

요괴 왕은 들으면 들을수록 화가 치밀어, 버럭 소리를 지르며 앞으로 쫓아나와 창을 세워 찔렀어요. 손오공은 여의봉을 빙글빙 글 휘두르며 다시 몇 합 싸우다가 패한 척하며 도망쳤지요. 그러 자 요괴 왕이 욕설을 퍼부었어요.

"원숭이놈아, 지난번엔 이삼십 합 정도는 싸울 재주가 있더니, 어째서 오늘은 붙자마자 도망치는 거냐? 왜지?"

손오공이 웃으며 말했어요.

"착한 아들아, 애비는 네가 불을 놓을까 겁나는구나."

"불은 놓지 않을 테니, 어디 덤벼봐라."

"불을 놓지 않을 거라면, 여기서 자리를 좀 옮기자. 사나이 대장 부는 남의 집 문 앞에서 사람을 패지 않는 법."

요괴 왕은 속임수인지도 모르고 정말로 창을 들고 또 쫓아왔 어요. 손오공은 여의봉을 끌며 도망가다 주먹 쥔 손을 폈어요. 요 괴 왕은 어리둥절 얼이 빠진 채 무작정 그의 뒤를 쫓기만 했지요. 앞서가는 손오공은 유성이 지나가듯 빠르고, 뒤를 쫓는 요괴 왕 은 활시위를 떠난 화살처럼 빨랐어요. 얼마 지나지 않아 저만치 관음보살이 보이자 손오공이 말했어요.

"요괴야, 난 네가 무섭다, 용서해다오. 네가 지금 남해 관음보살 계신 곳까지 쫓아왔는데, 돌아가지 않고 뭐하는 거냐?"

요괴 왕은 그 말을 믿지 않고 이를 악물고 뒤쫓기만 했어요. 손 오공은 몸을 한 번 꿈틀하여 관음보살의 신령스러운 후광 속으 로 숨어버렸지요. 요괴 왕은 손오공이 보이지 않자 관음보살 앞으로 달려들어 둥그런 눈을 부릅뜨고 관음보살에게 물었어요.

"네가 손오공이 데려온 구원병이냐?"

관음보살이 아무 대답을 하지 않자, 요괴 왕은 화첨창을 꼬나쥐고 빙빙 돌리며 호령했어요.

"이놈! 손오공이 데려온 구원병이렷다?"

하지만 역시 관음보살이 아무 대답을 하지 않자, 요괴 왕은 창으로 관음보살의 심장을 겨누어 찔렀어요. 그러자 관음보살은 한 줄기 금빛으로 변해 순식간에 하늘 가장 높은 곳으로 올라갔어요. 손오공이 뒤를 따라와서 말했지요.

"보살님, 이렇게 저를 바보로 만드셔도 되는 겁니까? 요괴가 몇 번을 물었는데 어째서 귀머거리 장님 행세를 하며 한마디도 않고, 창에 찔려가지고 연화대마저 내버리고 도망치신 겁니까?"

"조용히 해라. 저 녀석이 다시 어쩌는가 보자."

그래서 손오공과 목차는 공중에서 어깨를 나란히 하고서 함께 요괴 왕을 지켜보았어요. 요괴 왕은 껄껄 코웃음을 치며 말했지요.

"못된 원숭이 녀석, 이 몸을 잘못 봐도 한참 잘못 봤지! 이 성영대왕님이 어떤 분인지도 모르고 말이야. 몇 번 싸우다 안 되니까 웬 똥자루 같은 보살을 데려왔는데, 창에 한 번 찔리니까 걸음아 나 살려라 뺑소니를 놓는군, 보련대까지 팽개치고. 어디 내가 한번 앉아볼까?"

멋진 요괴 왕! 그는 보살 흉내를 내 가부좌를 틀고 손을 모아 보련대 가운데에 떡하니 앉았어요. 손오공이 그 모습을 보고 말했어요.

"좋다, 좋아! 연화대를 거저 선사한 꼴이 되었구나!"

그러자 관음보살이 말했어요.

大聖歇勤勞
南海觀音慈
善縛紅孩

관음보살이 찾아와 홍해아를 굴복시키다

"오공아, 또 뭐라고 중얼거리는 게냐?"

"뭐긴 뭐예요? 연화대를 거저 준 꼴이 되었단 말씀입니다! 지금 저 요괴놈이 엉덩이를 눌러 붙였는데, 보살님은 다시 내놓으라 하지도 못할 거 아닙니까?"

"녀석을 저기에 앉히려고 했던 거다."

"저 녀석 몸집이 자그마한 게, 저기 앉으니 보살님보다 훨씬 어울립니다."

"조용히 하고 법력이나 구경해라."

관음보살이 버드나무 가지로 아래를 가리키며 "물렀거라!" 하고 외치자, 연화대의 찬란한 꽃들과 상서로운 빛이 모두 사라졌어요. 그러고 보니 요괴 왕은 다름 아닌 날카로운 칼끝에 앉아 있는 것이었어요. 관음보살이 곧 목차에게 명했어요.

"항요저降妖杵로 저 칼자루를 두들기고 오너라."

목차가 구름을 내려 항요저로 마치 담벼락을 두들기듯 수천 번을 두들기니, 칼끝이 요괴 왕의 두 다리를 꿰뚫어 피가 콸콸 흐르고 살이 찢어졌지요. 대단한 요괴 왕! 보세요, 그는 이를 악물고 고통을 참으며 화첨창을 버리고 손으로 다리에 박힌 칼을 정신없이 뽑아내기 시작했어요. 손오공이 말했어요.

"보살님, 저 괴물이 아픈 것도 아랑곳없이 칼을 뽑아내고 있네요!"

관음보살이 그 모습을 보고 목차를 불러올려 "목숨은 해치지 말거라" 하고 분부했어요. 그리고 다시 버드나무 가지를 아래로 늘어뜨리고 '옴' 자 주문을 중얼중얼 외자, 천강도가 모두 거꾸로 뻗친 갈고리로 변했어요. 그건 마치 이리의 이빨과 같아 도저히 빠져나올 수가 없었지요. 요괴 왕은 그제야 당황하여 몸에 박힌 칼끝을 빼내면서 신음 소리와 함께 애원했어요.

"보살님, 제가 눈이 있어도 눈동자는 없어 보살님의 위대한 법력을 알아보지 못하였사오니, 제발 자비심을 베푸시어 목숨만 살려주십시오. 다시는 나쁜 짓 하지 않고 계戒를 받아 불문에 귀의하겠나이다."

관음보살이 이 말을 듣더니 손오공, 흰 앵무새와 함께 금빛 광채를 내려 요괴 왕 앞으로 갔어요.

"진정 계를 받겠느냐?"

요괴 왕이 고개를 끄덕이고 눈물을 떨어뜨리며 대답했어요.

"목숨만 살려주시면 계를 받겠사옵니다."

"내 문하에 들어오겠단 말이지?"

"정말로 목숨만 살려주신다면 불문에 귀의하겠습니다!"

"그렇다면 너에게 마정수계摩頂授戒를 해주마."

관음보살은 곧 소매에서 머리 깎는 금체도金剃刀를 꺼내 요괴 왕 앞으로 다가가 그의 머리를 갈라 몇 번 깎아서 머리 위에 태산이 얹힌 모양으로 만들었어요. 그리고 세 갈래를 남겨 둥지 모양의 동그란 다발 세 개를 틀어 올렸어요. 손오공이 옆에서 깔깔거렸어요.

"저 요괴놈, 정말 재수 없게 되었군. 남자도 여자도 아닌 꼴이 꼭 뭐 같다고 해야 될는지 모르겠네!"

관음보살이 말했어요.

"네가 오늘 내게 마정수계를 받았으니, 나도 널 소홀히 대하지 않을 것이다. 널 선재동자라 부르려는데, 어떠냐?"

요괴 왕은 고개를 끄덕여 따르겠노라며, 그저 목숨만 구하길 바랄 뿐이었지요. 관음보살이 손으로 가리켜 "물러가라!" 하고 외치니 쨍하며 천강도가 모두 땅바닥에 떨어지고, 선재동자는 몸에 상처 하나 없었어요. 그러자 관음보살이 혜안을 불렀어요.

"천강도를 하늘궁전에 가지고 가 아버님께 돌려드려라. 그리고 너는 다시 날 맞으러 올 필요 없이 먼저 보타암에 가 하늘신들과 함께 기다리고 있어라."

목차가 명을 받들어 천강도를 하늘로 가져가 돌려주고 바다로 돌아간 얘기는 더 이상 하지 않겠어요.

한편, 선재동자는 거친 성미가 아직 가라앉지 않았어요. 그는 아프던 다리가 아프지 않고 찢어졌던 엉덩이가 멀쩡한데다 머리가 세 다발로 틀어 올려지자, 달려나가 화첨창을 집어 들고 관음보살을 겨누며 말했어요.

"무슨 진짜 법력이 있다고, 날 잡겠다는 거야? 알고 보니 모습을 감추는 술법이었어. 무슨 계 따위는 받지 않을 테다! 내 창을 받아라!"

요괴 왕은 관음보살의 얼굴을 겨누어 찔렀어요. 화가 난 손오공이 여의봉을 빙글빙글 돌리며 치려 하자 관음보살이 소리쳤어요.

"때리지 말거라, 다스릴 방법이 있느니라."

관음보살이 소매에서 금고테金箍兒를 꺼내 말했어요.

"이 보물은 원래 우리 석가여래께서 동녘 땅에서 경전을 가지러 가는 사람에게 쓰라고 내리신 금고테, 긴고테, 금고테禁箍兒, 이 세 테 가운데 하나이다. 긴고테는 먼저 네게 씌워주었고, 금고테禁箍兒는 검은 곰 요괴[5]를 거둘 때 썼고, 이 마지막 금고테가 남아 있었지. 오늘 저 요괴가 버릇없이 구는 걸 보니, 저 녀석에게 씌워야겠구나."

---

5 제17회에 나오는 흑풍산 검은 곰 요괴를 가리키는 것으로, 관음보살이 거두어 산지기 신[守山大神]으로 삼았다.

훌륭한 관음보살! 그가 바람을 맞으며 금고테를 번쩍 흔들면서 "변해랏!" 하고 외치자 즉시 다섯 개의 고리로 변했어요. 그걸 선재동자를 향해 던지며 "붙어랏!" 하고 외치자, 하나는 그의 머리 꼭대기에, 두 개는 그의 좌우 두 손에, 또 다른 두 개는 그의 좌우 두 발에 씌워졌어요. 관음보살이 말했지요.

"오공아, 좀 떨어져 있어라. 금고아주金箍兒咒를 욀 테니."

손오공이 당황해서 말했어요.

"보살님, 요괴를 잡자고 모셔 왔더니, 어째서 제게 그 주문을 외려 하십니까?"

"이 주문은 긴고아주가 아니라 금고아주이다. 네가 아니고 저 동자 것이야."[6]

비로소 마음이 놓인 손오공은 관음보살 옆에 바싹 붙어서 뭐라고 주문을 외는지 귀를 쫑긋 세웠어요. 관음보살이 손을 구부려 결을 맺고 소리 없이 몇 번 주문을 외니, 요괴 왕이 귀를 비비고 볼을 쥐어뜯고 손발을 움츠리며 데굴데굴 굴렀어요. 그야말로,

한 마디 능통한 말 사바세계를 두루 꿰뚫고
광대무변의 법력 깊고 깊도다.

一句能通徧沙界　廣大無邊法力深

는 격이었지요. 결국 선재동자가 어떻게 귀의하게 되는지는 알 수 없으니, 이에 대해서는 다음 회를 들어보시라.

6　긴고아주의 '긴緊'과 금고아주의 '금禁'은 중국어 발음이 같은 '진[jin]'이기 때문에 손오공이 듣고 자기 머리를 죄는 주문으로 오해한 것이다.

제43회
흑수하의 악어 요괴

한편, 관음보살이 몇 차례 주문을 외고서야 멈추니, 비로소 홍해아의 통증이 멈췄어요. 그러자 그는 다시 마음을 가다듬고 몸을 일으켰는데, 목이며 손발에 모두 황금테가 아프도록 단단히 채워져 있었어요. 그는 금고아를 벗겨보려 했으나 꼼짝하지 않았어요. 이 보물은 이미 그의 살에 뿌리를 내려 떼어내려고 할수록 아프기만 했지요. 손오공이 웃으며 말했어요.

"귀염둥이야, 보살님께서 네가 잘 크지 않을까 봐 네게 목걸이와 팔찌를 채워주셨구나."[1]

이 어린 녀석은 이 말을 듣고 또 화가 나서 창을 집어 들고 손오공을 향해 마구 찔렀어요. 손오공은 급히 몸을 피해 관음보살 뒤편에 서서 소리쳤어요.

"빨리 주문을 외세요, 빨리요!"

관음보살은 버들가지를 감로수에 담갔다가 뿌리며 소리쳤어요.

---

1 옛날에는 어린아이에게 '백 살까지 오래 살아라(長命百歲)'와 같은 상서로운 내용을 담은 글자가 새겨진 목걸이와 팔찌를 채워주면 탈 없이 잘 자라고 오래도록 장수한다고 믿었다.

"붙어라!"

그러자 어린 녀석은 창을 떨어뜨리고 두 손을 가슴에 붙인 채뗄 수가 없게 되었어요. 지금까지 남아 있는 '관음보살의 붙들기[觀音扭]'란 바로 이런 뜻이지요. 이 어린 녀석은 손을 뗄 수도 창을 들 수도 없게 되자 비로소 이 법력의 깊이를 깨닫게 되었어요. 그는 어쩔 수 없이 다시 고개를 숙여 절을 올렸어요. 관음보살이 진언을 외며 정병을 기울이니 바닷물이 모두 거둬지고 한 방울도 남지 않았어요. 그리고 관음보살은 손오공을 향해 말했어요.

"오공아, 이 요괴는 이미 항복했지만 거친 마음이 아직 남아 있구나. 내 저놈에게 한 걸음에 한 번씩 절을 하도록 해서, 낙가산에 도착해서야 법력을 거두겠다. 너는 이제 얼른 동굴로 가서 네 사부를 구해라."

손오공이 몸을 돌려 머리를 조아리며 말했어요.

"멀리까지 오시느라 고생 많으셨으니, 제가 마땅히 전송을 해 드리겠습니다."

"전송할 필요 없다. 네 사부의 목숨이 상할까 걱정이구나."

손오공은 그 말을 듣고 기뻐하며 고개를 조아려 작별 인사를 했어요. 홍해아는 정과正果에 귀의하여 쉰세 곳을 찾아다니며 선善 지식을 구하고 마지막으로 보현보살을 참배했는데,[2] 선한 관음보살이 선재동자를 거둬들인 일에 대해서는 더 이상 얘기하지 않겠어요.

한편 사오정은 한참 동안 숲속에 앉아 손오공을 기다렸으나 돌아오지 않자, 봇짐을 말 위에 잠시 얹어두고, 한 손엔 항요장을 들고 다른 한 손으로는 말고삐를 끌며 숲 밖으로 나와 남쪽을 살

2 선재동자善財童子가 차례로 남쪽으로 다니면서 53개의 선지식을 참견하는 일을 말한다.

펴보았어요. 그때 손오공이 기뻐하며 오자 사오정이 맞이하며 말했어요.

"형님, 관음보살님을 모시러 가더니 어째서 이제야 오시는 거요? 조바심 나서 죽을 뻔했어요!"

"너 아직 꿈을 꾸고 있는 거냐? 이 몸이 벌써 보살님을 모셔 와 요괴를 항복시켰다."

손오공은 관음보살의 법력에 대해 한바탕 이야기를 죽 들려주었어요. 사오정은 무척 기뻐하며 말했어요.

"사부님을 구하러 갑시다."

둘은 계곡을 건너 동굴 문 앞으로 달려가 말을 묶어놓은 뒤, 무기를 들고 동굴 안으로 일제히 쳐들어가 요괴 무리를 소탕하고, 가죽 자루를 풀어 저팔계를 구해냈어요. 그 멍텅구리가 손오공에게 감사하며 말했어요.

"형님, 요괴는 어디 있소? 그놈을 쇠스랑으로 몇 번 내리쳐 분을 풀어야겠소."

"사부님이나 찾으러 가자."

셋이 곧 뒤쪽으로 가니, 삼장법사는 벌거벗은 채 마당 가운데에 묶여 통곡하고 있었어요. 사오정이 급히 밧줄을 풀어주자, 손오공은 옷을 가져다 입혀주었어요. 세 제자들은 삼장법사 앞에 무릎을 꿇고 말했어요.

"사부님, 고생 많으셨습니다."

"착한 제자들아, 너희들이 고생 많았구나. 그런데 어떻게 요괴를 항복시켰느냐?"

손오공은 관음보살을 모셔 와 어린 요괴를 거둬들인 이야기를 자세히 들려주었어요. 삼장법사는 그 이야기를 듣고 급히 무릎을 꿇고 남쪽을 향해 절을 올렸어요. 손오공이 말했어요.

"감사할 필요 없어요. 오히려 우리가 그분에게 복을 드려서 동자 하나를 거두게 했으니까요."

(지금도 선재동자가 관음보살을 뵙고 쉰세 번 동안 선善지식을 찾아다닌 후 마침내 부처님을 뵈었다고 얘기하는 것은 바로 이 일 때문이지요.) 그리고 손오공은 사오정더러 동굴 안의 보물을 거둬들이라고 했어요. 또 쌀과 식량을 찾아 공양을 준비하여 삼장법사를 대접했어요. 삼장법사가 목숨을 보전한 것은 전적으로 제천대성 덕분이고, 불경을 얻은 것도 오로지 멋진 원숭이 왕 덕분이었지요.

삼장법사 일행은 동굴을 나와 말에 안장을 씌우고, 큰길을 찾아 마음을 단단히 먹고 서쪽으로 향했어요. 그렇게 한 달 남짓 가노라니 문득 물소리가 귀를 울렸어요. 삼장법사가 깜짝 놀라며 말했어요.

"제자들아, 또 어디서 물소리가 들리는 게냐?"

손오공이 웃으며 말했어요.

"사부님께선 정말 의심이 너무 많아 중노릇하기 힘들겠군요. 우린 일행이 모두 넷이나 되는데, 유독 사부님께서만 무슨 물소리를 들으셨다는 겁니까? 저 『반야바라밀다심경』을 벌써 잊으셨습니까?"

"『반야바라밀다심경』은 부도산浮屠山 오소 선사烏巢禪師께서 전수해주신 것으로 모두 쉰네 구에 이백칠십 자이다. 내 그것을 들었을 때부터 지금까지 항상 기억하고 있는데, 넌 내가 어느 구절을 잊어버렸단 말이냐?"

"스님께서는 '눈도, 귀도, 코도, 혀도, 몸도, 마음도 없다(無眼耳鼻舌身意)'라는 구절을 잊어버리셨습니다. 우리 출가한 사람들은 눈으로 물상物相의 색을 보지 않고, 귀로 소리를 듣지 않고, 코로

악취나 향기를 맡지 않고, 혀로 맛을 보지 않고, 몸으로 추위와 더위를 느끼지 않고, 마음에는 헛된 생각이 없어야 합니다. 이런 것을 일컬어 여섯 도적을 물리친다고 하는 것입니다. 사부님께선 마음으로는 경전을 구하는 일에 연연하시고, 요괴를 무서워하여 몸을 버리려 하지 않으시고, 공양을 드시며 혀를 움직여 맛을 보려 하시고, 향기롭고 단 것을 좋아하고 역한 냄새를 싫어하시며, 귀로 소리를 듣고 놀라시고, 사물을 보면 시선을 집중하십니다. 이렇게 여섯 도적을 어지럽게 불러들이시니 어떻게 서천西天으로 가서 부처님을 뵐 수 있겠습니까?"

삼장법사는 그 말을 듣고 묵묵히 생각에 잠겼다가 말했어요.

"제자야, 나는"

당시 성스러운 황제와 작별한 뒤로
험한 길 달리며 밤낮으로 정성을 다했노라.
짚신 신고 안개 자욱한 산을 넘었고
대나무 사립 쓰고 구름 덮인 고개를 지났노라.
고요한 밤 원숭이 울음소리에 탄식이 나오고
밝은 달빛 속 새소리 차마 듣기 힘들었노라.
언제나 삼삼의 행로를 다 채워
여래의 오묘한 법문을 얻을 수 있을까?

一自當年別聖君　奔波晝夜甚慇懃
芒鞋踏破山頭霧　竹笠衝開嶺上雲
夜靜猿啼殊可歎　月明鳥噪不堪聞
何時滿足三三行　得取如來妙法文

손오공은 그걸 듣고서는 웃으며 말했어요.

"알고 보니 사부님께선 고향 생각을 그치지 못하시는 게로군요. 삼삼의 행로를 다 채우는 게 뭐 어렵겠어요? 속담에도 '공을 들이면 저절로 이루어진다(功到自然成)'고 하지 않습니까!"

그러자 저팔계가 고개를 돌리며 말했어요.

"형님, 이렇게 흉악한 요괴들이 방해한다면 천 년을 가도 공을 이룰 수 없을 거요."

사오정이 말했어요.

"둘째 형, 형도 저처럼 말주변이 없으니 괜히 큰형님 화나게 하지 마시구려. 짐 짊어지고 꾸준히 가다 보면 결국 공을 이룰 날이 있을 거요."

스승과 제자들은 한참 대화를 주고받는 동안에도 발걸음을 멈추지 않았고, 말도 잰걸음으로 걸었어요. 그런데 앞쪽에 하늘까지 파도가 일렁이는 검은 물줄기가 나타나자, 말은 앞으로 나아갈 수 없었어요. 넷이 벼랑가에 멈춰 서서 자세히 살펴봤어요.

겹겹이 일어나는 짙은 파도
번갈아 몰아치는 어지러운 물결
겹겹이 일어나는 짙은 파도 검은 물을 뒤집고
번갈아 일어나는 어지러운 물결 검은 기름처럼 휘몰아치네.
가까이서 살펴봐도 사람 모습 비치지 않고
멀리서 바라보면 나무 그림자 찾기 어렵네.
온 땅의 먹물 세차게 흐르는 듯
천 리에 덮인 재 도도히 출렁이는 듯
떠오는 물거품은 숯가루 쌓인 듯하고
꽃처럼 부서지는 물방울은 석탄을 뒤집는 듯하네.
소나 양도 마시지 않고

까막까치도 날기 어렵네
소나 양이 마시지 않는 것은 너무 검어서 싫기 때문이고
까막까치 날기 어려운 것은 까마득한 강폭이 두렵기 때문
다만 벼랑가 갈대와 개구리밥만 푸르게 무성하고
여울가 꽃과 풀들 빼어난 자태 다투네.
호수며 강물은 온 세상에 다 있고
계곡이며 연못도 세상에 많이 있다네.
사람이 살다 보면 가보는 곳 많겠지만
뉘라서 서방의 흑수하를 보았을까!

層層濃浪　疊疊渾波
層層濃浪翻烏潦　疊疊渾波捲黑油
近觀不照人身影　遠望難尋樹木形
滾滾一地墨　滔滔千里灰
水沫浮來如積炭　浪花飄起似翻煤
牛羊不飲　鴉鵲難飛
牛羊不飲嫌深黑　鴉鵲難飛怕渺瀰
只是岸上蘆蘋知綠茂　灘頭花草鬪青奇
湖泊江河天下有　溪源澤洞世間多
人生皆有相逢處　誰見西方黑水河

삼장법사가 말에서 내려 말했어요.
"얘들아, 이 물은 어째서 이리 흐리고 검으냐?"
저팔계가 대답했어요.
"어느 집에서 남색 물감이 든 항아리를 쏟았나보지요, 뭐."
사오정이 말했어요.
"그렇지 않으면, 어느 집에서 붓과 벼루를 씻었나보네요."

그러자 손오공이 말했어요.

"쓸데없는 소리 말고 사부님을 지켜 건널 방법이나 마련하자."

저팔계가 말했어요.

"이 강은 이 몸이야 건너기 어렵지 않지요. 구름을 타건 뛰어들어 수영을 하건, 밥 한 끼 먹을 시간도 안 돼서 건너갈 테니까요."

사오정도 말했어요.

"저도 그저 구름을 타고 수면을 밟고 지나면 순식간에 건너지요."

손오공이 말했어요.

"우리야 쉽지만 사부님은 어렵잖아."

그러자 삼장법사가 말했어요.

"애들아, 이 강이 얼마나 넓은 것이냐?"

저팔계가 대답했어요.

"대충 십 리 정도는 돼 보이는데요?"

"너희 셋이 의논해서 누가 나를 업고 건너가렴."

그러자 손오공이 말했어요.

"저팔계가 업을 수 있어요."

"업기 어려워요. 업고 구름을 타면 땅에서 세 자도 떨어지기 힘들어요. 속담에도 '보통 사람을 업는 것은 산을 업는 것만큼 무겁다(背凡人重若丘山)'고 하잖아요? 업고 건너려다간 저까지 물에 빠질 걸요?"

스승과 제자들이 강가에서 상의하고 있노라니, 저쪽 여울에서 누군가가 작은 배를 노 저어 다가왔어요. 그러자 삼장법사가 기뻐하며 말했어요.

"애들아, 배가 오는구나. 저 사람더러 건너게 해달라고 하자."

그러자 사오정이 큰 소리로 외쳤어요.

"사공, 우리 좀 태워주시오! 태워주시오!"

"저는 손님을 태우는 사공이 아닌데, 어떻게 태워줍니까?"

"하늘에서나 속세에서나 서로 편의를 봐주는 것이 제일 좋잖소? 댁이 비록 손님 태우는 사공이 아니라 하나, 우리 역시 항상 와서 댁을 귀찮게 하는 이들은 아니오. 우리는 동녘 땅 황제께서 파견하여 불경을 가지러 가는 불제자들인데, 건너도록 편의를 봐주시면 고맙겠소."

그 사람은 이 말을 듣고 배를 저어 물가로 다가오더니, 삿대를 든 채 말했어요.

"스님, 이 배는 작은데 댁들은 수가 많으니 어떻게 모두 태워드린단 말씀이오?"

삼장법사가 다가가 살펴보니, 그것은 나무를 깎아 만든 작은 배였어요. 중간에 하나뿐인 선실은 기껏해야 두 사람만 탈 수 있을 정도였어요. 삼장법사가 말했어요.

"어쩌면 좋을까?"

그러자 사오정이 대답했어요.

"그럼 두 사람씩 짝을 지어 건너도록 하지요."

저팔계는 곧 꾀를 부려 말했어요.

"동생, 자네하고 형님은 여기서 봇짐과 말을 지키고 있게. 내가 사부님을 모시고 먼저 건너고, 다시 와서 자네하고 말을 태움세. 형님은 뛰어 건너면 되지, 뭐."

손오공이 고개를 끄덕였어요.

"네 말이 맞다."

그 멍텅구리가 삼장법사를 부축해 배에 오르자 사공은 노를 저어 물살을 헤치고 곧장 떠났어요. 그런데 배가 막 강 중간에 이르자 쏴 하는 소리와 함께 파도가 휘말려 솟구치면서 하늘을 가리고 눈앞이 캄캄해졌어요. 그 광풍은 아주 무시무시했어요.

하늘에 한 조각 먹구름 일어나니
여울 가운데 천 겹 검은 파도 높이 이네.
양쪽 물가에선 모래 날아 햇볕을 가리고
사방의 나무 쓰러지며 하늘 뒤흔드는 소리 울리네.
강을 뒤집고 바다 흔드니 용왕도 무서워하고
땅을 쓸고 먼지 일으켜 꽃나무도 시들게 하네.
우르릉 봄날 우레처럼 큰 소리 울리고
으르렁 굶주린 호랑이의 포효처럼 사납네.
게도 자라도 물고기도 새우도 하늘 향해 절하고
날짐승도 들짐승도 둥지를 잃네.
호수마다 배들이 모두 조난당하고
온 세상 사람들 목숨 지키기 어렵네.
계곡의 늙은 어부도 낚싯대 들고 있기 어려운데
강 위의 사공이 어찌 노를 저으랴?
기왓장 벽돌 뒤집히고 건물도 쓰러지는데
천지도 놀라고 태산까지 흔들리네.

當空一片砲雲起　　中溜千層黑浪高
兩岸飛沙迷日色　　四邊樹倒震天號
翻江攪海龍神怕　　播土揚塵花木凋
呼呼响若春雷吼　　陣陣兇如餓虎哮
蟹鱉魚蝦朝上拜　　飛禽走獸失窩巢
五湖船戶皆遭難　　四海人家命不牢
溪內漁翁難把鉤　　河間梢子怎撑篙
揭瓦翻磚房屋倒　　驚天動地泰山搖

黑河妖孽擒僧去
西洋龍王逞棍回

흑수하의 요괴가 삼장법사를 납치해 가다

이 바람은 원래 그 뱃사공이 농간을 부려 일으킨 것이었어요. 그는 원래 흑수하에 사는 괴물인데, 삼장법사와 저팔계를 노리고 배까지 물속에 빠뜨려버리더니, 종적도 없이 둘을 어디론가 잡아가버렸어요.

이쪽 물가에 있던 사오정과 손오공은 무척 당황했어요.

"어쩌면 좋으냐? 스님은 가는 곳마다 재앙을 만나는구나. 겨우 요괴에게서 벗어나 다행히 여기까지 편안하게 왔는데, 또 흑수하에서 재난을 만나는구나!"

"배가 뒤집힌 게 아닙니까? 여울가로 가서 찾아봅시다."

"배가 뒤집힌 게 아니다. 배가 뒤집혔다면 저팔계는 물에 익숙하니까 분명 사부님을 모시고 수영을 해서 나왔을 게다. 내 좀 전에 보았던 저 사공에게서 뭔가 꺼림칙한 기운을 느꼈는데, 아마이 자식이 바람을 일으키고 사부님을 물속으로 끌고 들어간 모양이다."

"형님, 왜 일찍 얘기하지 않으셨소? 말하고 봇짐 좀 지키고 계셔요. 제가 물속에 들어가 찾아보고 올게요."

"여긴 물빛이 좋지 않으니 네가 들어갈 수 없을 게다."

"이 물이 제가 있던 유사하에 비해 어떻다고 그래요? 괜찮아요. 들어갈 수 있다니까요!"

멋진 사오정! 그는 승복을 벗고 팔다리를 걷어붙이고 항요장을 휘둘러 척 물을 가르고 파도 속으로 뛰어들어 성큼성큼 앞으로 걸어갔어요.

한참 가고 있노라니, 누군가의 말소리가 들려왔어요. 사오정은 재빨리 몰래 곁으로 다가가 훔쳐보았어요. 거기엔 정자 하나가 세워져 있었는데, 정자 문 밖엔 가로로 '형양욕 흑수하신 저택[衡陽峪黑水河神府]'이라고 큰 글씨로 씌어 있었어요. 그리고 윗자리에 앉은 요괴의 목소리가 들려왔어요.

"그동안 내내 고생했는데, 오늘에야 비로소 물건을 얻었구나. 이 중은 열 세상을 돌며 수행한 훌륭한 사람이니, 그의 고기를 한 점만 먹어도 영원히 늙지 않고 살 수 있지. 내 저 중을 잡으려고 한참을 기다렸는데, 오늘에야 뜻을 이루었구나."

그리고 요괴는 부하들에게 명령했어요.

"애들아! 빨리 쇠 시루를 꺼내와서 이 두 중을 한꺼번에 쪄라. 그리고 편지를 가져가서 둘째 외삼촌을 모셔 오너라. 내 그분에게 생신 전날을 기념하는 잔치를 벌여줘야겠다."

사오정은 그 말을 듣고 마음속에 불길이 이는 것을 참을 수 없어서, 항요장으로 대문을 마구 두드리며 욕을 퍼부었어요.

"이 못된 것! 빨리 우리 사부님과 둘째 형 저팔계를 내놓아라!"

깜짝 놀란 문안의 요괴들이 급히 뛰어가 보고했어요.

"큰일 났습니다!"

"무슨 큰일이 났다는 게냐?"

"밖에 얼굴색이 시커먼 중 하나가 문을 두들기고 욕을 퍼부으면서 사람을 내놓으랍니다."

요괴는 그 말을 듣고 즉시 명령을 내렸어요.

"갑옷을 가져오너라!"

졸개 요괴가 갑옷을 가져오자 요괴는 단단히 차려입고, 손에는 대나무처럼 마디가 있는 강철 채찍을 든 채 문밖으로 달려 나왔어요. 그 모습은 정말 흉악하고 독살스러웠어요.

네모진 얼굴에 둥근 눈 노을처럼 환히 빛나고
입술 말려 올라간 큰 입은 피 담긴 대야처럼 붉구나.
몇 가닥 철사 같은 수염 드문드문 뻗치고

주사처럼 붉은 양쪽 살쩍에 머리는 헝클어졌네.
몸집은 영험한 진짜 태세신太歲神 같고
용모는 잔뜩 화난 벼락신 같네.
몸에 걸친 쇠 갑옷엔 둥근 자수 무늬 찬란하고
머리에 쓴 황금 투구엔 영롱한 보석 박혔네.
대나무 마디 강철 채찍 손에 들고
걸을 때마다 쌩쌩 거친 바람 몰고 다니네.
원래 파도 속에 사는 놈으로 태어났는데
원래 살던 물을 벗어나 흉악하게 변했네.
이 요괴의 진짜 이름을 알고 싶은가?
그전에는 작은 타룡이라 불렸다네.

方面圓睛霞彩亮　　捲脣巨口血盆紅
幾根鐵線稀髯擺　　兩鬢朱砂亂髮蓬
形似顯靈眞太歲　　貌如發怒狠雷公
身披鐵甲圍花燦　　頭戴金盔嵌寶濃
竹節鋼鞭提手内　　行時滾滾拽狂風
生來本是波中物　　脫去原流變化兇
要問妖邪眞姓字　　前身喚做小鼉龍

요괴가 소리쳤어요.

"어떤 놈이 내 문을 때려 부수느냐?"

"이 무지하고 못된 요괴야! 어째서 술수를 부려 사공으로 변해 우리 사부님을 납치했느냐? 냉큼 돌려주면 목숨만은 살려주마!"

그러자 요괴가 껄껄 웃으며 말했어요.

"이 중놈이 죽을지 살지 모르는구나! 네 사부는 내가 잡아 와서, 지금 쪄서 손님을 청해 먹을 참이다! 덤벼라, 승부를 겨뤄보자! 내 세 합을 받아내면 네 사부를 돌려주겠지만, 그렇지 못할 경우엔 너까지 쪄 먹어버릴 테니, 서천으로 갈 생각은 말아라!"

사오정이 그 말을 듣고 버럭 화를 내며 항요장을 휘둘러 요괴의 머리를 향해 내리치니, 요괴는 강철 채찍을 들어 재빨리 맞받아쳤어요. 둘이 물 밑에서 벌인 이 싸움은 정말 살벌했어요.

> 항요장과 대나무 마디 강철 채찍
> 둘이 화내며 앞을 다투네.
> 하나는 흑수하 속의 천 년 묵은 괴물
> 다른 하나는 영소전 밖의 옛 신선
> 저쪽은 삼장법사의 고기 먹고자 하고
> 이쪽은 불쌍한 당나라 승려의 목숨 지키려 하네.
> 물 밑에서 싸움을 벌이는데
> 각자 공을 이루려 하나 둘 다 못 이루네.
> 깜짝 놀란 새우와 물고기들 쌍쌍이 고개 내저으며 피하고
> 게와 자라도 짝을 지어 머리 움츠리고 숨네.
> 물속 요괴들 일제히 북을 울리고
> 문 앞의 괴물들 어지럽게 고함지르네.
> 불문의 멋진 사나이 사오정
> 혼자 몸으로 위엄과 힘을 펼치네.
> 물결치고 파도 뒤집혀도 승부가 나지 않고
> 강철 채찍이 항요장에 맞서니 둘이 서로 얽히는구나.
> 이 싸움은 오로지 당나라 승려가
> 부처님 뵙고 불경 얻으려 해서 벌어진 것일세.

降妖杖與竹節鞭　二人怒發各爭先
一個是黑水河中千載怪　一個是靈宵殿外舊時仙

那個因貪三藏肉中吃　這個爲保唐僧命可憐
都來水底相爭鬪　各要功成兩不然
殺得蝦魚對對搖頭躱　蟹鱉雙雙縮首潛
只聽水府群妖齊擂鼓　門前眾怪亂爭喧
好個沙門眞悟淨　單身獨力展威權
躍浪翻波無勝敗　鞭迎杖架兩牽連
算來只爲唐和尚　欲取眞經拜佛天

둘이 서른 합이 넘게 겨뤘지만 승부를 가리지 못하자 사오정은 속으로 생각했어요.

'이 괴물은 내 호적수라서 헛고생만 하고 이기지는 못하겠구나. 이놈을 유인해 밖으로 나가서 형님더러 때려잡게 해야지.'

사오정은 일부러 밀리는 척하며 항요장을 끌고 도망쳤어요. 하지만 요괴는 쫓아오지 않고 이렇게 말했어요.

"가라 가! 난 너랑 안 싸우련다. 난 편지 써서 손님이나 청해야겠다!"

사오정은 숨을 훅훅 몰아쉬며 물밖으로 뛰쳐나와 손오공에게 말했어요.

"형님, 이 괴물은 정말 못됐어요."

"들어간 지 한참 만에 나왔는데, 도대체 무슨 요괴더냐? 사부님은 찾았느냐?"

"그놈이 있는 곳에 정자가 하나 있는데, 문밖에 가로로 '형양욕흑수하신 저택'이라고 적혀 있더군요. 제가 숨어 안에서 하는 얘기를 들어보니, 졸개들을 시켜 쇠 시루를 씻어 사부님과 저팔계 형님을 쪄서 그놈의 외삼촌을 불러와 생일 전야 기념 잔치를 벌일 모양이더군요. 그래서 제가 화가 나 대문을 후려쳤더니, 그 요괴가 대나무처럼 마디가 있는 강철 채찍을 들고 저와 한참 동안 싸웠어요. 서른 합 정도 싸워도 승부가 나지 않기에 제가 일부러 지는 척하며 그놈을 유인해내서 형님의 도움을 받으려고 했는데, 그 요괴가 워낙 약아빠져서 쫓아오지는 않고, 편지 보내 손님이나 청한다더군요. 그래서 저도 그냥 나왔어요."

"도대체 어떤 요괴더냐?"

"생김새는 큰 자라 같더군요. 아니, 꼭 타룡 같았어요."

"그놈의 외삼촌은 또 누구지?"

그런데 그의 말이 채 끝나기도 전에, 저 아래쪽 만灣에서 노인 하나가 걸어 나오더니, 멀리서 무릎을 꿇고 소리쳤어요.

"제천대성님, 흑수하의 신이 인사 올립니다."

"넌 그 배를 몰던 요괴 아니냐? 또 나를 속이려고 왔느냐?"

그러자 노인이 머리를 조아린 채 눈물을 흘리며 말했어요.

"제천대성님, 전 요괴가 아니라 이 강의 진짜 신입니다. 그 요괴는 작년 오월에 서해의 큰 조류를 타고 이곳에 와서 저와 싸웠습니다. 하지만 전 나이가 들어 몸도 쇠약해진지라 그놈을 당해낼 수 없었습니다. 그놈은 제가 살던 형양욕 흑수하신 저택을 빼앗고, 물속에 사는 많은 무리들을 해쳤습니다. 전 어쩔 도리가 없어서 곧장 바다로 가 그놈을 고발했습니다만, 원래 서해 용왕은 그놈의 외삼촌인지라 제 고발장을 받아들이지 않고 저더러 그놈에게 집을 양보하라고 했습니다. 하늘나라에 상소문을 올리려 했습니다만, 제 직분이 낮아서 옥황상제님을 뵐 수조차 없었습니다. 이제 제천대성께서 이곳에 오셨다는 소식을 듣고 인사를 올리면서 고발하러 찾아온 것입니다. 제발 제 원수를 갚도록 힘써주십시오."

"네 말대로라면 서해 용왕도 죄가 있다. 그놈이 지금 내 사부님과 사제를 납치해 가서 둘을 쪄 그놈의 외삼촌을 불러다 생일 전날을 기념하는 잔치를 열겠다고 떠벌리고 있다기에, 내 그놈을 잡으려던 차였는데, 다행히 네가 와서 소식을 전해주었구나. 그러면 너는 사오정과 같이 이곳을 지키고 있어라. 나는 바다로 가서 먼저 서해 용왕을 잡아와 그놈더러 이 요괴를 잡으라고 시켜야겠다."

"제천대성님, 정말 감사합니다."

손오공은 즉시 구름을 타고 곧장 서쪽 큰 바다로 가서, 구름을 내리고 물을 피하는 주문을 외어 물길을 열었어요. 그렇게 막 걸어가려던 차에 마침 금으로 장식한 편지 상자를 받들고 쏜살같이 하류에서 올라오는 가물치 요괴와 맞닥뜨렸어요. 손오공이 퍽 하고 얼굴에 한 방 먹이고 여의봉을 들어 정수리를 내리치니, 가엾게도 그놈은 뇌수가 쏟아지고 광대뼈가 부서지며 꾸룩 하고 수면으로 떠올랐어요. 손오공이 상자를 열어보니, 안에 편지가 한 장 들어 있는데, 그 내용이 이러했어요.

조카 타결鼉潔이 둘째 외삼촌 오敖 어르신께 돈수백배頓首百拜하고 삼가 올립니다.

지난날 베풀어주신 은혜 정말 감사합니다. 오늘 제가 두 가지 물건을 얻었으니 바로 동녘 땅에서 온 중들로서, 실로 인간 세상에서 보기 드문 것입니다. 제가 감히 혼자 먹지 못하겠다고 여기던 차에, 외삼촌의 생신이 가까워진 사실이 떠올랐습니다. 조촐하나마 잔치를 마련하여 미리 장수를 축하해드리고자 하오니, 부디 속히 왕림해주시기 바랍니다.

이만 줄입니다.

손오공이 그걸 보고 웃으며 말했어요.

"이 자식이 손 어르신께 자술서를 미리 보냈구나."

그가 편지를 소매에 갈무리하고 다시 앞으로 나아가니, 바다를 순찰하던 야차가 멀리서 손오공을 보고 급히 수정궁으로 달려 들어가 보고했어요.

"대왕님, 제천대성 손 나리께서 오십니다!"

용왕 오순은 즉시 물속의 족속들을 이끌고 수정궁을 나와 손오공을 영접했어요.

"제천대성님, 제 궁으로 드시지요. 차라도 한 잔 올리겠습니다."

"내 아직 당신의 차를 마셔본 적이 없는데, 당신은 먼저 내 술을 마셨구려."

용왕이 웃으며 말했어요.

"제천대성께서는 전에 불교에 귀의하신 뒤로 고기도 잡숫지 않고 술도 마시지 않으셨는데, 언제 저더러 술 마시러 오라고 부르기나 하셨습니까?"

"당신이 술을 마시러 간 적은 없지만, 술을 마셨다는 죄는 뒤집어쓰게 되었소이다."

용왕은 깜짝 놀라 물었어요.

"제가 무슨 죄를 졌다는 말씀이십니까?"

손오공이 소매에서 편지를 꺼내 용왕에게 건네주자, 용왕은 그걸 읽어보고 혼비백산하여 황급히 무릎을 꿇고 머리를 조아리며 말했어요.

"제천대성님, 용서해주십시오! 그놈은 제 여동생의 아홉째 아들입니다. 매부는 비바람을 잘못 일으켜 빗방울 수가 줄어들게 하는 바람에, 하늘 관청에서 인간 세상의 승상 위징魏徵으로 하여 금 꿈속에서 그의 목을 베도록 했습니다. 제 여동생은 몸을 의지

할 데가 없는지라, 제가 그놈을 여기로 데려와 어른이 될 때까지 키웠습니다. 불행히도 재작년에 여동생도 병으로 죽어 그놈이 살 곳이 없는지라, 제가 그놈더러 흑수하에서 품성을 닦고 수양하라고 했습니다. 그런데 뜻밖에 이런 못된 짓을 저질렀군요. 제가 즉시 부하를 보내 그놈을 잡아들이겠습니다."

"당신 여동생에겐 모두 아들이 몇 명 있으며, 모두 어디에서 요괴 노릇을 하고 있소?"

"제 여동생에겐 아들이 모두 아홉인데, 나머지 여덟은 모두 착한 녀석들입니다. 첫째는 황룡黃龍으로 회수淮水에 살고 있고, 둘째는 여룡驪龍으로 제수濟水에 살고 있으며, 셋째는 등이 푸른 청배룡靑背龍으로 장강長江에 살며, 넷째는 붉은 수염의 적염룡赤髥龍으로 황하를 지키고 있습니다. 다섯째는 도로룡徒勞龍으로 부처님의 종鐘을 관리하고 있고, 여섯째는 온수룡穩獸龍으로 신들이 사는 궁전 지붕의 용마루를 지키고 있으며, 일곱째는 경중룡敬仲龍으로 옥황상제의 궁궐에서 하늘을 떠받드는 돌기둥[擎天華表]을 지키고 있고, 여덟째는 신기루의 용인 신룡蜃龍으로 큰형님이 계신 동해에서 태악太岳을 굳건히 지키고 있습니다. 이놈은 바로 아홉째인 악어 타룡인데, 나이가 어려 하는 일도 없고 해서 작년부터 흑수하에 보내 품성을 수양하도록 하고, 명성을 이루는 날 다른 곳으로 옮겨주겠다고 했습니다. 그런데 그놈이 저의 지시를 따르지 않고 제천대성님을 화나게 할 줄 누가 알았겠습니까?"

손오공이 그 말을 듣고 웃으며 말했어요.

"당신 여동생은 남편이 몇 명이오?"

"결혼은 한 번밖에 하지 않았으니, 매부는 바로 경하涇河의 용왕입니다. 그는 예전에 벌써 그 일로 목이 잘렸고, 과부가 된 여동생은 이곳에 와서 살다가 재작년에 병으로 죽고 만 것입니다."

"일부일처一夫一妻가 어떻게 그렇게 많은 잡종들을 낳았소?"

"그래서 바로 '용은 아홉 자식을 낳지만 아홉이 모두 제각각(龍生九種 九種各別)'이라고 하는 것입니다."

"내 조금 전에 속으로 고민하다가 이 편지를 증거로 삼아 하늘나라 조정에 고발하려고 했소. 당신들이 한 패거리가 되어 못된 짓을 하며 사람을 납치하는 죄를 저지른 데 대해 문책하라고 말이오. 그런데 당신 말에 따르면 그 못된 놈이 가르침을 따르지 않은 것이라 하니, 이번엔 당신을 용서하겠소. 첫째는 형제의 정으로써 당신을 생각해준 것이고, 다음으로는 당신도 사정을 그다지 잘 모르니 그저 저 어리고 무지한 못된 놈을 탓해야 마땅하기 때문이오. 얼른 부하를 보내 그놈을 잡아 와서 내 사부님을 구하시오. 처분은 그다음에 내리겠소."

용왕은 즉시 태자 마앙摩昻을 불렀어요.

"어서 새우와 물고기 장병 오백을 이끌고 타룡놈을 잡아와 죄를 묻도록 해라! 그리고 술자리를 마련하여 제천대성님을 대접하도록 해라!"

"용왕께선 너무 신경 쓰지 마시오. 이미 당신을 용서하겠다고 했으니, 그만 되었소. 또 뭐하러 술자리를 벌인단 말이오? 나는 지금 당신 아들과 함께 돌아가야겠소. 늙은 사부님이 잘못된 일을 당하셨고, 또 사제들이 내가 돌아오기를 기다리고 있기 때문이오."

늙은 용왕은 한사코 붙들었으나 어쩔 수 없자, 또 용왕의 딸이 차를 받쳐 들고 와서 올렸어요. 손오공은 선 채로 그 향기로운 차를 한 잔 마신 후, 용왕과 작별하고 마앙태자와 더불어 병사를 이끌고 서해를 떠났어요. 이윽고 흑수하에 도착하자 손오공이 말했어요.

"태자, 단단히 주의해서 잡게. 나는 뭍으로 올라가 있겠네."

"제천대성님, 안심하십시오. 제가 그놈을 잡아와 먼저 제천대성님께 보여드릴 테니, 죄를 다스리십시오. 삼장법사님을 모셔온 뒤에, 그놈을 바다로 데려가 아버님을 뵙겠습니다."

손오공은 그와 헤어져 물을 피하는 술법을 써서 물결 속에서 뛰어나와 곧장 동쪽 언덕 위로 갔어요. 사오정이 흑수하의 신과 함께 그를 맞이하며 물었어요.

"사형, 가실 때는 공중으로 가시더니 오실 때는 어째 흑수하 안에서 나오시는 것입니까?"

손오공이 가물치 요괴를 때려죽여 편지를 얻고, 용왕을 만나고, 태자와 함께 병사를 이끌고 온 일을 자세히 들려주자, 사오정은 무척 기뻐했지요. 그들이 물가에서 삼장법사를 기다린 일에 대해서는 더 이상 얘기하지 않겠어요.

한편, 마앙태자는 먼저 무장한 병사를 흑수하신의 저택 문 앞으로 보내 요괴에게 알리게 했어요.

"서해 용왕님의 태자이신 마앙님께서 오셨다!"

요괴는 앉아 있다가 문득 마앙태자가 왔다는 소리를 듣고 마음속에 의혹이 생겼어요.

'내 가물치 요괴를 파견해서 둘째 외삼촌에게 편지를 보냈는데, 여태 답장이 없구나. 그런데 어떻게 외삼촌은 오시지 않고 사촌 형이 온 걸까?'

그렇게 중얼거리고 있는데, 흑수하를 순찰하던 졸개 요괴가 또 와서 보고했어요.

"대왕님, 강물 안에 한 무리의 병사들이 관청 서쪽에 주둔하고 있는데, 깃발에 '서해 저군儲君³ 마앙 장군'이라고 적혀 있습니다."

"이 사촌 형은 정말 거만하구나. 아마 외삼촌이 오실 수 없어서 그더러 잔치에 가보라고 하신 모양인데, 잔치에 오면서 병사들은 뭐하러 이끌고 온 거야? 허! 무슨 일이 있었던 것은 아닐까?"

그러면서 요괴는 부하들에게 명령했어요.

"애들아, 내 갑옷과 강철 채찍을 준비해두어라. 변고가 생긴 것인지도 모르니, 내 잠시 나가 그를 맞이하면서 어찌된 일인지 알아보겠다."

졸개 요괴들은 명령에 따라 제각기 손바닥을 비비고 주먹을 문지르며 한바탕 싸울 준비를 단단히 했어요.

타룡이 문을 나와 보니, 정말 한 무리의 바다 병사들이 좌우에 진영을 치고 있었어요.

깃발은 수놓은 띠와 함께 펄럭이고
화극은 밝은 놀처럼 늘어서 있네.
보검에 광채가 어리고
긴 창엔 꽃무늬 끈이 묶여 있네.
활은 작은 달처럼 굽어 있고
화살은 이리 이빨처럼 꽂혀 있네.
큰 칼 찬란하게 빛나고
짧은 곤봉은 단단하기 그지없네.
고래, 큰 거북과 대합, 방합
게, 자라와 물고기, 새우
크고 작은 놈들이 가지런히 늘어서니

---

3 태자를 일컫는 말로, '저사儲嗣', '저적儲嫡', '저궁儲宮'이라고도 한다.

창과 방패가 삼처럼 빽빽하네.
원수의 명령 떨어지지 않으면
누가 감히 멋대로 움직이랴!

征旗飄繡帶　畫戟列明霞
寶劍凝光彩　長鎗纓繞花
弓彎如月小　箭插似狼牙
大刀光燦燦　短棍硬沙沙
鯨鰲並蛤蚌　蟹鱉並魚蝦
大小齊齊擺　干戈似密麻
不是元戎令　誰敢亂爬蹅

악어 요괴는 그걸 보고 얼른 병영 앞으로 가서 큰 소리로 외쳤어요.

"외사촌 형님, 아우가 삼가 기다리고 있었습니다. 어서 오십시오."

병영을 순찰하던 소라 하나가 급히 중군 장막에 보고했어요.

"태자 전하, 밖에서 타룡이 뵙기를 청하고 있습니다."

태자는 머리에 황금 투구를 쓰고, 허리에 보배로운 띠를 매고, 손에는 삼릉간三菱鐗을 들고 병영 밖으로 나가 말했어요.

"나를 보자고 했느냐?"

타룡이 예를 올리며 말했어요.

"제가 오늘 아침 외삼촌을 모시겠다는 편지를 보냈는데, 아마 외삼촌께선 거절하시고 형님을 보내신 모양입니다. 잔치에 오시면서 뭐하러 병사를 이끌고 오셨고 어째서 안으로 들어오시지 않고 여기에 병영을 세우셨습니까? 그리고 왜 또 갑옷을 입고 무기를 들고 계십니까?"

"외삼촌은 뭐하러 오시라고 한 것이냐?"

"제가 전에 은혜를 입어 여기에 살게 되었는데, 오랫동안 얼굴도 뵙지 못하고 효도를 못했습니다. 어제 동녘 땅에서 온 중들을 잡았는데, 듣자 하니 그는 열 세상을 돌며 수행하여 '원정元精을 간직한 몸[元體]'이라, 사람이 그를 잡아먹으면 수명을 늘릴 수 있다고 합니다. 그래서 외삼촌을 모셔 와 보여드리고, 쇠 시루에 쪄서 외삼촌의 생신 전날을 기념하려고 했습니다."

그러자 태자가 호통을 쳤어요.

"이 못된 놈아, 정말 어리석구나! 네가 말한 승려가 누구더냐?"

"당나라에서 온 중인데, 서천으로 불경을 가지러 간답니다."

"너는 그가 당나라 승려인 줄만 알았지, 그의 밑에 있는 제자가 얼마나 무서운지는 모르는 모양이구나!"

"주둥이가 긴 중 하나를 데리고 있는데, 이름이 저팔계라더군요. 그놈도 잡아두었으니 당나라 중과 함께 쪄 먹어야겠습니다. 또 사오정이라는 제자가 있는데, 얼굴이 시커멓고 보배로운 지팡이를 쓰는 녀석입니다. 어제 이 문밖에서 저더러 사부를 내놓으라고 따지기에, 제가 병사를 이끌고 나와 강철 채찍을 한 번 휘두르니까 달아나버렸습니다. 아무리 봐도 무서운 데가 없던데요?"

"알고 보니 정말 무지한 놈이군! 그분에게는 또 큰제자가 있는데, 바로 오백 년 전 하늘궁전에서 크게 소란을 피웠던 하늘나라의 태을금선太乙金仙 제천대성이시다. 지금 당나라 스님을 보호하여 서천으로 가서 부처님을 뵙고 경전을 구하려 하고 있는데, 보타암에 계신 대자대비하신 관음보살께서 그에게 선업을 쌓으라고 권하시며 이름을 바꿔 손오공 행자라고 부르게 하셨다. 너는 어째서 쓸데없이 이런 재앙을 일으켰느냐? 그분이 네가 사자를 통해 보낸 초청 편지를 빼앗아들고 수정궁으로 와서, 우리 부자가 '요괴와 결탁하여 사람을 납치하는' 죄를 저질렀다고 몰아세우셨다. 너는 얼른 당나라 스님과 저팔계를 강가의 제천대성께 돌려보내고, 나를 따라 그분에게 가서 정중히 사과해라. 그러면 목숨은 건질 수 있을 게다. 만약 안 된다는 '안' 자만 뻥긋해도 평생 여기서 살 생각은 말아야 할 것이다!"

타룡은 이 말을 듣고 발끈 화가 났어요.

"나와 당신은 가까운 외사촌 사이인데, 당신은 오히려 남을 옹호하시오? 당신 말대로라면 당나라 중을 돌려보내라는 것인데, 세상에 어디 그렇게 쉬운 일이 있겠소? 당신이야 그자를 겁내지만, 나까지 그자를 겁낼 줄 아시오? 재간이 있다면 내 물속 관청 문 앞에 와서 나하고 세 합을 겨뤄보라고 하시오. 그러면 그자의 사부를 돌려주겠소. 만약 나를 이기지 못하면 그자까지 잡아서 한꺼번에 찜을 쪄버릴 거요. 무슨 친척이고 손님이고 청할 것 없이 혼자 문을 닫아걸고 부하들에게 노래도 부르고 춤도 추게 하면서 윗자리에 앉아 마음껏 먹을 테요. 안 될 건 또 뭐야, 제기랄!"

태자는 그 말을 듣고 욕을 퍼부었어요.

"이런 못된 놈! 정말 버릇이 없구나! 제천대성께 너와 싸우게 할 것도 없다. 네가 감히 나와 맞설 테냐?"

"사나이가 어찌 맞서는 걸 무서워하겠소!"

그리고 요괴는 졸개들에게 명령했어요.

"갑옷을 가져오너라!"

그러자 옛! 하는 소리와 함께 졸개 요괴들이 갑옷을 바치고 강철 채찍을 받들어 올렸어요. 둘은 안면을 바꾸고 각기 영웅의 기상을 드러내며, 명령을 내려 일제히 북을 울리게 했어요. 이 싸움은 악어 요괴가 사오정과 벌인 싸움과는 전혀 달랐어요.

깃발은 환히 빛나고
창들은 번쩍인다.
이쪽에서 진영을 풀어 덤벼드니
저쪽에선 문을 열어젖히고 달려든다.
마앙태자가 황금 삼릉간을 내지르니
악어 요괴는 채찍 휘둘러 받아친다.
대포 소리 한 방에 흑수하 병사들 기세 떨치고
징 소리 세 번 울리니 서해의 용사들 미친 듯 달려든다.
새우는 새우와 다투고
게는 게와 싸운다.
고래와 자라는 붉은 잉어 삼키고
방어와 뱅어는 누런 동자개 일으킨다.
상어와 숭어가 갈치를 물자 청어는 도망치고
굴조개가 맛조개 잡으니 대합과 방합 당황한다.
가오리의 단단한 가시 쇠막대기 같고
곤이鯤鮞의 침은 날카롭기가 칼끝 같다.
철갑상어는 흰 드렁허리 쫓아가고
농어는 검은 병어 붙잡는다.
온 강물의 요괴들이 실력을 다투고
양쪽 용의 병사들이 강약을 결정한다.
한참을 어지럽게 싸우니 파도가 세차게 이는데
마앙태자는 금강역사金剛力士처럼 용맹하다.
기합을 내지르며 삼릉간으로 머리를 내리쳐
요괴 왕 노릇하는 요사한 악어를 잡는다.

旌旗照耀　戈戟搖光

這壁廂營盤解散　那壁廂門戶開張

摩昂太子提金簡　鼉怪輪鞭急架償
一聲砲响河兵烈　三棒鑼鳴海士狂
　　蝦與蝦爭　蟹與蟹鬪
鯨鰲呑赤鯉　鯾鮊起黃鱨
鯊鰡吃鱉鯖魚走　牡蠣擒螳蛤蚌慌
少揚刺硬如鐵棍　鰣司針利似鋒芒
　　鱘鱑追白鱔　鱸鱠捉烏鰡
一河水怪爭高下　兩處龍兵定弱强
混戰多時波浪滾　摩昂太子賽金剛
喝聲金簡當頭重　拿住妖鼉作怪王

　태자가 삼릉간을 놀리는 데 짐짓 빈틈을 보이자, 요괴는 그게 속임수인 줄 모르고 달려들었어요. 하지만 태자는 공격을 막은 뒤 삼릉간으로 요괴의 오른팔에 한 방 먹이고, 상대가 비틀거리는 사이에 재빨리 다가가 또 다리를 쳐서 땅에 쓰러뜨려 버렸어요. 그러자 바다 병사들이 우루루 달려들어 그를 잡아 뒤집고 두 손을 등 뒤로 돌려 밧줄로 묶은 다음, 철사로 어깨의 비파골琵琶骨을 꿰어 뭍으로 끌고 나왔어요. 마앙태자는 그를 손오공 앞으로 끌고 가서 말했어요.

　"제천대성님, 제가 요망한 타룡을 잡았사오니, 처벌 여부를 결정하십시오."

　손오공은 사오정과 함께 그를 보며 말했어요.

　"네 이놈, 어른의 명을 따르지 않다니! 네 외삼촌은 원래 너더러 여기 살면서 품성을 수양하고 몸을 보존하다가 명성을 이루는 날 다른 곳으로 옮겨주겠다고 했는데, 너는 어째서 흑수하신의 저택을 강제로 빼앗고 흉악한 짓을 저질렀느냐? 너는 또한 윗

사람에게 거짓말하고 술수를 부려 내 사부와 사제를 납치했다. 내 마땅히 네놈을 여의봉으로 한 방 갈겨줘야겠지만, 이 방망이가 너무 살벌해 스치기만 해도 목숨이 끝장날 것인지라 그럴 수 없구나! 내 사부님을 어디에 가둬두었느냐?"

요괴는 연신 머리를 조아리며 대답했어요.

"제천대성님, 제가 제천대성님의 위대한 성함을 몰라보았습니다. 그리고 조금 전에 사촌 형님의 말씀을 듣지 않고, 힘을 믿고 도리를 어겼다가 사촌 형님께 붙잡혔습니다. 이제 제천대성님을 뵈었는데 다행히 은혜를 베풀어 죽이지 않으시니, 정말 감사합니다. 어르신의 사부님은 아직 물속 저택에 묶어두었사오니, 제발 이 철사를 풀어주시고 제 손도 풀어주십시오. 제가 강으로 들어가 그분을 돌려드리겠습니다."

그러자 마앙태자가 옆에서 말했어요.

"제천대성님, 이 못된 놈은 무척 간사한지라 놓아주면 못된 생각을 품을 겁니다."

사오정이 말했어요.

"제가 저놈이 사는 곳을 아니까 가서 사부님을 찾아볼게요."

사오정은 흑수하의 신과 함께 물속으로 들어가 곧장 물속 저택의 문 앞에 이르렀어요. 그곳엔 대문이 활짝 열려 있고, 졸개 요괴들은 하나도 보이지 않았어요. 바로 정자 안으로 들어가 보니, 삼장법사와 저팔계가 벌거벗겨진 채 그 안에 묶여 있었어요. 사오정은 황급히 삼장법사를 풀어주고, 흑수하의 신은 저팔계를 풀어주었어요. 그들은 각기 한 사람씩 등에 업고 물밖으로 나와 곧장 물가로 갔어요. 저팔계는 한쪽 옆에 요괴가 철사에 꿰이고 밧줄에 묶여 있는 모습을 보고, 쇠스랑을 들어 내리치며 욕을 퍼부었어요.

"빌어먹을 못된 자식! 이제 나를 잡아먹지 못하게 되었구나."

그러자 손오공이 그를 붙들며 말했어요.

"동생, 오순 부자를 생각해서라도 그놈을 살려주게."

마앙태자가 예를 올리며 말했어요.

"제천대성님, 저는 감히 오래 머물지 못하겠습니다. 사부님을 구했으니, 저는 이놈을 데리고 아버님을 뵈러 가겠습니다. 비록 제천대성님께서 이놈의 죽을죄를 용서해주셨지만, 아버님께선 절대 이놈의 작은 죄도 용서하지 않으실 겁니다. 틀림없이 처벌을 내리시고, 제천대성님께 알려드리면서 다시 사죄하실 것입니다."

"그렇다면, 자네는 저놈을 데리고 가시게. 아버님께 인사 잘 전해주시고, 직접 만나 감사하지 못하는 걸 양해해주시라 전해주게."

태자가 요괴놈을 끌고 물속으로 들어가 바다 병사들을 이끌고 서해 큰 바다로 돌아간 일에 대해서는 더 이상 얘기하지 않겠어요.

한편, 흑수하의 신은 손오공에게 감사했어요.

"제천대성님의 큰 은혜를 입어 물속 저택으로 돌아갈 수 있게 되었습니다."

그러자 삼장법사가 말했어요.

"애야, 지금도 동쪽 물가에 있는데, 이 강을 어떻게 건너지?"

흑수하의 신이 대답했어요.

"나리, 염려 마십시오. 말에 타시면 제가 길을 열어 강을 건너게 해드리겠습니다."

이에 삼장법사가 백마에 오르자 저팔계는 고삐를 잡고, 사오정은 봇짐을 짊어지고, 손오공은 좌우를 살폈어요. 흑수하의 신은 물을 막는 술법[阻水法]을 일으켜 상류의 물을 막았어요. 순식간에 하류의 물이 마르며 한 줄기 큰길이 열렸어요. 삼장법사와 제자 일행은 서쪽으로 건너가자 흑수하의 신에게 감사하고 뭍에 올라 길을 떠났어요.

삼장법사가 구원받아 서역으로 향하니
땅을 열어 파도를 없애 흑수하를 건넜네.

禪僧有救朝西域　徹地無波過黑河

결국 이들이 어떻게 부처를 뵙고 경전을 구하게 되는지는 알 수 없으니, 이에 대해서는 다음 회를 들어보시라.

제44회
손오공이 탄압받는 승려들을 구하다

다음과 같은 시가 있지요.

고난을 극복하며 불경 구하러 서쪽 향해 가는 길
수많은 명산 끊이지 않는구나.
토끼 달아나고 까마귀 나니 어느새 밤낮이 바뀌고
새가 울고 꽃 떨어지니 봄가을 절로 찾아오는구나.
티끌에 흐려진 눈 아래 삼천의 세상 펼쳐지고
석장 끝엔 사백의 나라가 펼쳐지는구나.
풍찬노숙하며 자줏빛 길[1]에 올랐으니
돌아갈 날 언제인지 기약할 수 없구나.

求經脫瘴向西遊	無數名山不盡休
免走烏飛催晝夜	鳥啼花落自春秋
微塵眼底三千界	錫杖頭邊四百州
宿水飡風登紫陌	未期何日是回頭

---

1   도읍에 이르는 길을 일컫는다.

그러니까 용왕의 아들이 요괴를 물리치고 흑수하의 신이 길을
열어주자, 삼장법사와 제자들은 흑수하를 건너 그 길로 바로 서
쪽으로 떠났지요. 바람을 안고 눈을 맞으며, 달을 이고 별을 보며
한참 가다 보니 또 봄이 찾아왔지요.

　　정월이 되어 봄기운이 돌아 만물에 빛이 나네.
　　정월이 되어 봄기운이 도니
　　온 하늘 밝고 고와 그림을 펼쳐놓은 듯
　　만물에 빛이 나니
　　땅에 가득 꽃 피어나 수놓은 이불 펴놓은 듯
　　매화는 눈송이처럼 떨어지고
　　보리 이삭 자라 온 시내에 구름이 덮인 듯
　　점점 얼음 풀려 계곡물이 흐르고
　　마침내 새싹이 다 돋아 불 놓은 흔적 없네.
　　이것이 바로 복희씨伏羲氏가 봄 우레 타고 오고
　　나무의 신 구망이 봄을 주재하는 것
　　꽃향기에 바람조차 따뜻하고
　　구름 엷으니 햇볕도 새롭구나.
　　길가 버들가지는 푸른 눈을 틔우고
　　기름진 비 흠뻑 내려 만물에 봄기운 피어나네.

三陽轉運　萬物生輝

三陽轉運　滿天明媚開圖畫

萬物生輝　徧地芳菲設繡茵

梅殘數點雪　麥漲一川雲

漸開冰解山泉溜　盡放萌芽沒燒痕

正是那　太昊乘震　勾芒御辰

花香風氣暖　雲淡日光新

道傍楊柳舒青眼　膏雨滋生萬象春

　삼장법사와 제자들은 경치를 구경하면서 천천히 말을 몰았지요. 그런데 갑자기 와 하는 소리가 들리는데 마치 천이나, 만쯤 되는 사람들이 한꺼번에 함성을 내지르는 것 같았어요. 삼장법사는 무서워 앞으로 나아갈 수가 없어서 갑자기 말을 멈추었어요. 그러고는 급히 고개를 돌려 말했지요.

"오공아, 이게 도대체 어디서 나는 소리냐?"

저팔계가 웃으며 말했어요.

"꼭 땅이 갈라지고 산이 무너지는 소리 같네요."

사오정이 말했어요.

"꼭 천둥 벼락 치는 소리 같아요."

삼장법사가 말했어요.

"사람이나 말이 내는 소리는 아니고?"

손오공이 웃으며 말했지요.

"모두 틀린 것 같은데요. 잠시만 기다리세요. 이 몸이 가서 한 번 살펴보고 오지요."

　멋진 손오공! 그가 몸을 한 번 솟구쳐 구름을 타고 하늘 높이 올라가서 눈을 크게 뜨고 살펴보니, 멀리 성이 보이는 것이었어요. 가까이 가서 살펴보아도 상서로운 기운만 은은할 뿐 별다른 흉악한 기운은 발견할 수 없었어요. 손오공은 곰곰이 생각했어요.

　'좋은 곳인데! 그런데 어째서 그런 소리가 난 것이지? 성안에서도 전쟁 깃발이 보이거나 창칼 같은 것이 번쩍이지도 않고, 무슨 대포 소리도 아닌 것 같은데. 어째서 인마人馬가 시끄럽게 떠

들어대는 것 같지?'

이렇게 혼자 생각하고 있는데, 성문 밖 모래밭에서 수많은 스님들이 줄줄이 늘어서서 수레를 끌고 있는 것이 보였어요. 알고보니 그것은 함께 힘을 내기 위한 기합으로, 다같이 "대력왕보살大力王菩薩"이라고 외치는 소리였어요. 이 소리에 삼장법사가 놀랐던 것이지요.

손오공이 점점 근두운을 낮추어 가까이 가 보니, 우와! 그 수레에 실려 있는 것은 모두 기와, 목재, 흙벽돌 같은 것들이었어요. 모래사장의 가장 높은 언덕 위에는 한 줄기 좁은 길이 나 있고 두개의 커다란 관문이 있었지요. 관문 아래쪽 길은 깎아지른 듯한 절벽이었으니 어떻게 수레를 끌고 올라 갈 수 있겠어요?

날씨가 따뜻하다고는 하지만 승려들의 옷차림은 너무 남루했어요. 그렇게 너무 궁색한 모습을 보자, 손오공은 마음속에 궁금증이 생겨났지요.

'보아하니 사원을 세우는 모양인데, 이곳은 오곡이 풍성해서 인부들을 구하기 어려워 스님들이 직접 힘을 쓰는 건가?'

손오공이 궁금해하고 있는데, 성안에서 젊은 도사 둘이 어슬렁어슬렁 걸어 나오는 것이 보였어요. 그 도사들이 어떻게 생겼는지 한번 볼까요?

머리에는 도사들이 쓰는 성관을 썼고
몸에는 비단을 두르고 있네.
머리에 쓴 성관은 빛이 반짝반짝
몸에 두른 비단옷은 노을빛이 날리는 듯
발에는 운두리를 신었고
허리에는 숙사조를 걸쳤다.

보름달 같은 얼굴 총명하고 준수하며
자태는 푸른 하늘 신선처럼 아리땁구나.

頭戴星冠　　身披錦繡
頭戴星冠光耀耀　　身披錦繡絲霞飄
足踏雲頭履　　腰繫熟絲縧
面如滿月多聰俊　　形似瑤天仙客嬌

스님들은 도사들이 오는 것을 보고는 모두 깜짝 놀라 덜덜 떨면서 더 힘을 내어 끙끙거리며 수레를 끌었어요. 손오공은 그제야 일이 어떻게 돌아가는지 알아챘지요.

'아하! 스님들이 저 도사들은 무서워하는구나. 그렇지 않다면 저렇게 힘들여 수레를 끌 필요가 없지. 예전에 듣기에 서쪽 땅에는 도사를 신봉하고 스님들을 멸시하는 곳이 있다더니만, 바로 여기가 거길세? 돌아가서 이 사실을 사부님께 알리기 전에 어찌 된 일인지 소상히 알아보지 않으면, 사부님은 오히려 나처럼 똑똑한 놈이 잘 알아보지 않았다고 혼내실지도 몰라. 내려가서 어찌된 일인지 잘 알아봐야 사부님께 말씀드리기가 좋겠다.'

그런데 도대체 누구한테 알아본다는 것일까요? 멋진 제천대성! 그는 구름을 낮추어 아래로 내려가 성곽 기슭에서 몸을 흔들어 떠돌이 도사로 변신했어요. 왼쪽 어깨에는 붉은색과 검은색으로 칠한 바구니를 메고, 손에는 어고漁鼓를 두드리며 입으로는 타령을 부르면서 성문 가까이 그 도사들에게 다가가더니, 허리 굽혀 인사하며 말했어요.

"도사님들, 안녕하십니까?"

그 도사들도 답례하며 말했어요.

"선생께서는 어디서 오는 길이오?"

"저는,

　구름처럼 바다 끝을 떠돌고
　물결처럼 하늘가를 유랑하지요
　오늘 이곳에 온 것은
　훌륭한 사람들을 찾아뵙기 위함이라오.

　　　　　　　　雲遊于海角　　浪蕩在天涯

　　　　　　　　今朝來此處　　欲慕善人家

　두 분 도사님, 이 성안에서는 어느 거리에서 도사를 좋아합니까? 어느 골목에서 현인을 좋아합니까? 이 몸이 어디로 가야 밥한 끼를 얻어먹을 수 있겠습니까?"
　도사들이 웃으며 대답했어요.
　"선생께서는 어찌 그리 처량한 말씀을 하십니까?"
　손오공이 말했지요.
　"어째서 처량하다는 것입니까?"
　"밥 한 끼를 얻어먹는다니, 그게 처량한 게 아니고 뭡니까?"
　"출가한 사람이라면 구걸하는 것이 당연하지, 동냥하지 않는다면 돈이 어디 있어 사 먹겠습니까?"
　도사들은 웃으며 대답했어요.
　"선생께서는 먼 곳에서 오셔서 이곳 성안 사정을 모르시는군요. 이 성안에서는 무관이나 문관 모두 도를 좋아하고, 부자들이나 어르신들도 모두 현인을 아끼며, 남녀노소를 막론하고 모두 우리를 보면 절을 하면서 밥을 대접하겠다고 청하니, 그런 것들이야 말할 거리도 못 됩니다. 무엇보다도 가장 높은 왕께서 도를 좋아하시고 현인을 아끼시거든요."

"저는 나이도 어리고 멀리서 방금 와서 아무것도 모르니, 번거롭더라도 도사님들께서 이곳의 지명과, 군주께서 도를 좋아하시고 현인을 아끼시는 사연을 알려주시어, 같은 도를 신봉하는 동료의 정을 베풀어주십시오."

"이 성의 이름은 거지국車遲國이고, 왕궁에 계시는 왕은 우리와 친척이지요."

손오공은 그 말을 듣고 껄껄 웃으며 말했지요.

"아마 도사께서 왕 노릇을 하고 계신 모양이군요."

"아닙니다. 이십 년 전에 이곳 백성들은 끔찍한 가뭄을 겪었는데, 그때 하늘에서 비 한 방울 내리지 않아, 땅에는 곡식의 싹이 다 말라버렸지요. 국왕과 신하들, 백성들 할 것 없이 집집마다 목욕재계하고 향을 피워 하늘에 절을 올려 비를 내려주십사 기원했지요. 그렇게 다들 근근이 목숨을 이어가던 차에, 갑자기 하늘에서 신선 세 분이 내려오셔서 목숨을 구해주셨지요."

"어떤 신선 세 분이오?"

"바로 우리 사부님들이지요."

"당신네 사부들은 이름이 어떻게 되는지요?"

"큰사부님은 호력대선虎力大仙, 둘째 사부님은 녹력대선鹿力大仙, 셋째 사부님은 양력대선羊力大仙이십니다."

"세 사부님의 법력은 얼마나 됩니까?"

"우리 사부님들께서는 비바람 일으키는 것을 손바닥 뒤집듯 하시고, 물로 기름을 만들어내거나 돌을 금으로 바꾸는 것도 몸을 한 번 뒤집는 것처럼 해치우지요. 그래서 이런 법력으로 천지의 조화를 빼앗아 올 수도 있고 별자리의 오묘함도 바꿀 수 있지요. 국왕과 신하 모두 우리 사부님들을 공경해서 우리와 친척의 연을 맺은 것이지요."

손오공이 도사로 변신하여 승려들이 노역하는 이유를 알아보다

"이곳 왕은 정말 운이 좋군요. '법술만 있으면 공경대신들도 움직인다[術動公卿]'는 말이 있지요. 그런 능력이 있는 당신네 사부님들과 친척이 되었으니, 정말 국왕의 지위에 어울리는 일이군요. 아! 이 몸에게도 당신네 사부님들을 만나뵐 수 있는 인연이 조금이나마 있을지 모르겠습니다."

도사가 웃으며 말했지요.

"우리 사부님들을 뵙는 것이 뭐 어렵겠습니까? 우리 둘은 사부님들이 가장 아끼는 제자들이고 사부님들 또한 도를 좋아하고 현인을 아끼시니, '도' 자만 들어도 대문 밖까지 나와 손님을 맞지요. 우리가 당신을 데리고 가면 뵙는 것은 식은 죽 먹기지요."

손오공은 깊숙이 절하며 말했어요.

"이렇게 천거해주시니 감사합니다. 지금 바로 가봅시다."

"여기에 앉아 잠시만 기다리시구려. 우리가 공무를 마치고 난 다음 같이 갑시다."

"출가인이라면 아무 데도 매인 데가 없어 자유로운데, 무슨 공무가 있단 말씀이시오?"

도사들은 손가락으로 모래밭의 스님들을 가리키며 말했어요.

"저 사람들이 하는 일은 우리 집안일인데, 저들이 게으름을 피우는 것 같으니 우리가 점검을 좀 하고 오겠소."

손오공이 웃으면서 대꾸했지요.

"도사님들, 그건 잘못입니다. 승려나 도사들은 모두 출가한 사람들인데, 어째서 승려들이 우리를 위해 일하고 우리에게 점검을 받는다는 것이오?"

"당신이 잘 모르시는군요. 그 당시 비를 기원하던 때, 한쪽에서는 중들이 부처에게 절을 올리고, 다른 한쪽에서는 도사들이 별을 보며 기원하여 모두 조정에서 식량과 돈을 지원해 달라고 청했지요. 그런데 중들은 쓸모가 없어서 공염불만 외며 일을 해결하지 못했어요. 나중에 우리 사부님들이 도착하시어 비바람을 일으켜서 도탄에 빠진 백성들을 구해내셨지요. 그러자 조정에서는 화가 나서 중들은 쓸모가 없다고 하면서 그들의 산문을 철거하고, 불상을 부숴버리고, 도첩도 박탈했어요. 그리고 그들을 고향에도 돌려보내지 않고 우리에게 하사하여 집안 하인처럼 부리라고 하셨지요. 우리 도량에서 불을 때는 것도, 청소하는 것도, 온갖 잡일을 도맡아 하는 것도 중들이지요. 그런데 뒤편에 아직 숙소가 제대로 갖춰지지 않아서, 이 중들을 시켜 벽돌과 기와를 나르고 목재를 끌고 와 건물을 짓게 하는 중입니다. 아무래도 저 중들은 게을러빠지고 놀기만 좋아해서 수레를 끌려고 하지 않기 때문에, 우리 둘이 와서 점검하는 것이지요."

손오공이 그 말을 듣고서 도사들을 붙들고 눈물을 흘리며 말했지요.

"제가 인연이 없다고 했는데 정말 그렇군요! 그래서 당신네 사부님들의 존안을 뵙지도 못하겠군요."

"어째서 뵙지 못한다는 것이오?"

"제가 이곳저곳 구름처럼 떠돌아다니는 것은 첫째 먹고살기 위해서이고, 둘째는 친지를 찾기 위함입니다."

"친지가 누구인데요?"

"저한테는 숙부님 한 분이 계시는데, 어렸을 때 출가하셔서 머리 깎고 스님이 되셨지요. 전에 기근이 들었을 때 절 밖으로 탁발하러 나가셨는데, 요 몇 해 동안 돌아오지 못하고 계십니다. 저는 조상의 은덕을 생각해서 떠돌아다니는 김에 숙부님도 찾아보고 있습니다. 저는 숙부님께서 이곳에 발이 묶여 벗어나지 못하고 계신 게 아닌가 하는데, 어떤지 잘 모르겠습니다. 어떻게든 숙부님을 찾아 얼굴만이라도 한 번 뵈어야 도사님들과 함께 성안으로 들어갈 수 있겠습니다."

"그건 그리 어렵지 않지요. 우리는 여기 앉아서 기다릴 테니, 번거롭더라도 우리 대신 저기 모래밭에 가서 한번 점검해보시구려. 머릿수를 세서 오백 명이 되면 다 모인 것이니, 그 안에 숙부님이 계신지 보시구려. 만약에 거기 계신다면 우리가 같은 도사의 정리를 생각해서 숙부님을 풀어줄 테니까, 같이 성안으로 들어가면 되지 않겠소?"

손오공은 머리를 조아려 감사 표시를 하고 길게 읍하며 도사들로부터 물러났어요. 그리고 어고를 두드리며 모래밭으로 갔지요. 두 관문을 지나서 좁은 길을 돌아 내려가니, 승려들이 일제히 무릎을 꿇고 머리를 조아리며 말했어요.

"나리, 저희들은 정말 게으름을 피운 적도 없고, 오백 명 모두 한 사람도 빠짐없이 여기서 수레를 끌고 있었습니다."

손오공이 그걸 보고 속으로 웃었어요.

'이 중들은 도사만 보면 겁내는구나. 나 같은 가짜 도사만 봐도 이렇게 덜덜 떨다니. 만약 진짜 도사였다면 놀라 죽었을 거야.'

손오공은 다시 손을 흔들며 말했어요.

"무릎 꿇을 필요도 없고 겁내지도 마시오. 난 공사를 감독하러 온 게 아니라, 친지를 찾으러 왔소."

스님들은 친척을 찾으러 왔다는 말을 듣자 모두 손오공 주위를 둘러싸고 한 사람씩 고개를 들어 얼굴을 내보이며, 기침소리를 내면서 자기가 선택되기를 간절히 바랐어요.

"누가 저 분의 친척일까?"

손오공이 한 번 훑어보고서 깔깔 웃기 시작하자 승려들이 말했어요.

"나리, 친척은 찾지 않으시고 왜 웃으십니까?"

"내가 왜 웃는지 아시겠소? 스님들께서 모두 지지리 못나서 웃는 거요. 부모님들께서는 당신들을 낳으실 때 액운이 낀 탓에, 당신들이 부모님을 괴롭히거나 형제자매를 얻지 못할 팔자라서 당신들과 인연을 끊고 출가시키신 거요. 그런데 어째서 당신들은 삼보三寶를 섬기지도 않고, 불법佛法을 공경하지도 않으며, 불경을 읽거나 참배하지도 않고, 이렇게 도사들의 막일꾼이 되어 노비 사환 노릇을 하고 있는 것이오?"

"나리, 우리를 부끄럽게 하시는군요. 나리께서는 외지에서 온 분이라 여기가 얼마나 끔찍한 곳인지 모르시는 모양입니다."

"사실 외지에서 왔기 때문에 이곳 사정은 모르오."

승려들이 모두 눈물을 흘리며 말했지요.

"우리 국왕께서는 마음이 편벽되고 무도해서, 나리 같은 도사만 좋아하고 우리 같은 불제자들은 싫어합니다."

"왜 그런답니까?"

"바람과 비를 불러내는 세 명의 도사들이 이곳에 와서 저희를 모두 없애려 했기 때문입니다. 그들의 꼬임에 빠진 국왕께서는 우리 사찰을 모두 부수고, 도첩도 빼앗고, 고향으로 돌아가지도 못하게 하고, 부역으로 죗값을 치르는 것도 허락하지 않으셨습니다. 또 저희를 그 도사들에게 하사하여 집에서 부리게 하셨으니, 고생을 견딜 수 없습니다. 떠돌이 도사라도 이곳에 오면 국왕을 배알하고 상을 받게 되지만, 승려가 이곳에 오면 가깝거나 멀거나 가리지 않고 잡아다가 도사 집안의 일꾼으로 만듭니다."

"아마 그 도사들이 무슨 교묘한 법술을 써서 왕을 홀렸나보군요. 비바람을 불러일으키는 일 따위는 별것 아닌 이단의 법술일 뿐인데, 어찌 왕의 마음을 움직일 수 있었겠소?"

"그 도사들은 주사朱砂를 단련하여 수은도 걸러낼 수 있으며, 좌선을 하며 원기를 배양하고, 물을 기름으로 돌을 금으로 변하게 할 수도 있지요. 이제 삼청관三淸觀을 지어 천지신명께 주야로 경을 읊고 기도하며 국왕이 영원히 늙지 않도록 기원하니, 국왕의 마음을 꾀어 움직이게 된 것이지요."

"그렇게 된 것이로군요. 그럼 여러분 모두 도망가면 되잖소?"

"나리, 도망갈 수도 없습니다. 그 도사들이 국왕께 상주하여 우리 초상화를 그리게 한 다음 사방에다 항상 걸어놓게 했어요. 이 거지국의 땅덩어리가 크지만 크고 작은 고을의 관청과 여관마다 우리 초상화가 있고, 그 위에는 국왕의 친필이 적혀 있지요. '관리가 중을 하나 잡기만 하면 세 계급이나 특진시킬 것이요, 관리가 아닌 사람이 중 하나를 잡으면 상으로 백은 오십 냥을 내리겠노라'고 말이지요. 그래서 저희는 도망갈 수도 없습니다. 승려는 말할 것도 없고, 머리가 짧은 사람이나 대머리, 머리숱이 적은 사람도 모두 피할 수 없습니다. 사방에 현상범 사냥꾼도 많을 뿐 아니라 정탐꾼이 쫙 깔렸으니, 어떻게 해도 도망갈 수 없습니다. 저희들은 아무 방법이 없어 그저 여기서 괴로움을 당하며 살 뿐입니다."

"그렇다면 그냥 죽어버리면 되겠네요."

"나리, 죽은 사람도 많습니다. 여기저기서 잡혀 온 승려와 이곳 승려가 모두 합쳐서 이천 명이 넘는데, 여기 와서 모진 고초를 다 이겨내지 못해서, 힘든 일을 견뎌내지 못해서, 추위를 참지 못해서, 풍토에 적응하지 못해서 죽은 사람이 육칠백 명이고, 스스로 목숨을 끊은 사람이 칠팔백 명입니다. 우리 오백 명은 죽지도 못합니다."

"어째서 죽지도 못하시오?"

"서까래에 목을 매도 줄이 끊어지고, 칼로 목을 쳐도 아프지 않고, 물속에 몸을 던져도 다시 떠오르고, 약을 먹어도 몸이 상하지 않는 것이지요."

"당신들은 운도 좋구려. 하늘이 당신들에게 오래 살라고[長壽] 하신 것 같구려."

"나리, 글자 하나를 빼먹으셨군요. 그건 바로 '오래 받는 벌[長 受罪]'입니다요![2] 저희들은 하루 세끼를 모두 현미로 끓인 희멀 건한 죽만 먹습니다. 밤이 되면 모래밭에서 이슬을 맞으며 몸을 눕히는데, 겨우 눈을 감으면 어떤 신이 나타나 우리를 지켜줍니다."

"너무 피곤해서 귀신이 보였나보군요"

"귀신이 아니라 육정육갑六丁六甲, 불교를 수호하는 가람伽藍입니다. 하지만 밤에만 와서 보호해주지요. 죽으려는 사람이 있으면 바로 나타나 죽지 못하게 합니다."

"그 신들도 생각이 없군요. 그냥 일찍 죽어 빨리 다시 태어나게 할 것이지, 보호해서 어쩌자는 거지?"

"그 신들은 꿈속에 나타나서 이렇게 말씀하셨습니다. '죽지 말고 힘들지만 참고 견디고 있노라면 동쪽 땅 당나라의 성스러운 스님, 서역으로 불경을 구하러 가시는 나한羅漢께서 오실 것이다. 그분 밑에 제천대성이라는 제자가 있는데, 그분은 신통력이 대단하며 마음이 충직하고 선량하시다. 그분은 세상의 불공평한 일을 해결하고, 어려움에 처한 이들을 구해내며, 외로운 이들은 불쌍히 여기신다. 그분이 오셔서 신통력을 발휘하여 도사들을 없애고, 너희 승려들과 불교가 다시 존경받도록 해주실 것이다.'"

손오공이 이 말을 듣고 속으로 웃었어요.

2 '수壽'와 '수受'가 발음이 같은 것을 이용한 말장난이다.

'이 몸은 아무 재간도 부리지 않았는데, 신들이 미리 내 명성을 높여놓았구나.'

손오공은 어고를 두드리며 승려들과 작별하고, 도사들이 있는 성문 입구로 되돌아왔어요. 도사들이 반기며 말했어요.

"선생, 누가 당신 친척인가요?"

"오백 명 모두 제 친척이지요."

두 도사가 웃으면서 말했어요.

"어떻게 친척이 그렇게 많단 말이오?"

"백 명은 우리 집 왼쪽에 사는 이웃들이고, 백 명은 우리 집 오른쪽에 사는 이웃들이며, 백 명은 우리 아버지쪽 친척이고, 백 명은 우리 어머니쪽 친척이며, 백 명은 내가 사귄 친구들이오. 오백 명을 모두 풀어준다면 당신들과 함께 들어가겠지만 풀어주지 않는다면 안 가겠소."

"당신 혹시 미친 것 아니오? 갑자기 헛소리를 해대다니. 저 중들은 임금님께서 하사하신 것이라, 한둘이라도 풀어주려면 우선 우리 사부님께 병이 났다고 보고를 드리고 나중에 사망 보고서를 제출해야 하오. 어찌 모두 풀어주라는 거요? 말도 안 되는 소리 마시오. 안 돼요. 또 우리 도량에서 부릴 사람이 없어지는 것은 그렇다 치더라도 조정에서 이상하게 생각할 것이오. 관리들이 찾아와 조사할 수도 있고, 어쩌면 임금님께서 직접 조사하러 올 수도 있소. 그런데 어떻게 풀어준단 말이오?"

"안 풀어줄 겁니까?"

"안 돼요!"

손오공이 연달아 세 번 묻고서는 화를 내면서 귓속에서 여의봉을 꺼내 바람을 향해 한 번 비벼 돌리자 사발만큼 굵어졌어요. 그걸 휘둘러서 도사들의 얼굴을 한 번 슥 건드리자 도사들은 가 없게도 머리가 터져 피를 흘리며 거꾸러졌는데, 머릿가죽은 터지고 목은 부러진 채 뇌수가 줄줄 흘러나왔지요.

모래밭에 있던 승려들은 멀리서 손오공이 도사 둘을 때려죽이는 모습을 보고서, 수레를 내팽개치고 뛰어 올라와 말했지요.

"큰일이네, 큰일이야! 황제의 친척을 죽여버렸으니!"

손오공이 말했지요.

"누가 황제의 친척이오?"

승려들이 손오공 주변을 둘러싸고서 말했지요.

"저들의 스승은 궁전에 들어갈 때도 나올 때도 임금께 인사를 올리지 않으니, 조정에서는 '국사형장선생國師兄長先生'이라고 부르지요. 어쩌자고 여기 와서 재앙을 일으키는 겁니까? 여기 와서 감독한 저 제자들은 당신과 아무 상관없는데, 어째서 때려죽인 겁니까? 그 신선들은 당신이 죽인 거라 생각하지 않고 우리가 그랬다고만 생각할 터이니, 이를 어쩌면 좋습니까? 당신을 데리고 성안으로 들어가서 살인한 죗값을 치르게 해야겠소."

손오공이 웃으며 말했지요.

"모두들 떠들지 마시오. 나는 떠돌이 도사가 아니라 당신들을 구하러 온 몸이오."

"와서는 도사를 죽여 우리 부담만 더해 놓았으면서, 어떻게 우리를 구한단 말이오?"

"이 몸은 위대한 당나라 성승의 제자 손오공인데, 여러분 목숨을 구하려고 특별히 이곳에 왔소."

"아니지, 아니야! 그 어르신이라면 우리가 다 알고 있는데."

"전에 만나본 적도 없는데, 어떻게 아시오?"

"우리들은 꿈속에서 어떤 노인을 자주 보는데, 자기가 태백금성太白金星이라고 하면서 손오공이 어떻게 생겼는지 항상 우리한테 가르쳐주시면서, 절대 잘못 알아보지 말라고 하셨소."

"그 노인이 뭐라고 합디까?"

"그분이 말씀하시기를, 제천대성은

툭 튀어나온 이마에 금빛 눈동자 반짝이고

둥근 머리에 얼굴엔 털이 덥수룩하고 뺨은 홀쭉하지.

날카로운 송곳니 비죽한 입에 성질은 괴팍하고

생긴 것은 벼락신보다 더 괴상하지.

여의봉을 능숙하게 다룰 줄 알아

예전에 하늘궁전 문을 때려 부순 적도 있지.

지금은 정과로 돌아가 스님을 보호하면서

오로지 인간 세상의 재난에 빠진 사람들을 구하려 하지.

磕額金睛幌亮　圓頭毛臉無腮

呇牙尖嘴性情乖　貌比雷公古怪

慣使金箍鐵棒　曾將天關攻開

如今皈正保僧來　專救人間災害

라고 하셨지요."

손오공은 그 소리를 듣고 화가 나기도 하고 기쁘기도 했지요. 기쁜 것은 자신의 이름을 전한 것 때문이었고, 화가 난 것은 그 늙은이가 무례하게도 자신의 원래 모습을 속세 사람들에게 말해버렸기 때문이었지요. 손오공은 자기도 모르게 소리를 버럭 질렀어요.

"여러분, 정말 제가 손오공이 아니라는 것을 정말 알아채셨군요. 사실 저는 손오공의 제자로서, 이곳에 와서 사고 치며 노는 것을 따라 배우고 있었소. 저기 오는 분이 손오공 아닙니까?"

그렇게 말하면서 손으로 동쪽을 가리키자, 승려들이 모두 속아서 고개를 돌렸어요. 그사이에 손오공이 본래 모습을 드러내자, 승려들이 그를 알아보고 모두들 털썩 엎드려서 절을 올리며 말했어요.

"나리, 평범한 눈을 가진 속인들인지라 나리께서 변신하여 나타나신 것을 몰라뵈었습니다. 제발 저희 한을 씻어주시고 이 재앙을 없애주십시오. 얼른 성안에 들어가 요괴를 무찔러 정과를 따르게 해주십시오."

"여러분, 나를 따라오시오."

스님들은 손오공 옆에 바짝 붙어 따라갔지요.

손오공은 곧장 모래밭으로 가서는 신통력을 발휘해서 수레를 끌어다가 두 관문을 지나 좁은 길을 가로질러 가더니, 그것을 번쩍 들어 내던져서 가루로 만들어버렸어요. 그 안에 있던 벽돌과 기와, 목재는 모두 언덕에다 팽개쳐버리고 우렁차게 승려들에게 말했지요.

"자, 도망가시오. 내 옆에 붙어 다니지 말고. 이 몸이 내일 황제를 만나서 그 도사들을 처치할 것이오."

스님들이 말했지요.

"나리, 저희는 멀리 도망칠 수 없습니다. 관리들에게 붙잡혀 끌려오게 되면 또 얻어터지고 벌금을 내야 할 테니, 오히려 또 재앙이 생길 겁니다."

"그렇다면 내가 여러분께 몸을 지키는 술법을 베풀어주겠소."

멋진 제천대성! 그는 한 움큼 털을 뽑아 입으로 씹어 잘게 부순 다음, 승려들에게 한 조각씩 나눠 주면서 말했어요.

"이걸 넷째 손가락 손톱 아래에다 넣은 채, 주먹을 말아 쥐고 그저 열심히 도망가시오. 그러면 아무도 여러분을 잡아갈 수 없을 거요. 누가 여러분을 잡아가려고 하면 주먹을 꽉 쥐고서 '제천대성!' 하고 외치면 내가 바로 가서 보호해주겠소."

"나리, 만약에 멀리 가서 나리가 보이지 않고 불러도 응답하지 않는다면 어떻게 합니까?"

"안심하시오. 설령 만 리 밖이라도 다 보호해줄 수 있으니 무사할 것이오."

승려들 가운데 용감한 사람이 주먹을 말아 쥐고 조심스럽게 "제천대성!" 하고 외치자, 벼락신이 여의봉을 들고 앞에 딱 버티고 서니 천군만마라도 가까이 다가갈 수 없을 정도였지요. 그것을 보고 백 명도 넘는 스님들이 한꺼번에 "제천대성!" 하고 외치니, 백 명도 넘는 제천대성이 나타나 호위하는 것이었어요. 승려들은 머리를 조아리며 말했지요.

"나리, 과연 영험하십니다!"

손오공이 또 분부했지요.

"그다음에 '숨어라!' 하고 외치면 다시 거둬들일 수 있지요."

승려들이 "숨어라!" 하고 외치자 정말로 털 조각들은 원래대로 다시 손톱 밑으로 들어가 있는 것이었어요. 승려들은 그제야 모두 기뻐하면서 일제히 흩어졌어요. 손오공이 말했어요.

"너무 멀리 도망가지 말고 내가 성안에 들어간 후의 소식을 기다리시오. 그러다가 스님들을 모신다는 방이 나붙으면 성으로 들어와 내 털을 돌려주시구려."

오백 명의 승려들이 동쪽으로 서쪽으로, 도망갈 사람들은 도망치고, 남을 사람들은 남아서 사방으로 흩어진 이야기는 더 이상 하지 않겠어요.

한편, 삼장법사는 길가에 있다가 사정을 알아보러 간 손오공을 더 이상 기다리지 못하고, 저팔계를 시켜 서쪽으로 말을 몰게 했어요. 그렇게 한참 가다가 마침 도망치던 스님들을 몇 명 만났고, 성 쪽으로 더 가까이 가자 손오공과 남아 있던 열댓 명 스님들이 보였지요. 삼장법사는 말을 멈추며 말했어요.

"오공아, 무슨 소리인지 알아보러 간다더니 어째서 이리 오래 돌아오지 않은 게냐?"

손오공은 그 열댓 명의 승려들을 데리고 삼장법사의 말 앞에 가서 절을 올린 후, 지금까지 있었던 일을 설명해주었지요. 그러자 삼장법사가 크게 놀라며 말했지요.

"그렇다면 우리는 어쩌면 좋으냐?"

승려들이 말했지요.

"나리, 안심하십시오. 제천대성 나리께서는 하늘에서 내려오신 신이라서 신통력이 엄청나니, 아무 탈이 없도록 보호해주실 겁니다. 저희들은 왕명으로 성안에 세워진 지연사智淵寺라는 절의 승려입니다. 지연사는 선왕 폐하이신 태조께서 만든 것이라 태조 폐하의 신상神像이 그 안에 있어 아직 헐리지 않았습니다만, 성안의 다른 크고 작은 절들은 모두 부서졌습니다. 나리, 어서 성안에 들어가시어 저희가 있던 절에 가서 쉬십시오. 내일 아침이 되면 제천대성님께서 틀림없이 일을 잘 해결해주실 겁니다."

"옳으신 말씀이오. 얼른 성안으로 들어가 봅시다."

삼장법사는 그제야 말에서 내려 성문 앞까지 걸어갔어요. 이때는 벌써 해가 서산에 진 다음이었지요. 성문 앞 들어올렸다 내렸다 할 수 있는 조교弔橋를 건너 세 개의 문을 지나 안으로 들어가니, 거리의 사람들은 지연사의 승려들이 짐을 지고 말을 끌고 가는 것을 보고 모두 피했지요.

이들은 곧 지연사 문 앞에 당도했어요. 문 위에는 금으로 '칙건

지연사勅建智淵寺'라고 글자를 새겨넣은 현판이 높이 걸려 있었어요. 승려들이 문을 열고 금강전金剛殿을 지나가서 대웅전大雄殿의 문을 열었어요. 삼장법사는 가사를 걸치고 부처님께 절을 올리고 서야 안으로 들어갔어요. 승려들은 절을 지키던 노스님을 불러냈는데, 그는 손오공을 보자마자 절을 올리며 말했지요.

"나리, 오셨습니까?"

"내가 어떤 나리인지나 알고 그렇게 절을 하는 게요?"

"제천대성 손오공 나리 아니십니까? 저희들은 밤이면 밤마다 꿈속에서 나리를 뵈었습니다. 태백금성이 항상 꿈속에 나타나시어 나리께서 오셔야 저희가 목숨을 구할 수 있을 거라 하셨지요. 오늘 정말 나리의 얼굴을 뵈오니 꿈에서 들은 것과 하나도 다르지 않군요. 나리, 일찍 오셔서 정말 기쁩니다. 하루 이틀만 늦으셨어도 저희들은 벌써 귀신이 되었을 겁니다."

손오공이 웃으며 말했지요.

"일어나시오, 일어나요. 내일이면 어찌된 일인지 다 알게 될 거요."

삼장법사와 제자들은 승려들이 준비한 공양을 먹고, 방장을 깨끗하게 청소한 후 잠자리에 들었어요.

열 시쯤 될 때까지 제천대성은 마음에 걸리는 것이 있어서 잠들지 못하고 있었어요. 그런데 어디선가 음악 소리가 들려 조용히 일어나 옷을 입고 공중으로 뛰어올라 살펴보았지요. 그랬더니 바로 남쪽에 등불이 휘황찬란하게 빛나고 있었어요. 구름을 아래로 내려 자세히 보니, 다른 게 아니라 삼청관 도사가 별을 향해 제사를 올리고 있었지요.

신령한 곳에 세워진 높은 건물

복된 땅에 자리 잡은 도관

신령한 곳에 세워진 높은 건물은

높고 장엄한 모양이 봉래산蓬萊山 같고

복된 땅에 자리 잡은 도관은

은은히 맑은 것이 화락궁 같구나.

두 줄로 늘어선 도사들이 생황을 불고

앞쪽에서 우두머리 도사가 옥간을 들고 있네.

『소재참』을 해설하고

『도덕경』을 강론하네.

몇 번 옷자락 털며 부절符節을 전하고

소리 높여 제문을 읽으니 모두 엎드리는구나.

물 뿌리며 주문 외고 격문을 읽으니

촛불 불꽃 하늘하늘 하늘나라까지 올라가고

별자리 밟으니*

향 연기 자욱하게 푸른 하늘로 스며드네.

상에 올려진 음식들 모두 신선하고

탁자 위 젯밥은 풍성하게 차려져 있구나.

靈區高殿　福地眞堂

靈區高殿　巍巍壯似蓬壺景

福地眞堂　隱隱淸如化樂宮

兩邊道士奏笙簧　正面高公擎玉簡

宣理消災懺　開講道德經

揚塵幾度盡傳符　表白一番皆俯伏

呪水發檄　燭焰飄搖冲上界

查罡佈斗　香烟馥郁透淸霄

案頭有供獻新鮮　桌上有齋筵豐盛

건물 문에는 누런 비단에 수놓은 글귀가 걸려 있었는데, 큰 글씨로 이렇게 적혀 있었지요.

비바람 순조롭도록
하느님의 가없는 법력 베풀어주시고
강물 맑고 바다 잔잔하여
길이길이 풍년이 들게 해주소서.

雨順風調　願祝天尊無量法

河淸海晏　祈求萬歲有餘年

손오공은 늙은 도사 세 명이 법의를 입고 있는 것을 보고는 그 셋이 호력대선, 녹력대선, 양력대선인 것을 알았지요. 그 아래에는 칠팔백 명의 군중이 있었는데, 북을 치고 종을 울리며 향을 피우고 별의 신에게 기원을 올리며 양쪽으로 공손히 서 있었지요. 손오공은 속으로 기뻐하며 말했어요.

'아래로 내려가 저들을 놀려주고 싶지만 한 가닥 실로는 새끼를 꼴 수 없고 손바닥도 부딪쳐야 소리가 나는 법(單絲不線 孤掌難鳴)이라 했으니, 일단 돌아가서 저팔계와 사오정을 데리고 와서 함께 놀아야지.'

손오공은 근두운을 내려 곧장 지연사 방장으로 돌아왔지요. 저팔계와 사오정은 한 침대에서 서로 다리를 엇갈려 걸치고 깊은 잠에 빠져 있었어요. 손오공이 먼저 사오정을 부르자, 사오정이 깨어나서 말했지요.

"형님, 아직 안 주무셨어요?"

"잠깐 일어나 봐. 같이 가서 뭘 좀 먹고 오자."

"지금은 한밤중이라 입맛도 없고 눈도 침침한데, 무얼 먹는다는 겁니까?"

"이 성안에는 삼청관이라는 곳이 있는데, 도관의 도사들이 지금 제사를 지내고 있어서 거기에 먹을 것이 아주 많더구나. 만두는 크기가 한 아름이나 되고, 과자들도 하나가 오륙십 근은 되어 보이더라. 젯밥도 수없이 많고 과일도 모두 신선하지. 같이 먹으러 갔다 오자."

저팔계는 잠결에도 맛있는 것을 먹는다는 소리를 듣고 번쩍 눈을 뜨며 말했어요.

"형님, 나는 안 데려가시려오?"

"이놈아, 먹고 싶거든 시끄럽게 굴지 마라. 사부님 깨실라. 모두 날 따라와."

저팔계와 사오정은 옷을 입고 조용히 문밖으로 나와서 손오공을 따라 구름 위에 뛰어올랐지요. 멍텅구리가 불빛을 보자마자 당장 손을 쓰려고 하자, 손오공이 붙들며 말했어요.

"서둘지 마라. 저 사람들이 흩어진 다음에 내려가자."

"저치들은 한창 제사를 올리고 있는 참인데 흩어지려 하겠소?"

"내가 술법을 쓰면 금방 흩어질 거야."

멋진 제천대성! 그가 손가락을 구부려 결을 맺고 주문을 외면서 동남쪽으로 고개를 돌려 숨을 들이마셨다가 훅 내뱉으니, 한바탕 거센 바람이 삼청관 안으로 몰아쳤어요. 삼청관 안에 있던 꽃병이나 대나무로 엮은 대疃 같은 것은 넘어지고, 벽마다 걸어놓았던 공덕을 적어놓은 휘장들은 일제히 떨어지고, 뒤이어 등불도 꺼져버렸어요. 여러 도사들이 놀라서 벌벌 떨자, 호력대선이 말했지요.

"얘들아, 잠시 물러가 있어라. 신령한 바람이 지나가면서 등불과 향을 다 꺼버렸으니 모두 들어가서 자거라. 내일 아침에 조금 일찍 일어나 경전을 몇 권 더 읽어서, 지금 못다한 것을 채우자꾸나."

도사들은 각자의 처소로 돌아갔지요.

손오공은 저팔계와 사오정을 이끌고 구름을 아래로 몰고 가서 삼청관 건물로 들어갔지요. 멍텅구리는 날것이건 익은 것이건 가리지 않고 집어 들고 베어 물려고 했어요. 손오공이 그걸 보고 여의봉을 들어서 저팔계의 손을 때렸지요. 저팔계는 얼른 손을 거두면서 말했어요.

"아직 맛도 못 봤는데 때리다니!"

"없는 집 애처럼 걸떡대지 마라. 예를 갖추고 앉아서 먹자."

"웃기는 소리! 훔쳐 먹는 마당에 무슨 예를 차린다는 거요? 초대라도 받아 왔다면 어쩔 뻔했을까?"

"저 앞에 앉아 있는 분은 보살님들이냐?"

저팔계가 웃으며 말했지요.

"삼청三淸도 모른다면 어떤 보살님을 알아보겠소?"

"삼청이 누군데?"

"가운데 계신 보살이 원시천존元始天尊이시고, 왼쪽에 계신 분이 영보도군靈寶道君이시며, 오른쪽에 계신 분이 태상노군太上老君이시지요."

"우리 모두 저 모습으로 변장해야 편안히 먹을 수 있겠어."

멍텅구리는 맛있는 공양 냄새에 마음이 급해 높은 단으로 기어올라 가더니, 주둥이로 태상노군을 밀어 떨어뜨리며 말했지요.

"노인장, 충분히 오래 앉아 계셨을 테니 이제는 이 몸이 좀 앉겠소."

저팔계는 태상노군으로 변신을 하고, 손오공은 원시천존, 사오정은 영보도군으로 변신했어요. 원래 있던 신상들은 모두 아래로

밀어버렸지요. 자리에 앉자마자 저팔계는 큰만두를 들고 허겁지겁 먹기 시작하려 했지요. 손오공이 그걸 보고 말했어요.

"천천히 먹어라."

저팔계가 말했지요.

"아니, 형님 이렇게 변장했는데도 아직 먹지 않고 뭘 더 기다려요?"

"아우야, 먹는 것은 작은 일이고 천기누설은 큰일이다. 이 신상들을 모두 땅바닥에 밀쳐두었다가 만약 일찍 일어난 도사들이 종을 치고 청소하러 왔다가 발에 걸리기라도 하면, 우리 짓이 들통나지 않겠냐? 저것들을 한쪽에다 숨겨놓아라."

"이곳은 낯선 곳이라 문도 찾을 수 없는데, 어디다 숨기란 말이오?"

"들어올 때 보니까 오른쪽으로 작은 문이 하나 있는데, 안쪽에서 지독한 냄새가 나는 걸 보니 분명 오곡五穀이 윤회하는 곳이렷다? 저것들은 거기다 넣어두어라."

멍텅구리는 무식하게 힘이 세서, 재빨리 뛰어 내려와 세 개의 신상을 어깨에 메고 그쪽으로 가서 발로 문을 걷어차 열었어요. 거기는 바로 커다란 뒷간이었어요. 저팔계가 웃으며 말했지요.

"필마온 자식, 정말 주둥이는 잘 놀리는구나. 이런 똥통에 그럴 듯한 이름을 붙여, 무슨 '오곡이 윤회하는 곳'이라니!"

멍텅구리는 신상을 내팽개치기 전 어깨에 멘 채 중얼중얼 기도를 올렸지요.

삼청님들, 삼청님들
제 말씀 좀 들어보시오.
먼 곳에서 예까지 오면서

줄곧 요괴를 물리쳤는데
제삿밥 좀 먹으려니
편한 자리가 없는지라
당신들 자리를 빌려서
잠시 쉬려고 하오.
당신들은 오래 앉아 계셨으니
잠깐 뒷간이나 다녀오시오.
당신들은 평소 집에서 끊임없이 잡수시며
맑고 깨끗한 도사 노릇을 해왔지요.
오늘은 어쩔 수 없이 더러운 것을 잡숴야 할 것 같으니
이제 고약한 냄새 맡는 천존 노릇도 해보시구려.

三淸三淸　我說你聽

遠方到此　慣滅妖精

欲享供養　無處安寧

借你坐位　略略少停

你等坐久　也且暫下毛坑

你平日家受用無窮　做箇淸淨道士

今日裡不免享些穢物　也做箇受臭氣的天尊

그러고서 신상들을 풍덩 뒷간에 던졌는데, 그만 옷에 똥물이 흠뻑 튀고 말았지요. 삼청전으로 돌아오자 손오공이 말했지요.

"잘 숨겨놓았느냐?"

"숨기기야 잘 숨겼는데, 물이 좀 튀어서 옷이 더러워지고 지독한 냄새가 나네요. 너무 역겨워하지 마시오."

손오공이 웃으며 말했지요.

"됐다. 와서 먹어라. 하지만 깨끗한 몸으로 이곳을 빠져나갈 수

있을지 모르겠구나."

멍텅구리는 다시 태상노군으로 변장했지요. 셋은 자리에 앉아서 마음껏 먹었어요. 우선 큰만두를 먹고 나중에 젯밥, 간식, 전병, 떡, 튀김, 찐빵 등을 먹는데, 차고 뜨거운 것을 가리지 않았어요. 손오공은 원래 불에 익힌 음식은 많이 먹지 않았기 때문에, 과일 몇 개만 먹으며 둘 옆에 있어주었어요. 그들은 유성이 달을 쫓아가듯, 바람이 조각구름을 말듯, 순식간에 깡그리 먹어치웠어요. 먹을 것을 다 먹고도 그곳을 떠나지 않고 한가로이 농담을 나누면서 소화시키며 놀았어요.

그런데 허! 이런 일이! 동쪽 회랑 아래에 있던 어린 도사가 막 잠이 들었다가 갑자기 일어나 말했어요.

"내 손 방울을 삼청전에다 두고 왔네? 그걸 잃어버리면 내일 사부님께 혼날 텐데."

그리고 같이 잠자던 다른 도사에게 말했지요.

"넌 자고 있어. 가서 찾아올게."

그는 급히 나오느라 속옷도 입지 않은 채, 그냥 윗도리만 걸치고 곧장 삼청전으로 와서 손 방울을 찾았어요. 이리저리 더듬거리다보니 손 방울이 손에 잡혔어요. 그래서 막 고개를 돌리려던 차에 어디서 숨소리가 들리는지라, 도사는 깜짝 놀랐지요.

걸음아 날 살려라 밖으로 도망가는데, 어찌된 일인지 여지荔枝 씨를 밟아 주르륵 미끄러졌어요. 그러자 땡 하는 소리와 함께 방울이 떨어져 깨져버렸지요. 저팔계가 도저히 웃음을 참지 못하고 껄껄대자, 어린 도사는 혼비백산하여 한 걸음 딛을 때마다 한 번씩 넘어지며 뒤쪽의 방장 밖으로 달려가 문을 두드리며 소리쳤어요.

"사부님, 큰일 났어요. 큰일 났다고요!"

세 도사는 아직 잠을 자고 있지 않았던 터라, 문을 열어 물어보았지요.

"무슨 큰일?"

어린 도사는 덜덜 떨면서 말했지요.

"제가 손 방울을 잃어버려서 삼청전에 찾으러 갔는데, 누가 껄껄 웃는 소리가 들렸어요. 아주 놀라서 죽는 줄 알았어요."

도사들은 그 말을 듣고 곧 명령했지요.

"등불을 가져와라! 어떤 요망한 놈인가 봐야겠다."

명령이 전해지자 깜짝 놀란 양쪽 회랑의 크고 작은 도사들은 모두 일어나 등불을 켜고 삼청전으로 몰려가 살펴보았어요. 일이 결국 어떻게 될지는 알 수 없으니, 이에 대해서는 다음 회를 들어보시라.

제45회

제천대성이 거지국에서 법력을 보이다

　한편, 제천대성은 왼손으로 사오정을, 오른손으로는 저팔계를 꼬집었어요. 그들은 그 의미를 알아채고 높은 곳에 앉아서 무표정한 얼굴을 한 채 입을 다물고 있었지요. 도사들이 등불을 켜고 앞뒤로 비추자 그들 셋은 진흙을 빚어서 금칠을 한 삼청신의 상처럼 꼼짝도 하지 않고 있었어요. 호력대선이 말했어요.

　"나쁜 놈들은 없는 것 같은데, 누가 제사 음식을 모두 먹어버린 걸까?"

　녹력대선이 말했어요.

　"아무래도 사람이 먹은 것 같습니다. 껍질 있는 것은 모두 벗겨 먹었고, 씨가 있는 것은 모두 씨를 뱉었잖아요. 그런데 어째서 사람의 모습은 보이지 않는 걸까요?"

　양력대선이 말했어요.

　"형님들, 너무 의심하지 마십시오. 우리들이 경건한 마음으로 성심을 다하여 이곳에서 주야로 경전을 읽고 제문을 올리고, 게다가 조정에서도 명성을 얻었으니, 틀림없이 원시천존을 감동시켰을 것이오. 그래서 아마 삼청 나리들께서 내려오셔서 이 제사 음식들을 드셨나봅니다. 지금 시종들이 아직 돌아가지 않았을 것이고 삼청 나리들도 여기 계실 겁니다. 이때 우리가 원시천존께 참배하고 성수聖水와 금단金丹을 좀 달라고 간청하여 폐하께 바친다면 불로장생할 수 있을 테니, 우리의 공과를 드러내는 것이 아니겠습니까?"

호력대선이 말했어요.

"그 말도 일리가 있구나. 그렇다면 제자들은 음악을 연주하고 경전을 외도록 해라. 다른 사람은 내 법의를 가져오너라. 내 북두성의 별자리를 따라 발을 옮기며 기도를 올려야겠다."

밑에 도사들은 명령에 따라 두 편으로 대열을 정비했어요. 그리고 쨍그랑 경쇠 소리가 울리자 일제히 『황정도덕진경黃庭道德眞經』을 읽기 시작했어요. 호력대선은 법의를 입고 옥간玉簡을 잡더니, 신상들의 정면에서 춤추고, 불자拂子를 흔들며 땅바닥에 엎드려 절하고, 기도문을 올렸어요.

　　진실로 두렵고 두려운 마음으로
　　머리를 조아려 귀의하나이다.
　　저희들은 도교를 진흥시켰고
　　우러러 도를 깨우치기를 바랐나이다.
　　비천한 중들을 없앴고
　　존귀한 도사들을 공경하였나이다.
　　칙령으로 도관을 세웠고
　　정원도 만들도록 했나이다.
　　제사 음식들을 풍성히 차려놓고
　　용의 깃발을 높이 내걸었나이다.
　　밤새도록 촛불을 켜놓고

온종일 향불을 피웠나이다.

온 정성을 하늘에 올리고

갖은 공경을 다 바쳤나이다.

오늘 왕림해주셨는데

아직 돌아가지 않으셨다면

부디 약간의 금단과 성수를 내려주시어

조정에 바쳐

남극성과 수명을 나란히 할 수 있게 해주시옵소서.

誠惶誠恐　稽首歸依

臣等興敎　仰望淸虛

滅僧郵俚　敬道光輝

勅修寶殿　御制庭闈

廣陳供養　高掛龍旗

通宵秉燭　鎭日香馥

一誠達上　萬敬虔歸

今蒙降駕　未返仙車

望賜些金丹聖水　進與朝廷　壽比南極

저팔계는 이 말을 듣고서 마음이 편치 않아 조용히 손오공에게 속삭였어요.

"우리가 잘못했소. 먹었으면 바로 떠났어야 했는데 이런 기도까지 받게 됐으니, 어떻게 대답하면 좋겠소?"

손오공이 저팔계를 다시 꼬집더니 갑자기 입을 열어 이렇게 말했어요.

"후배 신선들은 잠시 축원을 멈춰라. 우리는 반도대회蟠桃大會에서 오는 길이어서 금단과 성수를 가져오지 못했으니 나중에 다시 갖다주겠노라."

높고 낮은 여러 도사는 이 말을 듣더니 모두 옷매무새를 바로 잡고 벌벌 떨며 말했어요.

"나리! 살아 계신 원시천존께서 속세에 내려오셨으니 절대로 놓아 보내선 안 됩니다. 어쨌든 불로장생의 비법을 간청해봅시다."

녹력대선이 앞으로 나오더니 다시 절하며 말했어요.

엎드려 머리 조아리고
삼가 정성된 마음으로 아룁니다.
미천한 저희들은 도교에 귀의한 이래
삼청신만 바라보고 살았습니다.
이 나라에 온 이후
도교를 진흥시키고 불교를 멸하였습니다.
왕도 매우 기뻐하며
도교를 존경하고 있습니다.
대라천의 신선님들께 큰 제단을 설치해 기원하고
밤새도록 경을 읽었습니다.
다행히 원시천존께서 저희들을 버리지 않으시고
이곳에 왕림해주셨습니다.
고개 숙여 보살펴주시기를 간구하고
우러러 영광을 베풀어주시기를 바라나이다.
반드시 약간의 성수를 내려주셔서
불로장생할 수 있게 해주시옵소서.

揚塵頓首　謹辦丹誠
微臣歸命　俯仰三清

自來此界　興道除僧

國王心喜　敬重玄齡

羅天大醮　徹夜看經

幸天尊之不棄　降聖駕而臨庭

俯求垂念　仰望恩榮

是必留些聖水　與弟子們延壽長生

사오정이 손오공을 꼬집으며 조용히 말했어요.

"형님, 큰일이오. 또 기도를 하네요."

"좀 주지, 뭐."

그러자 저팔계가 조그만 소리로 말했어요.

"어디 있어야 말이지요?"

"너는 보고만 있어라. 나한테 있으니 너희도 갖고 있다."

도사들의 음악 연주가 끝나자 손오공이 입을 열었어요.

"후배 신선들은 엎드려 절할 필요 없다. 너희들에게 성수를 주지 않으려 했던 것은 후배들을 망칠까 걱정되었기 때문이다. 주려고 마음만 먹으면 전혀 어려운 일이 아니니라."

도사들은 이 말을 듣고 일제히 엎드려 머리를 조아리며 말했어요.

"천존님, 제발 저희들의 공경심을 생각하셔서 부디 조금만이라도 내려주시옵소서. 저희들은 도교의 덕을 널리 선양하고 왕께 상주하여 널리 도교를 공경토록 하겠나이다."

"그렇다면 그릇을 가져와라."

도사들은 일제히 머리를 숙이고 은혜에 감사했어요. 호력대선은 힘이 센 지라 큰 항아리를 들어다 대전에 놓았어요. 녹력대선은 흙과 모래를 구워 만든 대접을 들어다 제사용 탁자 위에다 놓

앉고, 양력대선은 꽃병에서 꽃을 빼내고 그것을 가운데에 옮겨다 놓았어요. 손오공이 말했어요.

"천기를 누설해서는 안 되니, 너희들은 모두 대전 앞에 나가 있고 문을 닫아라. 그래야 성수를 줄 수 있다."

도사들은 대전의 문을 닫고 일제히 붉은 계단 아래에 꿇어 엎드렸어요. 손오공은 일어나더니 호랑이 가죽 치마를 걷어 올리고 꽃병 가득 오줌을 쌌어요. 저팔계는 이를 보더니 좋아하며 말했어요.

"형님, 제가 몇 년간 형님을 모시고 있었지만, 그런 짓으로 나를 놀린 적은 없었소. 나도 방금 음식을 좀 먹었더니 그 짓이 하고 싶던 참이었소."

그 멍텅구리는 옷을 걷더니 콸콸 여량呂梁[1]의 큰물이 다리 널빤지를 쓸어 내려가듯 쏴쏴 소리를 내며 흙과 모래를 구워 만든 대접 가득히 오줌을 누었어요. 사오정도 항아리에 오줌을 누어 반 항아리를 채웠지요. 그들은 전처럼 옷을 단정히 하고 위에 앉아서 말했어요.

"후배 신선들은 성수를 가져가거라!"

도사들은 문을 열고 고개를 조아려 절하며 은혜에 감사했어요. 항아리를 들어 내가고 꽃병과 대야도 모두 한 곳에 모아놓고 제자들에게 분부했어요.

"잔을 가져와라. 맛을 좀 봐야겠다."

젊은 도사가 찻잔을 하나 가져다가 호력대선에게 주었어요. 호

---

1 '여량'과 관련하여 다음 구절을 참고해볼 만하다. 『수경주삼하수水經注三河水』에는 "하수河水는 왼쪽에서 하나의 물줄기로 합쳐져 선무현善無縣의 옛성 서남쪽 80리 지점에서 흘러나온다. 그 물줄기는 서쪽으로 흘러 여량산呂梁山을 거쳐 여량홍呂梁洪이 된다"는 구절이 보인다. 또한 『수경주이오사수經注二五泗水經』에는 "또 동남쪽으로 여현呂縣 남쪽을 지난다"고 되어 있는데, 주注에 "사수泗水 상류에는 돌다리가 있어서 여량呂梁이라고 한다"라는 기록이 있다.

력대선은 한 잔 떠서 한 모금 마시더니 입술을 문지르고 입을 자꾸 쩝쩝 다시는 것이었어요. 녹력대선이 물었어요.

"형님, 맛있습니까?"

호력대선은 입을 삐죽 내밀며 말했어요.

"그다지 맛있지는 않군. 약간 찝찔한 맛이 나는데?"

양력대선이 말했어요.

"내가 한번 먹어보겠소."

양력대선도 한 모금 마시더니 이렇게 말했어요.

"약간 돼지 오줌 냄새가 나는군요."

손오공은 위에 앉아서 그들이 주고받는 말을 들었어요. 이미 들통이 난 것이었지요. 그가 혼잣말로 중얼거렸어요.

"차라리 재주를 부려 이름을 알려줘야겠군."

손오공이 큰 소리로 외쳤어요.

도사야! 도사야!

너희들은 쓸데없는 생각을 하고 있구나!

어떤 삼청궁의 신들이

인간 세상에 내려오려 하겠느냐?

내 진짜 이름을 알려주마.

위대한 당나라 승려 일행이

황제의 명을 받들어 서쪽으로 가다가

아름다운 밤에 할 일이 없어

도관에 내려왔노라.

제사 음식을 먹고

한가로이 앉아 즐거워하고 있는데

너희들의 절을 받았으니

무엇으로 보답하랴?

성수는 무슨 놈의 성수!

너희들이 먹은 것은 모두 내가 싼 오줌이란다.

$$
\begin{array}{ll}
道號道號 & 你好胡思 \\
那個三清 & 肯降凡基 \\
吾將眞姓 & 說與你知 \\
大唐僧眾 & 奉旨來西 \\
良宵無事 & 下降宮闈 \\
吃了供養 & 閑坐嬉嬉 \\
蒙你叩拜 & 何以答之
\end{array}
$$

那裡是甚麼聖水　你們吃的都是我一溺之尿

　도사들은 이 말을 듣더니 문을 가로막고 일제히 쇠갈퀴, 빗자루, 기와 조각, 돌멩이 등을 집어다가 닥치는 대로 안쪽을 향해 마구 던졌어요. 멋진 손오공! 그는 왼손으로는 사오정을, 오른손으로는 저팔계를 양옆에 끼고 문을 뛰쳐나가, 상서로운 빛을 타고 곧장 지연사 방장으로 돌아왔어요. 감히 사부님을 놀라게 할 수 없어 그들 셋은 다시 잠자리에 들었지요.

　시간은 벌써 새벽 네 시가 넘어 왕이 조회를 여니, 문무 양반 합해서 사백 명의 관리들이 모였어요. 붉은 비단 등의 불빛이 밝게 비추고 조각한 향로에서는 향 연기가 모락모락 올라왔지요. 그때쯤 삼장법사도 깨어나 제자들을 불렀어요.

　"애들아, 나와 함께 통행증명서에 도장을 받으러 가자."

　손오공과 사오정, 저팔계는 급히 일어나 옷을 입고 좌우에 서서 말했어요.

　"사부님, 미리 말씀드리는데 저 아둔한 임금은 도사들 말만 믿고 도교를 진흥하고 불교를 없애려 합니다. 자칫 말을 잘못했다간 통행증명서에 도장을 찍어주려고 하지 않을 듯합니다. 저희들이 사부님을 호위하고 모두 같이 조정에 들어가겠습니다."

삼장법사는 기뻐하며 금란가사를 걸쳤어요. 손오공은 통행증명서를 들고서 사오정에게는 바리를, 저팔계에게는 구환석장을 들게 했어요. 그리고 짐과 말은 지연사 스님들에게 맡겨 지키도록 했지요. 이들은 곧장 오봉루 앞에 이르러 문지기 관리에게 예를 올리고 이름을 말했어요. 그리고 동녘 땅 위대한 당나라에서 경전을 가지러 가는 승려가 이곳에 이르러 통행증명서에 도장을 받으려 하니 번거롭지만 아뢰어달라고 말했지요. 문지기 관리가 궁궐로 들어가 금빛 계단 앞에 엎드려 아뢰었어요.

"밖에 동녘 땅 위대한 당나라에서 경전을 가지러 간다는 네 승려가 찾아와 통행증명서에 도장을 받고 싶다며, 오봉루 앞에서 명을 기다리고 있습니다."

왕은 이 말을 듣더니 이렇게 말했어요.

"그 중들이 죽을 곳이 없어 이곳에 와서 죽으려 하는구나! 포졸들은 어째서 그놈들을 붙잡아 오지 않느냐?"

옆에서 왕을 모시고 있던 태사太史가 앞으로 나와 아뢰었어요.

"동녘 땅 위대한 당나라는 남섬부주南贍部洲에 위치하고 있고 국호가 중화 대국이라고 합니다. 이곳까지는 만 리의 먼 길이지요. 길에는 요괴들도 많을 텐데, 이 스님들은 분명 법력이 있어서 감히 서쪽으로 온 것일 겁니다. 바라옵건대 폐하께서는 먼 중화에서 온 승려들의 모습도 구경하실 겸 안으로 불러들여 문서를 검토해보시고 통행을 허락해주시옵소서. 그러면 좋은 인연이 끊어지지 않을 것이옵니다."

왕은 이 제안을 받아들여 당나라 승려들을 금란전으로 데려오라고 했어요. 삼장법사 일행은 계단 앞에 줄지어 서서 통행증명서를 왕에게 바쳤어요. 왕이 펼쳐 보려는데 다시 문지기 관리가 와서 아뢰는 것이었어요.

"세 분 국사께서 오셨습니다."

깜짝 놀란 왕은 통행증명서를 접어두고 급히 의자 아래로 내려가 시종들에게 자수 덮개를 씌운 도자기 걸상[繡墩]을 준비하도록 하고 몸소 영접했어요. 삼장법사 일행이 고개를 돌려보니 대선들이 거들먹거리며, 양쪽으로 머리를 말아 올리고 뒷머리를 늘어뜨린 동자 둘을 뒤에 거느린 채 곧장 안으로 들어오는 것이었어요. 문무 벼슬아치들은 허리를 굽히며 감히 고개를 들어 쳐다보지도 못했어요. 그들은 금란전으로 올라오더니 왕에게 예를 올리지도 않았어요. 왕이 물었어요.

"국사님들, 짐이 모시지도 않았는데 오늘 무슨 일로 왕림하셨습니까?"

호력대선이 대답했어요.

"알려드릴 일이 있어서 왔습니다. 저 네 중들은 어느 나라에서 왔습니까?"

"동녘 땅 위대한 당나라에서 파견되어 서천으로 가 경전을 구하려는 자들로, 통행증명서에 도장을 받으려고 왔습니다."

세 도사들은 손뼉을 치고 크게 웃으며 말했어요.

"우리는 네놈들이 도망간 줄로만 알았는데, 아직 이곳에 있었구나!"

왕이 놀라서 물었어요.

"국사께서는 무슨 말씀을 하시는 거요? 저들이 방금 찾아와서 성명을 아뢰길래 붙잡아 국사께 보내어 처리하도록 하려던 참이었소. 그런데 태사의 말씀이 일리가 있기에 멀리서 온 뜻을 감안

하고 중화와 좋은 인연을 끊지 않으려고 불러들여 막 문서를 조사하던 참이었소. 그런데 뜻밖에 국사께서 그렇게 말씀하시는 걸보니, 아마도 그들이 국사를 거슬러 죄를 지었나봅니다?"

도사들이 웃으며 말했어요.

"폐하께서는 모르실 겁니다. 저놈들은 어제 이곳에 와서 동문밖에서 저희들의 두 제자를 때려죽이고, 갇혀 있던 오백 명의 중들을 풀어주고, 수레를 부수었습니다. 밤에는 도관에 침입하여삼청신의 성상을 부수고, 폐하께서 하사하신 제물들을 훔쳐 먹었습니다. 저희들은 저놈들에게 속아서 원신천존께서 내려오신 줄로만 알고 성수와 금단을 좀 내려주십사 청했습니다. 그걸 폐하께 바쳐서 불로장생하시도록 해드리고 싶었기 때문입니다. 그런데 저놈들은 저희들을 속이고 오줌을 주었습니다. 저희들이 각자한 모금씩 맛을 보고서 손을 써 붙잡으려 하자 저놈들은 달아났습니다. '원수는 외나무다리에서 만난다(冤家路兒窄)'고 하더니만 아직도 여기 있었군요."

왕은 이 말을 듣고 화가 나 일행 넷을 죽이려 했어요. 제천대성이 합장하며 큰 소리로 말했어요.

"폐하, 잠시 격분을 가라앉히시고 저희 말씀을 들어주십시오."

"너희들이 국사를 화나게 했구나. 국사가 어찌 틀린 말을 하겠느냐?"

"저들이 우리가 어제 성 밖에 도착하여 제자 둘을 죽였다고 하는데, 누구 증인이 있습니까? 말도 안 되는 이야기이기는 하지만, 우리가 설사 그 일을 시인한다 하더라도, 저희들 가운데 두 사람이 그들의 목숨을 보상하고 두 사람은 놓아주어 경전을 가지러가도록 해야 옳을 것입니다. 또 우리가 수레를 부수고 갇힌 승려들을 놓아주었다고 하는데, 이 또한 증인이 없습니다. 또 죽어 마땅한 죄도 아닌 듯하니, 다시 한 사람더러 죄를 받게 하면 됩니다. 우리가 삼청신의 성상聖像을 부수고 도관에서 소란을 피웠다고 하는데, 이 또한 우리에게 무고한 죄를 덮어씌워 해치려는 것입니다."

"어째서 그렇다는 것이냐?"

"저희들은 동녘 땅에서 어제 이곳에 도착한 사람들이라 길이라고는 전혀 모르는데, 어떻게 밤중에 저들의 도관에서 일어난 일을 알겠습니까? 소변을 주었다고 한다면 그 자리에서 붙잡을 것이지, 어찌 이제 와서 죄명을 뒤집어씌워 사람을 해치려는 겁니까? 세상에 가짜 이름을 대는 자들이 무수히 많은데, 어째서 그게 우리라는 겁니까? 바라옵건대 폐하께서는 고정하시고 자세히 살펴주십시오."

왕은 본래 흐리멍덩한 사람이었는지라, 손오공의 일장 연설에 넘어가 결단을 내리지 못하고 있었어요. 한참 미심쩍어하고 있는데 다시 문지기 관리가 와서 아뢰었어요.

"폐하, 문밖에 수많은 시골 노인들이 명을 기다리고 있습니다."

왕은 "무슨 일이냐?" 하고 물으며 즉시 들어오라고 했어요. 삼사십 명의 시골 노인들이 대전 앞에 이르자 황제를 보고 머리를 조아리며 말했어요.

"폐하, 금년 봄 동안 비가 내리지 않아 여름에 가뭄이 들까 걱정되어 찾아와 아룁니다. 저 국사 나리께 기우제를 올려 백성들을 널리 구제해달라고 청해주십시오."

"그대들은 물러가거라. 바로 비가 내리도록 할 테니."

시골 노인들이 은혜에 감사하며 물러가자, 왕이 말했어요.

"당나라 중들은 짐이 도사들을 존경하고 중들을 없애려 하는 까닭을 아는가? 바로 예전에 비를 기원한 적이 있었는데 우리나라에 있던 중들은 비를 한 방울도 내리게 하지 못했기 때문이다. 다행히 하늘에서 국사를 내려보내시어 도탄에 빠진 백성들을 구할 수 있었노라. 그대들이 멀리서 와서 국사를 거슬렀으니 본래는 즉시 죄를 물어야 할 것이나, 잠시 그대들을 용서해줄 테니 우리 국사와 비를 기원하는 내기를 해볼 생각이 있는가? 만약에 기원하여 한바탕 단비를 내리게 하여 백성들을 구제한다면, 짐이 즉시 그대들의 죄를 용서하고 통행증명서에 도장을 찍어 서쪽으로 가도록 놓아주겠노라. 하지만 내기에 져서 비가 내리지 않는다면, 그대들을 형장으로 보내 처형하여 백성들에게 보이도록 하겠노라."

손오공이 웃으며 말했어요.

"저도 기원은 좀 할 줄 압니다."

왕은 이 말을 듣더니 즉시 명을 내려 제단을 청소하도록 하고 다시 명령했어요.

"어가를 준비해라. 과인이 직접 오봉루에 올라 지켜보겠노라."

그러자 즉시 여러 벼슬아치들이 어가를 대령했고, 얼마 후 왕은 오봉루에 올라가 앉았어요. 삼장법사는 손오공, 사오정, 저팔계를 따라 누각 아래에 서고, 세 도사는 왕을 모시고 오봉루 위에 앉았어요. 얼마 후 한 관리가 말을 달려와 보고했어요.

"제단이 다 준비되었습니다. 국사 나리께서는 제단에 오르시지요."

호력대선은 몸을 굽히고 손을 모아 왕에게 인사하더니 곧장 누각에서 내려왔어요. 손오공이 앞을 가로막으며 말했어요.

"선생, 어디 가시오?"

"제단에 올라 비를 기원하려고 한다."

"당신도 너무 잘난 척하시는구려. 먼 고장에서 온 이 사람에게 먼저 양보해야 하지 않겠소? 됐소! 관둡시다! '개도 자기 집 앞에서는 반은 먹고 들어간다(强龍不壓地頭蛇)'[2]고 하지 않소? 선생이 먼저 하시오. 하지만 반드시 임금 앞에서 똑똑히 얘기해야 하오."

"뭘 얘기하라는 것이냐?"

"당신과 내가 모두 제단에 올라 비를 기원할 텐데, 비가 내리면 당신이 내리게 한 것인지 내가 내리게 한 것인지 알 수 있겠소? 누구의 공덕인지 모를 게 아니오?"

왕은 위에서 이 말을 듣고 속으로 기뻐하며 말했어요.

"저 작은 중이 뼈 있는 말을 하는군."

사오정이 이 말을 듣더니 슬며시 웃으며 말했어요.

"우리 형님 배 속에 있는 무수한 뼈들을 아직 꺼내놓지도 않은 걸 모르는군."

호력대선이 말했어요.

"말할 필요 없다. 폐하께서는 자연히 아실 테니."

"폐하께서야 아실지 모르지만, 멀리서 온 나는 당신과 만난 적도 없으니 어찌 알겠소? 그때 가서 피차 쓸데없이 억지 부리지 말고, 거기에 대해서 먼저 얘기를 하고 실행에 옮기는 게 좋겠소."

"이제 제단에 올라가 내 영패令牌가 신호하는 것을 보고 있거나 해라. 첫 번째 영패가 울리면 바람이 불고, 두 번째 영패 소리가 나면 구름이 생길 것이며, 세 번째 소리가 울리면 벼락이 치고 번개가 일어날 것이다. 네 번째 소리가 울리면 비가 올 것이고, 다섯 번째 소리가 울리면 구름이 흩어지고 비가 멈출 것이다."

손오공이 웃으며 말했어요.

---

2   이 속담은 '강한 용이라도 그 지역 뱀을 제압할 수 없다'는 뜻으로, 외부의 세력이 아무리 강해도 그 지역의 토착 세력을 건드리지 못하고 당해낼 수 없다는 의미이다.

三清觀內
聖留名
遂國稜
王顯
悟

요괴들과 비를 기원하는 내기를 하다

"묘하군. 우리 중들은 본 적이 없던 것인데 한번 해보시오, 해봐."

호력대선은 발걸음을 옮겨 앞으로 갔고 삼장법사 일행은 뒤따라 곧장 제단 문 앞에 도착했어요. 고개를 들어서 보니 저쪽에 대략 세 길 정도의 높은 제단이 있는데, 제단 좌우에는 이십팔수의 깃발을 꽂아놓았어요. 제단 꼭대기에는 탁자가 하나 놓여 있고, 탁자 위 향로 속에서는 향 연기가 모락모락 피어올랐어요. 양쪽에 놓여 있는 두 개의 촛대 위에서는 바람을 맞은 촛불이 활활 타올랐지요.

향로 옆에는 금패가 하나 세워져 있는데, 금패 위에는 벼락신의 이름이 새겨져 있었어요. 제단 아래에는 맑은 물이 가득 담긴 큰 항아리가 다섯 개 놓여 있고, 물 위에는 버들가지가 떠 있었어요. 버들가지 위에는 철패가 놓였는데, 철패 위에는 벼락과 천둥을 관장하는 관리의 부적이 적혀 있었지요.

항아리 좌우에는 다섯 개의 큰 말뚝이 있는데, 말뚝 위에는 다섯 방위 벼락신의 사자 명부가 적혀 있었어요. 그리고 말뚝 옆에는 각기 쇠망치를 든 두 도사가 말뚝 박을 준비를 하고 서 있었지요. 제단 뒤쪽에는 수많은 도사들이 문서를 작성하고 있었고, 제단 중앙에는 종이를 태우는 화로가 준비되어 있었어요. 그리고 부적을 줜 사자使者나 도교를 칭송하는 토지신 등의 모습을 종이로 오려 만든 것들이 놓여 있었지요.

호력대선은 전혀 겸양하지 않고 곧장 높은 제단으로 올라가 똑바로 섰어요. 옆에 있던 젊은 도사가 누런 종이에 글씨를 적은 몇 장의 부적과 한 자루의 보검을 건네주었어요. 호력대선은 보검을 쥐고 주문을 외며 부적 한 장을 촛불에 태웠어요. 제단 아래에 있던 두세 명의 도사들이 신 모양으로 오린 종이 하나와 문서 한 장을 가져다가 역시 불을 붙여 태웠어요. 위쪽에서 탁 하고 영패 소리가 나자 공중에서 솔솔 바람이 불기 시작했어요. 저팔계가 중얼거렸어요.

"큰일 났다, 큰일 났어! 저 도사가 정말로 능력이 있었군. 영패를 치니까 정말 바람이 부는데?"

손오공이 말했어요.

"동생, 좀 조용히 해. 그리고 다시는 나한테 말을 걸지 말고 사부님이나 잘 보호하고 있어. 나는 일 좀 처리하러 다녀올 테니."

멋진 제천대성! 그가 털을 하나 뽑아서 신선의 기운을 불어 넣고 "변해라" 하고 외치니, 털은 가짜 손오공으로 변하여 삼장법사 옆에 서 있었어요. 그의 진짜 몸의 원신은 빠져나와서 공중에 이르러 소리쳤어요.

"바람을 관장하는 자가 누군가?"

깜짝 놀란 바람신[風婆婆]이 바람 자루를 비틀어 막고, 손이랑[巽二郎]이 자루의 끈을 동여매며 앞으로 나아와 예를 올리자, 손오공이 말했어요.

"나는 당나라의 성승을 보호하여 서천으로 경전을 가지러 가는 길이다. 이곳 거지국을 지나다가 저 요상한 도사와 비를 기원하는 내기를 하는 중인데, 너희들은 어째서 이 손 어르신을 돕지 않고 도리어 저 도사를 돕는 것이냐? 내 너희들을 용서해줄 테니 바람을 거두어라. 만약에 바람이 조금이라도 불어 저 도사의 수염이 흔들리기라도 한다면, 여의봉으로 각자 스무 대씩 맞을 줄 알아라!"

바람신이 말했어요.

"황공합니다. 황공합니다."

그래서 결국 바람기는 싹 가셨어요. 저팔계가 참지 못하고 멋대로 지껄였어요.

"거기 선생, 물러나시오. 영패를 이미 쳤는데 어째서 바람이 조금도 불지 않는 것이오? 우리가 올라가게 그만 내려오시오."

도사가 다시 영패를 잡고 부적을 태우며 탁 하고 한 번 치자 하늘은 구름과 안개로 온통 뒤덮였어요. 제천대성이 또 막아서며 소리쳤어요.

"구름을 펼치는 자가 누구냐?"

구름을 밀고 있던 동자와 안개를 펼치던 신은 깜짝 놀라 앞으로 와서 예를 올렸어요. 손오공이 다시 전후 사정을 그들에게 쭉 이야기하자 구름동자와 안개신이 구름과 안개를 거두니, 태양이 밝게 비추어 하늘에는 구름 한 점 없었어요. 저팔계가 웃으며 말했어요.

"선생, 황제와 백성들을 잘도 속였군. 진짜 능력이라고는 조금도 없으면서 말이야. 영패를 두 번째로 쳤는데 어째서 구름이 생기지 않는 거지?"

도사는 초조해져서 보검을 짚고 머리카락을 풀어헤친 채, 주문을 외며 부적을 태우고서 다시 영패를 탁 하고 내리쳤어요. 그러자 남천문에서 등천군鄧天君이 벼락신과 번개신을 데리고 공중으로 왔다가 손오공을 보고 예를 올렸어요. 손오공이 다시 지금까지의 상황을 이야기한 후에 말했어요.

"너희들은 누구의 명을 받고 이렇게 지성으로 달려온 것이냐?"

등천군이 대답했어요.

"저 도사의 오뢰법五雷法은 진짜입니다. 그가 문서를 보내고 부적을 태워 옥황상제를 놀라게 하였습니다. 그래서 옥황상제가 바로 구천응원뇌성보화천존九天應元雷聲普化天尊의 관청으로 명을 내린 것입니다. 저희들은 그 명을 받들고 와서 벼락신과 번개신을 도와 비를 내리려 했던 것입니다."

"그렇다 해도 잠시 일을 멈추고 이 손 어르신이 처리할 때까지 기다려라."

그러자 과연 벼락도 치지 않았고 번개도 번쩍이지 않았어요.

도사는 더욱 다급해져서 다시 향을 피우고 부적을 태우고 주문을 외며 영패를 내리쳤어요. 그러자 공중에는 또 사해의 용왕이 일제히 몰려왔어요. 손오공이 막아서며 소리쳤어요.

"오광, 어디 가오?"

오광, 오흠, 오윤이 앞으로 와서 예를 올리자, 손오공은 다시 그간의 상황을 그들에게 들려주며 이렇게 말했어요.

"전에는 수고는 했으나 공을 세우지 못했으니, 오늘 일은 잘 좀 도와주기 바라오."

"분부대로 따르겠습니다. 당연하지요!"

손오공은 다시 오순에게 감사하며 말했어요.

"전에는 댁의 영식인 마앙태자 덕분에 요괴를 붙잡아 사부님을 구할 수 있었소."

"그놈은 아직 바닷속에 쇠사슬로 묶여 갇혀 있는데, 제 마음대로 처리할 수 없어서 제천대성께서 처분해주십사 청하려던 참이었습니다."

"당신 생각대로 처리하면 그만이오. 지금은 나를 좀 도와 공을 세우도록 하시오. 저 저 도사가 네 번째로 영패를 친 뒤에는 이 손 어르신 차례요. 그렇지만 나는 문서를 보내고 부적을 사르고 무슨 영패 같은 것을 내려칠 줄도 모르니, 여러분들이 나를 도와주시오."

등천군이 말했어요.

"제천대성께서 분부하시는데 누가 감히 따르지 않겠습니까? 하지만 신호가 있어야 그에 따라 행동을 취할 수 있습니다. 그렇지 않으면 벼락과 비가 뒤죽박죽되어 제천대성께서 엉터리로 보일 겁니다.”

“내가 여의봉으로 신호를 하지.”

벼락신이 매우 놀라 말했어요.

“나리! 저희들이 어떻게 그 여의봉을 견디겠습니까?”

“당신들을 때리겠다는 게 아니오. 여의봉이 첫 번째로 위쪽을 가리키는 것이 보이면, 바로 바람을 불게 하시오.”

바람신과 손이랑이 두말없이 즉각 대답했어요.

“바로 바람을 불게 하겠습니다.”

“여의봉이 두 번째로 위를 가리키면 바로 구름을 펼치시오.”

구름을 미는 동자와 안개를 펼치는 신이 대답했어요.

“예, 즉시 구름을 펼치겠습니다.”

“여의봉이 세 번째로 위를 가리키면 바로 벼락과 번개를 치도록 하시오.”

벼락신과 번개신이 대답했어요.

“당연히 명에 따르겠습니다.”

“여의봉이 네 번째로 위를 가리키면 바로 비를 내리시오.”

용왕들이 대답했어요.

“알겠습니다. 분부대로 하겠습니다.”

“여의봉이 다섯 번째로 위를 가리키면 바로 날이 활짝 개어야 하오. 조금도 이를 어겨서는 안 되오.”

손오공은 분부를 하고 마침내 구름에서 내려와 몸을 흔들어 털을 거둬들였어요. 하지만 저 식견이 좁은 범속한 자들이 어떻게 알 수 있겠어요? 손오공이 마침내 옆에서 큰 소리로 말했어요.

“선생, 그만두시오. 네 번의 영패 소리가 모두 났는데도 바람과 구름, 벼락과 비가 없었으니 나한테 양보해야 될 것 같소."

그 도사는 오래 자리를 차지하고 있을 수 없어, 하는 수 없이 제단을 내려와 손오공에게 자리를 내주었어요. 그리고 입을 삐죽 내민 채 곧장 오봉루로 올라가 황제를 알현했어요. 손오공이 중얼거렸어요.

"그를 따라가서 뭐라고 말하는지 봐야겠다."

왕이 묻는 소리가 들렸어요.

"과인이 이곳에서 귀를 씻고 정성껏 듣고 있었는데, 그대가 있는 곳에서 네 번의 영패 소리가 울렸는데도 바람과 비가 없으니 무슨 까닭이오?

"오늘 용신이 모두 집에 없나봅니다."

손오공이 큰 소리로 말했어요.

"폐하, 용신은 모두 집에 있습니다. 다만 이 국사의 술법이 신통치 않아 청해 오지 못한 겁니다. 저희들이 청해 올 테니 보십시오."

왕이 말했어요.

"즉시 제단에 오르시오. 과인은 이곳에서 비를 기다리고 있을 테니."

손오공들은 명을 받자 서둘러 제단 쪽으로 가서 삼장법사를 잡아끌며 말했어요.

"사부님, 오르시지요."

"애야, 나는 비를 기원할 줄 모른다."

저팔계가 웃으며 말했어요.

"형님이 사부님을 해치려는 것입니다. 만약에 비를 내리게 하지 못하면 땔나무를 가져다가 불을 놓아 죽일 거라고요."

"사부님이 비를 기원하지는 못해도 불경은 잘 외시지 않습니까? 제가 도와드리지요."

삼장법사는 그제야 걸음을 옮겨 제단에 올라가서 단정히 앉더니, 마음을 가라앉히고 정신을 모아 조용히 『반야바라밀다심경』을 외었어요. 그렇게 자리에 앉아 있는데 갑자기 어떤 관리가 말을 타고 달려와 묻는 것이었어요.

"저 스님은 어째서 영패를 내려치지도 않고 부적을 태우지도 않는 것이요?"

손오공이 큰 소리로 대답했어요.

"그런 건 필요 없소. 우리는 조용한 공덕으로 기원하오."

관리가 돌아가 폐하께 아뢰었음은 물론이지요. 손오공이 삼장법사가 경문을 다 왼 것을 보고, 귓속에서 여의봉을 꺼내어 바람 방향으로 한 번 흔들자 그것은 두 길 정도의 길이에 사발만 한 굵기가 되었어요. 여의봉으로 하늘을 한 번 가리키자 바람신이 그것을 보고 급히 가죽 자루를 열었고 손이랑도 자루 끈을 풀었어요. 그러자 휘익 하고 바람 소리가 들리더니 온 성안의 기와와 벽돌이 들썩이고 모래와 돌들이 날렸어요. 보세요. 그것은 보통 때와는 달리 정말 대단한 바람이었어요.

> 버드나무 가지를 꺾고 꽃을 떨어뜨리고
> 숲의 나무를 꺾고 쓰러뜨리네.
> 구중궁궐의 벽과 담장도 무너지고
> 오봉루의 대들보와 기둥도 흔들흔들
> 하늘의 붉은 해는 빛을 잃고
> 땅 위의 모래는 날개가 생긴 듯하네.
> 연무청 앞 무장들도 놀라고
> 회문각 안 문관들도 두려워하네.

삼궁의 아름다운 황후 검은 머리카락 흐트러지고
육원의 비빈들 쪽진 머리 헝클어지네.
고관들의 금관에서 수놓은 갓끈 떨어지고
재상의 오사모에서 깃털이 떨어져 나가네.
황제는 할 말 있어도 입을 열지 못하고
환관은 문서 들고 전달할 곳 찾지 못하네.
잉어 모양 금장식에 옥띠 맨 벼슬아치들은 대열을 갖추지 못하고
상아홀에 비단옷 입은 고관들은 제자리에 서 있지 못하네.
아름다운 누각에 비췻빛 병풍은 모두 손상되었고
녹색 창문과 붉은 문은 모두 망가졌구나.
금란전의 기와와 벽돌 날아다니고
금운당의 문과 창문은 찌그러지고 부서졌구나.
이번 광풍은 정말로 끔찍하여
군왕 부자도 서로 만나기 어려울 정도로구나.
번화한 거리와 시장마다 인적 사라지고
집집마다 대문 꼭꼭 닫아걸었구나.

折柳傷花　摧林倒樹
九重殿損壁崩墻　五鳳樓搖梁撼柱
天邊紅日無光　地下黃砂有翅
演武廳前武將驚　會文閣內文官懼
三宮粉黛亂青絲　六院嬪妃蓬寶髻
侯伯金冠落繡纓　宰相烏紗去展翅
當駕有言不敢談　黃門執本無由遮
金魚玉帶不依班　象簡羅衫無品叙
彩閣翠屏盡損傷　綠牕朱戶皆狼狽

金鑾殿瓦走磚飛　錦雲堂門歪槅碎

這陣狂風果是兇　刮得那君王父子難相會

六街三市沒人踪　萬戶千門皆緊閉

이렇게 광풍이 불어대고 있는데, 손오공이 다시 신통력을 발휘해 여의봉을 치켜들어 하늘을 향해 가리켰어요. 저 모습 좀 보세요.

구름 미는 동자와
안개 펴는 신.
구름 미는 동자가 신묘한 위엄 드러내니
우르르 돌들이 부딪치듯 하늘에 구름이 드리우네.
안개 펴는 신이 법력을 발휘하니
뭉게뭉게 짙은 안개가 땅을 뒤덮네.
시장에는 뿌옇게 어둠이 깔리고
번화한 거리도 어둑해지네.
안개는 바람과 함께 바다에서 몰려오고
구름은 비를 따라 곤륜산에서 뿜어져 나오네.
순식간에 천지에 깔리고
삽시간에 세상을 뒤덮네.
마치 혼돈의 세상처럼
오봉루 문도 보이지 않네.

推雲童子　佈霧郎君

推雲童子顯神威　骨都都觸石垂天

佈霧郎君施法力　濃漠漠飛烟蓋地

茫茫三市暗　冉冉六街昏

因風離海上　隨雨出崑崙
頃刻漫天地　須臾蔽世塵
宛然如混沌　不見鳳樓門

　이렇게 짙은 안개가 깔리고 검은 구름이 뒤덮일 때, 손오공이 다시 여의봉을 한 번 치켜들어 하늘을 향해 가리켰어요. 그러자,

　　벼락신은 분노하고
　　번개신은 화를 내는구나.
　　벼락신은 분노하여
　　불 짐승을 거꾸로 타고 하늘궁전의 문을 나서고
　　번개신은 화를 내며
　　금 뱀을 되는대로 붙잡고 북두 관청을 떠나는구나.
　　우르르 쾅쾅 벼락을 쳐서
　　철차산을 흔들어 부수고
　　번쩍 번개를 쳐서
　　동쪽 바다에 날리는구나.
　　우르르 수레바퀴 구르는 소리 같고
　　희끗희끗 흰쌀을 날리는 듯하구나.
　　모든 백성과 만물들 정신이 번쩍 들고
　　얼마나 많은 곤충들이 놀라 뛰쳐나왔던가?
　　임금과 신하들 서로 붙잡고 놀라 두려워하고
　　장사꾼들 이 소리 듣고 두려워하고 당황하는구나.

雷公奮怒　電母生嗔

雷公奮怒　倒騎火獸下天關

電母生嗔　亂掣金蛇離斗府

吻喇喇施霹靂　　震碎了鐵叉山
漸瀝瀝悶紅綃　　飛出了東洋海
呼呼隱隱滾車聲　　燁燁煌煌飄稻米
萬萌萬物精神改　　多少昆蟲蟄已開
君臣撲上心驚駭　　商賈聞聲膽怯忙

　천둥과 번개가 우르릉 쾅쾅 마치 땅이 갈라지고 산이 무너져
내릴 듯한 기세였지요. 깜짝 놀란 성안 사람들은 집집마다 향을
피우고 지전紙錢을 태웠어요. 손오공이 큰 소리로 외쳤어요.

　"등 노인, 조심하구려! 나 대신 뇌물을 탐하여 법을 무너뜨리는
탐관오리와 천륜을 거슬러 불효하는 자식들을 잘 골라, 몇 놈한
테 벼락을 때려 백성들에게 보여주도록 하시오."

　그러자 벼락이 점점 심하게 치기 시작했어요. 손오공은 다시
여의봉으로 하늘을 가리켰어요.

　용이 신호하니
　비가 하늘과 땅 가득히 내리네.
　그 모습 은하수가 하늘 방죽을 무너뜨리고 쏟아지는 듯하고
　구름이 바다 입구로 흘러가듯 삽시간에 내리는구나.
　누각 끝에서는 똑똑똑 빗물 떨어지는 소리 들리고
　창문 밖에서는 주룩주룩 빗소리 들리네.
　하늘의 은하수가 쏟아져 내리니
　거리에는 흰 물결 넘실대네.
　콸콸 항아리에 물을 채우는 것 같고
　주룩주룩 대야에 물을 퍼담는 듯하네.
　외딴 마을에서는 집이 물에 잠기려 하고

들판 언덕에서는 다리까지 물이 찼네.
정말로 뽕나무 밭이 바다로 변하고
육지와 언덕에서는 순식간에 파도가 넘실대는구나.
용왕이 도와주니
장강의 물을 들어다 아래로 쏟아붓는 듯하네.

龍施號令　雨漫乾坤
勢如銀漢傾天塹　疾似雲流過海門
樓頭聲滴滴　牕外響瀟瀟
天上銀河瀉　街前白浪滔
淙淙如瓮檢　滾滾似盆澆
孤庄將漫屋　野岸欲平橋
眞箇桑田變滄海　霎時陸岸滾波濤
神龍藉此來相助　攙起長江望下澆

이번 비는 아침부터 내리기 시작하여 겨우 점심때까지 내렸을 뿐이었어요. 하지만 거지국 도성 안팎은 거리가 온통 물바다였어요. 왕이 명을 내렸어요.

"비는 충분히 내렸다. 비는 충분히 내렸어. 더 내리면 모가 물에 잠겨 썩어버릴 테니 오히려 좋지 않다."

오봉루 아래에 있던 관리가 비를 뚫고 말을 달려 이 말을 전했어요.

"성승, 비가 충분히 내렸답니다."

손오공이 이 말을 듣고 다시 여의봉으로 위를 가리키자, 순식간에 천둥과 바람이 그치고 구름이 걷혀 날이 개었어요. 왕은 매우 기뻐했고 문무 벼슬아치들도 모두 칭찬해 마지않았어요.

"정말 대단한 스님입니다. 이것이 바로 '고수 위에 더 센 고수가 있다(强中更有强中手)'는 것이구려. 우리 국사께서 비를 기원하는 것이 신통하긴 했지만, 날이 개이도록 하려면 반나절 정도 가랑비가 더 내려야 했고, 개어도 맑고 상쾌하지가 않았소. 그런데 어떻게 이 스님은 마음먹은 대로 바로 비를 그치게 만들어 순식간에 쨍쨍 해가 나와 온 하늘에 구름 한 점 없는지 모르겠소이다."

왕은 명을 내려 금란전으로 돌아가 통행증명서에 도장을 찍어 삼장법사 일행을 떠나보내려고 했어요. 막 옥새를 찍으려는데 다시 세 도사가 나서서 가로막으며 말했어요.

"폐하, 이번에 내린 비는 전적으로 저 중들의 공로만이 아니고 저희 도사들의 힘이기도 합니다."

"그대가 방금 전에 용왕이 집에 없어서 비를 내리게 할 수 없다고 하자, 저들이 올라가 조용한 공덕으로 기원을 하여 바로 비를 내리게 하였는데, 어째서 그들과 공을 다투려는 것이오?"

호력대선이 대답했어요.

"제가 제단에 올라가 문서를 보내고 부적을 태우고 영패를 쳤으니, 저 용왕이 어떻게 감히 오지 않겠습니까? 아마도 바람과 구름, 벼락, 비 등을 관장하는 다섯 관리가 다른 곳으로 초대를 받아가서 모두 집에 없다가 제 명령을 듣고 달려오던 참이었을 것입니다. 그런데 그때 마침 제가 제단을 내려오고 저 중이 올라가 일순간 그런 기회를 만나 비를 내리게 했던 겁니다. 그러니 근원을 따져 보자면 역시 제가 용을 불러 비를 내리게 한 것이니, 어떻게 저들의 공이라고 할 수 있겠습니까?"

왕은 어리석은 사람인지라 이 말을 듣고 다시 의심하며 결정을 내리지 못했어요. 그러자 손오공이 앞으로 한 걸음 나아가 합장하며 아뢰었어요.

"폐하, 이런 사이비 도교의 법술로는 공과를 이룰 수 없습니다. 내 공이니 그의 공이니 따질 수도 없습니다. 지금 사해의 용왕이 공중에서 지켜보고 있습니다. 제가 놓아 보내주지 않아 아직도 물러가지 못하고 있는 겁니다. 저 국사가 만약에 용왕을 불러서 모습을 드러내게 할 수 있다면 그의 공이라고 인정하겠습니다."

왕은 매우 기뻐하며 말했어요.

"과인이 이십삼 년 동안 황제로 있었지만, 아직까지 살아 있는 용이 어떻게 생겼는지 보지 못했소. 두 사람은 각자 법력을 드러내 보여주시오. 스님이고 도사고 간에 용을 불러내는 자에게는 공이 있을 것이고, 불러내지 못하는 자에게는 죄를 물을 것이오."

그 도사가 어떻게 그런 능력을 가지고 있겠어요? 도사가 불렀지만 용왕은 제천대성이 그 자리에 있는 걸 보고 감히 머리를 내밀지 못했어요. 그러자 도사가 말했어요.

"우리는 할 수 없으니 네가 불러와보거라."

제천대성이 하늘을 향해 얼굴을 들고서 큰 소리로 외쳤어요.

"오광은 어디 계시오? 모두 본래 모습을 보여주시오."

용왕들은 제천대성이 부르는 소리를 듣고 즉시 본래 모습을 드러냈어요. 네 마리 용이 공중에서 안개와 구름을 뚫고 금란전 위로 날아와 춤을 추니, 바로 이런 모습이었지요.

날아올라 변화를 부리니
안개와 구름을 휘감고 있네.
옥 같은 발톱은 흰 갈고리처럼 드리워져 있고
은비늘은 밝은 거울처럼 춤추네.
수염이 흰 비단처럼 휘날리니 가닥마다 시원스럽고
뿔이 높이 치솟아 꼿꼿한 것이 청아하구나.

튀어나온 이마 높이 솟았고
둥근 눈은 반짝반짝 빛나네.
숨었다 나타났다 예측하기 어렵고
날아오르는 모습 표현할 길 없구나.
비를 기원하면 수시로 비를 뿌리고
날이 개이기를 기도하면 즉시 날이 맑도록 한다네.
이야말로 신령하고 성스러운 진짜 용의 모습이니
상서로운 기운 가득히 궁전 뜰을 감싸네.

飛騰變化　繞霧盤雲
玉爪垂鉤白　銀鱗舞鏡明
聲飄素練根根爽　角聳軒昂挺挺清
磕額崔巍　圓睛幌亮
隱顯莫能測　飛揚不可評
禱雨隨時佈雨　求晴卽便天晴
這纏是有靈有聖眞龍像　祥瑞繽紛遶殿庭

　왕은 대전에서 향을 사르고 신하들도 계단 앞에서 예를 올렸
어요. 왕이 말했어요.

　"수고스럽게 귀하신 몸들께서 강림해주셨구요. 그만 돌아들
가시지요. 과인이 나중에 제를 올려 사례하겠습니다."

　손오공이 말했어요.

　"여러 신들은 각자 돌아들 가시구려. 국왕께서 나중에 제를 올
려 사례할 것이오."

　용왕들은 곧장 바다로 돌아갔고 신들도 각자 하늘로 돌아갔
어요.

광대하고 끝이 없구나! 참되고 오묘한 불법이여!

참된 본성 지극히 깨달아 이단의 법술을 깨뜨렸네.

廣大無邊眞妙法　至眞了性劈傍門

결국 손오공이 어떻게 사악한 무리를 없애는지는 아직 알 수 없으니, 이에 대해서는 다음 회를 들어보시라.

제46회

손오공, 술법을 겨뤄
요괴들의 정체를 밝히다

한편, 왕은 손오공에게 용을 부르고 신을 부리는 술법이 있는 걸 보자, 곧 통행증명서에 도장을 찍어 삼장법사에게 줘서 서쪽으로 가도록 보내주려 했어요. 그러자 세 도사는 황급히 금란전 위에 엎드려 왕에게 아뢰었어요. 왕은 급히 용상에서 내려와 도사들을 친히 일으켜 세우며 말했어요.

"국사, 오늘은 어째서 이런 대례를 행하시는 것이오?"

"폐하, 저희들은 지금껏 사직을 바로잡고 나라를 지키며 백성을 편안하게 하려고 이십 년 넘게 고생해왔습니다. 그런데 오늘 이 중들이 법력을 놀려 공을 가로채고 저희들의 명성을 더럽혔습니다. 한 차례 비를 내렸다고 폐하께서 살인죄를 용서하신다면, 저희를 무시하시는 것입니다. 바라옵건대 저들의 통행증명서를 잠시 내주지 마시고, 저희들이 저들과 다시 한 번 겨룰 수 있도록 해주시옵소서."

이 왕은 정말 흐리멍덩하여 남들의 그럴싸한 말에 금방 넘어가는 사람이라서 정말로 통행증명서를 다시 거두고는 이렇게 말했어요.

"국사, 어떻게 저들과 겨루겠소?"

호력대선이 대답했어요.

"제가 좌선하는 것으로 저들과 겨루지요."

"국사, 그건 틀렸소. 저 중들이야 불가 출신이니, 분명 좌선의 비결을 잘 알고 있어서 어명을 받아 경전을 구하러 갈 수 있었을 거요. 그런데 국사께서 어찌 저들과 좌선을 겨루신다는 거요?"

"제가 말씀드린 좌선은 보통 것과는 달라서 운제현성雲梯顯聖이라고 따로 이름이 있습니다."

"그게 무엇이오?"

"백 개의 상이 필요하지요. 상을 하나하나 쌓아서 오십 개로 선대禪臺 하나를 만드는 겁니다. 손으로 붙잡고 올라가도 안 되고, 사다리를 써도 안 되며, 각자 구름 하나씩을 타고 올라가 앉아, 몇 시간이라도 꼼짝하지 않고 있기로 하는 것입니다."

이 내기가 좀 어렵다는 것을 안 왕은 곧 사람을 시켜 이렇게 물었어요.

"스님들, 우리 국사께서 당신들과 운제현성 좌선으로 겨루자고 하는데, 어느 분이 하실 줄 아시오?"

손오공은 이 말을 듣고 신음만 할 뿐 대답이 없었어요. 그러자 저팔계가 물었지요.

"형님, 어째서 아무 말이 없으시오?"

"동생, 사실대로 말해주지. 하늘을 때려 부수고 우물을 휘저어놓으며, 바다와 강을 뒤집어놓고, 산을 떠메고 달을 부리며, 별을 옮기는 것 같은 교묘한 재주를 부리는 일들은 난 뭐든지 할 수 있어. 머리를 베어 뇌를 저며내고, 배를 가르고 심장을 도려내는 것 같은 갖가지 짓거리도 겁나지 않아. 다만 좌선을 한다면 틀림없이 질 거야. 내게 그런 참을성이 어디 있겠어? 나를 쇠기둥에 묶어놔도 아래위로 비벼대며 난리를 치지, 가만 앉아 있을 리가 없어."

삼장법사가 갑자기 입을 열었어요.

"좌선은 내가 할 수 있다."

손오공은 기뻐하며 말했어요.

"그거 잘됐네요! 잘됐어요! 몇 시간이나 앉아 계실 수 있나요?"

"내가 어렸을 때 연배 높은 선승이 도를 강연하시면 생명의 근본에 정신을 편안히 가라앉히고 집중해서 생사의 기로에서도 이삼 년은 앉아 있을 수 있었단다."

"사부님께서 이삼 년을 앉아 계신다면 저희는 불경을 가지러 못 가지요. 길어도 대여섯 시간만 계시다가 내려오세요."

"애들아, 그런데 난 올라가질 못하잖니?"

"사부님이 하신다고 대답이나 하세요. 제가 올려드릴 테니까요."

해서 삼장법사는 가슴에 손을 모아 합장하며 말했어요.

"소승이 좌선은 좀 할 줄 압니다."

왕은 어명을 내려 선대를 세우게 했지요. 한 나라의 왕에게는 산도 무너뜨릴 수 있는 힘이 있는지라, 한 시간도 안 되어 금란전 양쪽에 선대 두 채가 마련되었어요.

호력대선은 금란전에서 내려와 계단 한가운데에 버티고 서더니, 몸을 날려 구름방석에 올라타고 곧장 서쪽 선대 위로 올라가 앉았어요. 손오공은 털을 한 올 뽑아 가짜 손오공을 만들어 저팔계, 사오정과 함께 아래에 서 있게 하고, 자신은 오색 상서로운 구름이 되어 삼장법사를 공중으로 들어 올려 동쪽 선대 위에 앉혔어요. 손오공은 다시 상서로운 빛을 거둬들이고 모기 눈썹 사이의 작은 벌레로 변신해서 저팔계의 귀로 날아가 이렇게 당부했어요.

"동생, 사부님을 잘 보고 있어. 그리고 이 어르신의 허상한테는 말을 걸지 말아라."

멍텅구리는 웃으면서 말했어요.

"무슨 말인지 알겠소."

한편, 녹력대선이 자수 덮개를 씌운 도자기 걸상 위에 앉아서 한참을 보았지만, 높은 선대 위에 앉은 둘은 막상막하로 승부가 나지 않았어요. 이 도사는 자기 사형을 좀 돕기로 했지요. 그가 머리 뒤 짧은 머리카락을 하나 뽑아 동그랗게 뭉쳐 위로 튕기니, 그것은 곧장 삼장법사의 머리 위로 날아가 커다란 빈대가 되어 삼장법사를 물었어요. 그러자 삼장법사는 처음엔 가렵더니 나중엔 아파왔어요. 원래 좌선할 때는 손을 움직이면 안 되게 되어 있었어요. 손을 움직이면 지는 것이지요. 일순간 아픔을 참을 수가 없게 되자, 삼장법사는 목을 움츠려 옷깃으로 가려운 데를 긁었어요. 저팔계가 이 모습을 보고 말했어요.

"큰일 났네! 사부님께서 지랄병이 나셨어."

사오정은 이렇게 말했지요.

"그게 아니라, 고질병인 두통이 발작했나 봐요."

손오공이 이 말을 듣고 말했어요.

"사부님께서는 성실하기 이를 데 없는 군자이시다. 사부님이 좌선을 할 수 있다고 하셨으면 반드시 할 줄 아시는 거고, 못한다고 하셨으면 못하시는 거야. 군자가 어찌 거짓말을 하겠어? 너희 둘은 그만 떠들어. 내가 올라가 살펴볼 테니까."

멋진 손오공! 그가 앵 하는 소리와 함께 삼장법사의 머리 위로 날아갔더니, 콩알만 한 빈대 한 마리가 삼장법사를 물고 있는 게 보였지요. 그는 급히 그것을 눌러 죽이고 가려운 데를 구석구석

긁어주었어요. 삼장법사는 가렵지도 아프지도 않게 되자, 다시 선대 위에 정좌했어요. 손오공은 속으로 생각했어요.

'중의 까까머리에는 이 한 마리도 살지 못하는데, 어떻게 이런 빈대가 있었을까? 아마도 저 도사가 술수를 부려 사부님을 못 살게 군 게야. 하하! 이대로 가만있다가는 승부가 날 것 같지 않으니, 이 몸이 가서 저놈을 놀려줘야겠다!'

손오공은 날아올라서 금란전 지붕의 짐승 조각 위에 내려앉아 몸을 흔들어 길이가 일곱 치나 되는 지네로 변하더니, 곧장 도사의 콧구멍 속으로 들어가 깨물었어요. 도사는 제대로 앉아 있지 못하고 곤두박질치며 굴러떨어져 거의 죽을 뻔했지만, 다행히 크고 작은 벼슬아치들이 구해주어서 목숨은 건졌어요.

왕은 크게 놀라서 당장 옆에 있던 태사에게 문화전文化殿 안으로 도사를 데리고 들어가 씻기도록 했어요. 손오공은 올라갈 때와 마찬가지로 상서로운 구름을 몰아 삼장법사를 태우고 계단 앞으로 내려왔으니, 이미 삼장법사의 승리였지요.

왕이 어쩔 수 없이 삼장법사 일행을 보내주려고 하자, 녹력대선이 또 이렇게 아뢰었지요.

"폐하, 저희 사형께선 원래 중풍기가 있었는데, 높은 데 올라가 바람을 맞는 바람에 병이 도져서 저 중에게 져버렸습니다. 잠깐 저 중을 붙들어놓으십시오. 제가 그와 격판시매隔板猜枚를 겨루지요."

"그건 또 무엇이오?"

"저에게는 판자를 사이에 두고도 그 뒤에 있는 물건을 알 수 있는 재주가 있습니다. 저 중도 할 수 있나 보지요. 만약 그가 저보다 잘 맞히면 보내주고 맞히지 못하면 폐하께서 그 죄명을 물어

제 형제의 한을 풀어주시고, 스무 해 동안 이 나라를 지킨 은공을 더럽히지 않게 해주시옵소서."

왕은 워낙 흐리멍덩한 사람이라, 이에 따라 명령을 내려 내관에게 붉게 주사를 칠한 궤짝을 금란전으로 메고 가 황후에게 그 안에 보물을 하나 넣어두게 했어요. 그리고 궤짝을 다시 메고 나와 백옥 계단 앞에 부려놓게 하고, 삼장법사 일행에게 말했어요.

"당신들 둘은 법력을 겨루어, 저 궤짝 안에 어떤 보물이 들어 있는지 맞히도록 하시오."

삼장법사가 말했어요.

"얘들아, 궤짝 안에 있는 물건을 어떻게 알 수 있단 말이냐?"

손오공은 다시 모기 눈썹 사이의 작은 벌레로 변해 삼장법사의 머리 위에 앉아서 말했어요.

"사부님 안심하세요. 제가 가서 보고 오지요."

멋진 제천대성! 그가 가볍게 궤짝 위로 날아가 궤짝 다리 아래로 기어들어 가 보니, 이어붙인 나무 사이의 틈이 보였어요. 그 틈새로 쏙 들어가니, 붉은 칠을 한 쟁반 위에 궁의宮衣가 한 벌 놓여 있었는데, 바로 산하사직 저고리[山河社稷襖]와 건곤지리 치마[乾坤地理裙]였어요. 그는 그걸 흐트러뜨리고 혀끝을 깨물어 피 한 모금을 내어 그 위에 뿌렸어요.

그런 다음 "변해랏!" 하고 소리치자, 궁의는 지저분하고 낡아빠진 술잔[鐘]으로 변했어요. 손오공은 또 거기에 오줌을 잔뜩 갈겨놓고, 다시 틈새로 빠져나와 삼장법사의 귀로 날아가서 말했어요.

"사부님, 사부님께선 그저 지저분하고 낡아빠진 술잔이라고 하시면 됩니다."

"무슨 보물인지 맞히라고 했는데, 낡아빠진 게 무슨 보물이더냐?"

"상관 마시고 그냥 그렇게 말씀하시면 된다니까요."

삼장법사가 앞으로 나아가 막 알아맞히려 하는데, 녹력대선이 끼어들었어요.

"제가 먼저 하지요! 저 궤짝 안에 든 것은 산하사직 저고리와 건곤지리 치마입니다."

삼장법사는 이렇게 말했지요.

"아니, 아니, 그렇지 않습니다. 궤짝 안에 든 것은 지저분하고 낡아빠진 술잔입니다."

이 말에 왕은 발끈했어요.

"이 중이 무엄하구나! 감히 우리나라에 보물이 없다고 비웃는 게냐? 무슨 낡아빠진 술잔이라는 게냐?"

그러고는 이렇게 명령했어요.

"잡아들여라!"

양쪽에 서 있던 교위校尉들이 막 손을 쓰려는데, 삼장법사는 놀라서 합장하며 큰 소리로 애원했어요.

"폐하, 잠깐만 소승을 놓아주십시오. 궤짝을 열어보아 틀림없이 보물이면 소승은 죄를 받겠지만, 만약 보물이 아니라면 소승은 억울하게 되는 것이 아닙니까?"

그래서 왕이 궤짝을 열어보게 했어요. 수행관이 궤짝을 열고 쟁반을 들어내 보였는데, 과연 지저분하고 낡아빠진 술잔이었어요. 왕은 화가 머리끝까지 났어요.

"누가 이따위 물건을 넣었느냐?"

용상 뒤에서 삼궁의 황후가 나타나더니 말했어요.

"마마, 제가 직접 산하사직 저고리와 건곤지리 치마를 넣었는데, 어떻게 이런 물건으로 변했는지 모르겠습니다."

"알았으니 황후는 물러가시오. 궁중에서 쓰는 물건은 모두 능라

綾羅 비단 같은 것인데, 어찌 이런 낡아빠진 물건이 있었겠는가?"

그리고 궤짝을 가져오게 하더니 이렇게 분부했어요.

"짐이 직접 보물을 감춰놓고 다시 시험해보겠다."

왕은 곧 후궁으로 들어가, 어화원御花園의 복숭아나무에 열린 사발만 한 복숭아 한 알을 따서 궤짝 안에 넣고 다시 아래로 가져와 알아맞혀보라고 했어요.

삼장법사가 말했지요.

"애야, 또 맞히라고 하는구나."

손오공이 또 대답했어요.

"마음 놓으세요. 제가 다시 가서 보지요."

그가 또 앵 하고 날아가서 다시 그 틈새로 뚫고 들어가 보니, 복숭아 한 알이었어요. 그는 그게 마침 마음에 쏙 드는지라, 원래 모습으로 돌아와 궤짝 안에 앉아서 우적우적 복숭아를 한입에 깨끗이 먹어치웠어요. 꼭지까지 몽땅 삼켜버리고 씨만 궤짝 안에 남겨두었어요. 그리고 다시 모기 눈썹 사이의 작은 벌레로 변해 날아 나와서, 삼장법사의 귀에 앉아 이렇게 말했어요.

"사부님, 복숭아씨라고만 하십시오."

"애야, 날 놀리지 마라. 좀 전에도 말을 잘해서 그렇지, 아니면 붙잡혀 가 벌을 받을 뻔하지 않았느냐? 이번엔 반드시 보물이라고 해야 해. 복숭아씨가 무슨 보물이란 말이냐?"

"겁내실 거 없어요. 어쨌거나 이기면 되는 거 아닙니까?"

삼장법사가 막 입을 열려는데, 양력대선이 이렇게 말하는 것이었어요.

"제가 먼저 맞히지요. 복숭아 한 알입니다."

삼장법사는 이렇게 대답했어요.

"복숭아가 아니라, 복숭아씨뿐입니다."

왕은 버럭 소리를 질렀어요.

"내가 복숭아를 넣었는데, 어떻게 씨란 거냐? 셋째 국사께서 맞히셨소."

삼장법사가 또 대꾸했지요.

"폐하, 열어서 보시면 되지 않습니까."

수행관이 또 궤짝을 메고 올라와 열어서 안에 있던 것을 꺼내 올렸는데, 과연 씨 하나만 있고 과육은 한 점도 붙어 있지 않았어요. 왕은 이것을 보자 몹시 놀랐어요.

"국사, 저들과 더 이상 겨루지 말고 그냥 가게 하시오. 과인이 직접 복숭아를 넣어놓았는데, 지금은 씨 하나뿐이니, 대체 이걸 누가 먹었단 말이오? 아마도 귀신이 몰래 저들을 도와주나보오."

저팔계가 이 말을 듣고 실실 웃으면서 사오정에게 이렇게 말했어요.

"형님이 복숭아 먹는 덴 도가 텄다는 걸 아직 모르나보지?"

막 이렇게 얘기하고 있을 때, 호력대선이 문화전에서 다 셌고 나와 금란전으로 올라오며 이렇게 말했어요.

"폐하, 이 중에겐 물건을 옮기고 바꾸는 술법이 있습니다. 궤짝을 여기로 올려주시면, 제가 그놈의 술법을 깨뜨리고 다시 한 번 맞히기 내기를 하겠습니다."

"국사, 또 뭘 맞힌단 말이오?"

"술법은 물건만 바꿀 수 있고, 사람 몸은 바꿀 수 없지요. 이 동자 제자를 안에 숨겨놓고, 그래도 바꿀 수 있나 해보라지요."

그 말대로 동자를 궤짝 안에 숨겨, 뚜껑을 덮고는 다시 물었어요.

"거기 중은 다시 맞혀보시오. 이 세 번째는 무슨 보물이오?"

삼장법사는 애가 탔어요.

"아이고 또야!"

손오공이 다시 나섰어요.

"제가 다시 가서 보지요."

앵 하고 또 날아가서 안으로 쏙 들어가 보니, 동자가 하나 있었어요. 멋진 제천대성! 그의 견식見識이 어디 보통인가요? 그 재주 천하에 몇 없고, 그 지혜 세상에 드물지요. 손오공은 몸을 흔들어 호력대선의 모습으로 변해서 궤짝 안으로 들어가 소리쳤어요.

"얘야."

"아니 사부님, 어디서 오신 건가요?"

"은신술을 써서 들어온 거다."

"무슨 분부가 있어서 오셨나요?"

"그 중이 네가 궤짝으로 들어가는 걸 봤다. 만약 네가 우리 제자란 걸 맞힌다면 우린 또 지지 않겠느냐? 그래서 너하고 대책을 논의하려고 왔다. 네 머리를 밀고 중이라고 말하는 거지."

"사부님의 분부대로 하겠습니다. 저희가 이기기만 하면 되니까요. 만약 이번에도 진다면 명성이 떨어질 뿐 아니라, 조정에서도 더 이상 저희를 존경하지 않을까 걱정입니다."

"네 말이 맞다. 얘야, 가까이 오너라. 그놈을 이기면 너에게 후한 상을 내리마."

그러고는 여의봉을 머리 깎는 칼로 만들어 그 동자를 붙잡고 중얼중얼 말했어요.

"착하지, 아파도 참고 아무 소리도 내지 마라. 내가 네 머리를 밀어줄 테니까."

그는 금방 동자의 머리를 다 밀고, 머리카락은 한데 뭉쳐 궤짝 귀퉁이에 밀어 넣었어요. 그리고 칼을 집어넣고 동자의 까까머리를 쓰다듬으며 말했어요.

"애야, 머리는 중 같다만 옷이 맞지 않는구나. 내가 바꿔줄 테니 어서 벗거라."

동자는 입고 있던 흰색 구름무늬 고운 비단에 비단실로 가장 자리를 장식한 학창의鶴氅衣를 벗었어요. 손오공이 한 모금 신선의 기운을 불어 넣으며 "변해랏!" 하고 외치자, 학창의는 곧 황토 색 가사로 변했어요. 그는 그걸 동자에게 입히고, 또 털을 두 가닥 뽑아 목탁을 만들어 동자 손에 쥐어주고 이렇게 말했어요.

"애야, 잘 들어라. 우리 제자라고 하면 절대 나오지 말고, 중이 라고 하면 궤짝 뚜껑을 열고 목탁을 치고 불경을 외우면서 튀어 나와야 한다. 그래야 성공이야."

"저는『삼관경三官經』과『북두경北斗經』『소재경消災經』밖에 욀 줄 모르는데요?"

"염불은 할 줄 알겠지?"

"아미타불……. 이걸 누가 못 외겠어요?"

"그런대로 됐다! 염불만 한다면 내가 너에게 따로 가르쳐주지 않아도 되니까. 잘 기억해두어라. 난 간다."

그는 다시 모기 눈썹 사이 작은 벌레로 변해서 빠져나가 삼장 법사의 귓바퀴에 앉아서 말했어요.

"사부님, 중이라고만 말씀하세요."

"이번에도 반드시 이기겠구나."

"어떻게 그렇게 확신하세요?"

"불경에도 '부처와 경전, 그리고 승려는 세 가지 보물이다'라고 했으니, 중도 보물 중 하나라 할 수 있지."

이렇게 얘기하고 있는데, 호력대선이 말했어요.

"폐하, 세 번째는 저희 제자입니다."

그런데 아무리 불러도 동자가 나올 리가 있나요? 그러자 삼장법사가 부처님께 합장하며 이렇게 말했어요.

"안에 있는 건 중입니다."

저팔계도 있는 힘껏 소리를 질렀어요.

"궤짝 안에 있는 건 중이다!"

그랬더니 동자가 갑자기 궤짝 뚜껑을 열고 목탁을 두드리며 염불을 하면서 튀어나왔어요. 문무백관들은 일제히 환호했어요. 세 도사는 놀라서 입을 꾹 다물고 아무 말도 못 했어요. 왕이 입을 열었어요.

"이 스님은 귀신이 도와주고 있나보오. 어떻게 도사가 궤짝에 들어가서는 중으로 변했을까? 설사 이발사가 따라 들어갔다 해도 머리만 밀 수 있었을 게요. 어떻게 옷도 몸에 꼭 맞고 입으로는 또 염불을 한단 말이오? 국사, 그만 보내버립시다."

그러자 호력대선이 말했어요.

"폐하, 어차피 '바둑 기사가 호적수를 만나고 장수가 훌륭한 무사를 만난 격(棋逢敵手 將遇良才)'입니다. 아예 제가 어릴 적 종남산終南山에서 배운 무예로 저 중과 한번 겨뤄보겠습니다."

"무슨 무예가 있으시오?"

"저희 세 형제는 각각 신통한 재주가 있습니다. 머리를 베어도 다시 붙일 수 있고, 배를 갈라 심장을 도려내도 다시 자라나며, 부글부글 끓는 기름 가마에 들어가 목욕도 할 수 있지요."

왕은 매우 놀랐어요.

"그건 모두 죽으려고 작정한 일들이 아니오!"

"저희에게 그런 법력이 있으니까 이렇게 큰소리를 치는 것입니다. 저희는 기필코 저놈들과 승부를 내봐야 되겠습니다."

그러자 국왕이 소리쳐 불렀어요.

"동녘 땅에서 오신 스님들, 우리 국사께서 당신들을 놓아주려

하지 않는구려. 당신들과 머리를 베고 배를 가르며 부글부글 끓는 기름 가마에 들어가 목욕하는 걸 또 겨루겠다는군요."

모기 눈썹 사이 작은 벌레로 변하여 왔다가다하며 정보를 알려주던 손오공은 갑자기 이 말을 듣자, 털을 거두어들이고 본모습을 드러내며 깔깔 웃었어요.

"잘됐구나! 잘됐어! 손님이 제발로 찾아왔구나!"

그러자 저팔계가 물었어요.

"이 세 가지 일은 모두 생명을 잃는 일인데, 그게 무슨 말이오?"

"넌 아직 내 능력을 모르는구나."

"형님, 지금 변신술 같은 것만 해도 대단한데, 어찌 또 그런 능력이 있으신가요?"

"나는 말이다,"

머리를 뎅강 베어버려도 말을 할 수 있고
팔뚝을 다져놔도 사람을 때릴 수 있노라.
다리를 잘라도 걸을 수 있고
배를 갈라도 다시 아무니 신기하기 이를 데 없도다.
만두 빚는 것처럼
한 번 주무르면 금방 한 덩어리가 되지.
기름 가마에서 목욕하는 것은 더 쉬우니
그저 탕에서 때나 벗기는 셈일 뿐.

砍下頭來能說話　剝了臂膊打得人
斬去腿脚會走路　剖腹還平妙絕倫
就似人家包匾食　一捻一箇就圓圓
油鍋洗澡更容易　只當溫湯滌垢塵

저팔계와 사오정은 이 말을 듣고 통쾌하게 웃었어요. 손오공은 앞으로 한 걸음 나서며 말했어요.

"폐하, 소승이 머리를 베어버릴 수 있습니다."

"그대가 어떻게 머리를 베어버릴 수 있소?"

"제가 절에서 수행하던 시절에 스님 한 분을 만난 적이 있는데, 그분이 제게 머리 베는 법을 가르쳐주셨습니다. 잘 될지는 모르겠지만 지금 한 번 해보지요."

그 말에 국왕이 웃었어요.

"이 스님이 나이가 어려 철이 없구먼. 머리 베는 게 어디 한 번 해볼 일인가? 머리는 육양六陽[1]의 으뜸이라, 베어지면 바로 죽는 것이오."

호력대선이 끼어들었어요.

"폐하, 저놈에게 그렇게 하라고 하시지요. 그래야 저희도 화풀이를 좀 할 수 있지 않습니까."

흐리멍덩한 왕은 이 말을 듣고, 곧 명령을 내려 사형장을 설치하게 했어요. 명령이 내려지자, 곧 우림군羽林軍 삼천 명이 조정 문 밖에 늘어섰어요. 국왕이 명을 내렸어요.

"스님이 먼저 가서 머리를 베시오."

손오공은 흔쾌히 대답했어요.

"제가 먼저 가나요? 먼저 가지요, 그럼!"

그리고 그는 손을 모아쥐고 국사를 향해 외쳤어요.

"국사! 무례해도 용서하오. 내가 먼저요."

그리고 고개를 돌려 바깥쪽으로 걸어가는데, 삼장법사가 손오

---

1 한의학에서는 손과 발에 각각 삼양三陽(양명陽明, 태양太陽, 소양少陽), 곧 6개의 맥이 있다고 하고, 이를 '육양맥'이라고 부른다. 육양맥은 모두 머리에 모이기 때문에 머리를 '육양회수六陽回首'라고 불렀다.

공을 붙잡았어요.

"애야, 조심해라. 저긴 놀이터가 아니다."

"뭐 두려워할 게 있다고요! 손 치우시고 다녀올 테니 기다리세요."

제천대성이 곧장 사형장 안으로 들어가니, 망나니들이 손을 붙잡아 밧줄로 묶어 흙으로 만든 걸상[土墩] 위에 그의 목을 올려놓고 이렇게 소리질렀어요.

"칼 나가신다!"

망나니가 획 하고 머리를 베어버리고는 다시 발로 차니, 머리는 마치 수박처럼 데굴데굴 삼사십 걸음 정도 굴러갔어요. 손오공의 목에서는 피도 안 나왔고, 배 속에서 "머리야 오너랏!" 하고 부르는 소리만 들렸어요. 손오공의 이런 재주를 보고 놀란 녹력대선은 주문을 외어 이곳 토지신에게 명령했어요.

"저 머리를 붙들고 있어라. 내가 저 중을 이기면 국왕에게 말씀드려 네 작은 사당을 큰 묘당으로 지어 주고, 진흙으로 빚어 만든 상을 금상으로 바꿔주마."

호력대선은 오뢰법을 부릴 수 있었기 때문에 토지신들은 그의 명령에 복종해서 손오공의 머리를 남몰래 붙잡고 있었어요. 손오공은 다시 한 번 소리쳤어요.

"머리야, 오너라!"

하지만 머리는 뿌리라도 난 듯, 꼼짝도 하지 않았어요. 손오공은 다급해져서 주먹을 쥐고 손목을 몇 번 비틀어 손을 묶었던 밧줄을 모두 끊고는 소리쳤어요.

"자라나라!"

그러자 목에서 머리 하나가 쑥 자라났어요. 망나니들은 놀라서 가슴이 벌렁거렸고 우림군들도 간담이 서늘했어요. 감독관이 급히 왕에게 아뢰었어요.

"폐하, 저 조그만 중의 머리를 베자 머리 하나가 또 자라났습니다."

저팔계는 그 소리에 피식 웃었어요.

"오정아, 형님에게 이런 재주가 또 있는 줄은 몰랐다."

"형님은 일흔두 가지 변신술이 있으니, 머리도 일흔두 개 있겠지요."

이 말이 끝나기도 전에 손오공이 걸어오면서 큰 소리로 불렀어요.

"사부님!"

삼장법사는 너무나 기뻤어요.

"애야, 힘드니?"

"힘들긴요, 오히려 재미있었지요."

저팔계가 물었어요.

"형님, 칼로 베인 상처에 고약이라도 바를 테요?"

"만져봐라. 어디 칼자국이 있는지?"

그 멍텅구리는 손을 뻗어 만져보더니, 눈을 휘둥그레 뜨고 헤벌쭉 웃으면서 말했어요.

"신기하다! 신기해! 완전히 돋아서 베인 자국도 전혀 없군."

형제들이 기뻐하고 있는데, 국왕이 부르는 소리가 들렸어요.

"당신들 죄를 사하니, 통행증명서를 받아 가시오. 어서 가시오! 어서!"

그러자 손오공이 대꾸했어요.

"통행증명서는 받겠습니다만, 국사도 형장으로 가 머리를 베어 시험해봐야 하지 않겠소?"

그러자 왕이 호력대선에게 말했어요.

"국사, 저 중도 당신을 놓아주지 않는구려. 저 중과 겨루어보시되 과인을 놀라게 하진 마시오."

호력대선도 할 수 없이 형장으로 갔지요. 망나니 몇몇이 그의 손을 묶고 땅에 엎드리게 한 다음 번득이는 칼을 몇 번 휘두르더니, 머리를 베어 멀리 차 서른 걸음 정도 데굴데굴 굴러가게 했어요. 그의 목에서도 피는 나지 않았고, 역시 이렇게 소리쳤지요.

"머리야, 오너라!"

손오공은 급히 털 한 올을 뽑아 신선의 기운을 불어 넣고 외쳤어요.

"변해라!"

그러자 그 터럭이 누런 개로 변해 형장으로 뛰어들어 가서 도사의 머리를 물어다가 궁전의 개울에 빠뜨린 일은 더 이상 말하지 않겠어요.

한편, 호력대선은 오라고 세 번을 연이어 불렀지만, 머리는 돌아오지 않았어요. 그에게 어찌 손오공처럼 머리가 자라나게 하는 재주가 있었겠어요? 그의 목에서는 콸콸 붉은 피가 뿜어져 나왔어요. 불쌍하게도 헛되이 비바람을 부르는 술법만 쓸 줄 알았지, 어찌 장생과長生果를 먹은 진짜 신선에 비하겠어요? 그는 금방 땅 위에 고꾸라졌는데, 여러 사람이 다가가서 보니 머리가 없는 누런 호랑이였어요. 감독관이 다시 와서 아뢰었어요.

"폐하, 국사께선 머리를 베이고 머리가 자라나지 못해 땅에 쓰러져서 죽었는데, 보니까 머리가 없는 누런 호랑이였습니다."

국왕은 이런 보고를 듣고 대경실색해서 눈동자도 끔뻑거리지 못하고 두 도사를 바라보았어요. 녹력대선이 일어나 말했어요.

"제 사형은 이미 돌아가셨는데, 어찌 누런 호랑이일 리가 있겠습니까? 이것은 모두 발칙한 저 중이 수작을 부려 본모습을 속이는 법술을 써서 저희 형님을 짐승으로 둔갑시킨 것입니다. 저는 이제 결코 저놈을 용서하지 않겠습니다. 반드시 저놈과 배를 가르고 심장을 도려내는 내기를 하겠습니다!"

왕은 이 말을 듣고서야 비로소 마음이 안정되어 또 소리쳤어요.

"거기 스님, 둘째 국사께서도 당신과 내기를 하자고 하네."

손오공이 대답했지요.

"소승은 오랫동안 화식火食을 먹지 않다가 며칠 전 서쪽으로 가는 길에 시주 댁에서 밥을 권하기에 평소보다 만두를 몇 개 더 먹었더니, 요 며칠 배가 아픈 것이 기생충이 생겼나봅니다. 안 그래도 폐하의 칼을 빌려 뱃가죽을 열어 장부臟腑를 다 꺼내어 비장과 위를 깨끗이 씻으려던 참입니다. 그래야 서쪽 나라에서 부처님을 뵈올 수 있지요."

국왕은 이 말을 듣고 분부했어요.

"저자를 형장으로 데려가라."

수많은 사람들이 그를 일으켜 잡아끌기 시작했어요. 손오공은 팔을 뿌리치더니 말했어요.

"끌고 갈 필요 없소. 내 스스로 가지요. 다만 손을 묶어선 안 되오. 내 손으로 내장을 깨끗이 씻어야 하니까요."

왕은 명령을 전달해 손오공의 손은 묶지 말도록 했어요.

손오공은 유유히 형장까지 왔어요. 몸을 큰 기둥에 기대고 허리띠를 풀어 배를 드러냈어요. 망나니는 밧줄로 손오공의 상반신의 목 아래를 묶고 또 다른 밧줄로는 다리를 걸어놓은 다음, 우이단도牛耳短刀 한 자루를 휘휘 흔들더니 뱃가죽 아래를 찔러 쭉 구멍을 내놓았어요. 손오공은 두 손으로 배를 열어젖히고 내장을 꺼내 하나하나 찬찬히 정리하더니, 예전대로 구불구불하게 배 속에 잘 집어넣고 뱃가죽을 문지르며, 신선의 기운을 불어 넣고 외쳤어요.

"붙어라!"

그러자 원래대로 배가 붙었어요. 왕은 크게 놀라 통행증명서를 손에 받쳐 들고 말했어요.

"성승님, 통행증명서를 드릴 테니 서쪽으로 가는 길을 지체하시 마십시오."

손오공이 웃었지요.

"통행증명서는 잠깐 됐고, 둘째 국사께서도 배를 갈라 내장을 드러내보시지요. 어떻습니까?"

왕은 녹력대선에게 말했어요.

"이 일은 과인이 상관한 것이 아니라 그대가 저 스님들과 대적하려고 한 것이니, 어서 가보시오! 어서요!"

"걱정 마십시오. 저는 절대 질 리가 없으니까요."

여러분, 보세요! 그 역시 손오공처럼 여유 있게 형장으로 들어갔어요. 망나니가 밧줄로 묶고 우이단도를 들어서 슥 배를 가르자, 녹력대선도 간장을 꺼내 손으로 가지런히 정리했어요. 손오공은 털 하나를 뽑아서 신선의 기운을 불어 넣고 외쳤어요.

"변해라!"

그러자 털은 곧 한 마리 굶주린 매로 변해서 날개와 발톱을 펴고 쌩 날아가 녹력대선의 오장육부를 전부 채 가니, 어디로 날아가 먹고 있는지도 알 수 없었어요. 도사는 배가 갈려 텅 빈 채 피를 뚝뚝 흘리는 귀신, 장부도 내장도 없이 떠도는 혼이 되었어요. 망나니가 말뚝을 넘어뜨리고 시체를 끌어다 보았더니, 아! 알고 보니 그것은 한 마리 흰 뿔 사슴이었어요. 놀란 감독관이 또 왕에게 와서 아뢰었어요.

"둘째 국사의 배를 막 갈랐는데, 재수 없게도 배고픈 매 한 마리가 장부와 간장을 모두 물어 가버려서 그분은 그 자리에서 돌아가셨습니다. 원래 모습은 흰 뿔 사슴이었습니다."

국왕은 무서워 떨며 말했어요.

"어떻게 뿔 사슴일 수가 있지?"

양력대선은 또 아뢰었어요.

"사형께서는 이미 돌아가셨는데, 어떻게 짐승이 될 수 있겠습니까? 이것은 모두 저 중이 술법을 부려 저희들을 해치려는 것입니다. 제가 사형의 원수를 갚겠습니다."

"당신은 무슨 힘으로 그를 이긴다는 거요?"

"저는 저놈과 끓는 기름 가마에 들어가 목욕하는 걸 겨루겠습니다."

이에 왕은 큰 가마를 내와서 향유를 가득 채우고, 둘이 겨루도록 했어요.

손오공이 말했어요.

"정말 많이도 보살펴주시는군요. 소승은 지금까지 잘 씻지를 못했지요. 특히 요즘은 피부가 건조하고 가려워서 목욕을 좀 해야겠습니다."

왕의 측근이 기름 가마를 걸고 마른 장작을 쌓은 뒤, 불을 활활 지펴서 기름을 부글부글 끓이더니 손오공에게 먼저 들어가도록 했어요. 손오공이 합장을 하며 말했어요.

"점잖은 목욕입니까? 아니면 거침없는 목욕입니까?"

그러자 국왕이 물었지요.

"점잖은 목욕은 뭐고, 거침없는 목욕은 뭐요?"

"점잖은 목욕은 옷을 벗지 않고 이렇게 손을 엇갈리게 한 채 가

손오공이 도사들과 술법을 겨루며 끓는 기름 가마에 들어가다

마로 들어가 한 번 구르고 바로 일어나는 겁니다. 옷을 더럽혀도 안 되며, 만약 조금이라도 기름기가 있으면 지는 거지요. 거침없는 목욕은 옷걸이 하나와 수건 하나가 있어야 합니다. 옷을 벗고 뛰어들어 가 맘대로 재주를 넘고 물구나무도 서며 장난을 치면서 하는 목욕이지요."

국왕은 양력대사에게 물었어요.

"국사, 어느 것으로 겨루겠소?"

"점잖은 목욕으로 한다면 저놈의 옷이 기름을 먹지 않도록 약으로 처리한 것일지도 모르니, 거침없는 목욕으로 하겠습니다."

손오공은 다시 앞으로 나서서 이렇게 말했어요.

"실례하겠소. 이번에도 제가 먼저군요."

보세요! 손오공은 가사와 호랑이 가죽 치마를 벗더니 몸을 날려 가마 안으로 풍덩 뛰어들어 물장구를 일으키며 마치 자맥질이라도 하는 것처럼 장난을 쳐댔어요. 저팔계는 이 모습을 보고 손가락을 잘근잘근 깨물며 사오정에게 말했어요.

"우리도 이 원숭이를 잘못 보고 있었어! 평소에 비웃고 놀려대며 장난삼아 성질을 긁거나 했지, 정말 저렇게 대단한 재주가 있는 줄은 전혀 몰랐네!"

저팔계와 사오정은 종알종알 침이 마르도록 칭찬하고 있었는데, 손오공은 그 모습을 보고는 이렇게 의심했어요.

'저 멍텅구리가 날 비웃네! 정말 재주 있는 이는 고되고 재주 없는 이는 한가롭다(巧者多勞拙者閑)는 격이군. 이 어르신은 이렇게 온갖 짓을 다 하고 있는데, 저놈은 아주 유유자적이구나. 저놈을 줄에 꽁꽁 묶이게 해서 벌벌 떠는 모습이나 볼까?'

그는 목욕하다가 갑자기 머리를 기름 속으로 담그더니, 기름 가마 바닥으로 내려가 대추씨만 한 못으로 변해서 다시는 떠오르지 않았어요. 감독관이 국왕에게 다가가 이렇게 아뢰었어요.

"폐하, 중은 끓는 기름에 삶아 죽였습니다."

국왕은 매우 기뻐하며 뼈를 건져내라고 했어요. 망나니들이 쇠로 된 조리를 가져다 기름 가마를 휘저었어요. 하지만 원래 그 조리는 성글고 손오공은 작은 못으로 변했기 때문에, 아무리 휘저어도 조리 구멍으로 빠져나갈 뿐 도저히 건질 수 없었지요. 그래서 다시 이렇게 아뢰었어요.

"그 중은 몸집이 작고 뼈도 연해서 다 녹아버렸습니다."

그러자 국왕은 명령했어요.

"저 세 중을 끌어 내려라!"

양쪽의 교위들은 저팔계의 인상이 사나운 것을 보고는 먼저 잡아 넘어뜨리고 두 손을 등 뒤로 돌려서 꽁꽁 묶었어요. 삼장법사가 당황해서 소리쳤어요.

"폐하, 잠시만 소승을 놓아주십시오. 저의 저 제자는 불문에 귀의한 후 수많은 공을 세웠는데, 오늘 국사에게 맞서다 기름 가마 안에서 죽고 말았습니다. 어쩌겠습니까? 제자도 먼저 죽어버렸는데 소승도 어찌 살기를 바라겠습니까. 천하의 관리들이 천하의 백성을 다스리지만, 폐하께서 신하에게 죽으라고 하시면 신하가 어찌 감히 거역하겠사옵니까? 다만 바라옵건대, 너그러이 은혜를 베푸시어 저에게 찬물에 만 밥 반 그릇과 지전 서너 장을 주시어 기름 가마 앞에서 이 지전을 태워 사제 간의 정리를 나눌 수 있게 해주시옵소서. 그런 뒤에 죄를 받도록 하겠습니다."

국왕은 이 말을 듣고 말했어요.

"그 말도 맞아. 저 중화 사람들은 꽤 의리가 있군."

그리고 물에 만 밥과 지전을 삼장법사에게 가져다주게 했어요. 신하들이 분부대로 그것들을 모두 가져다가 삼장법사에게 건네주었지요.

삼장법사는 사오정을 뒤따르게 했고, 그들이 계단 아래까지 오자 교위 몇몇이 저팔계의 귀를 잡고 가마 있는 데로 끌고 갔어요. 삼장법사는 가마에다 대고 이렇게 축문을 올렸어요.

"제자 손오공은,"

계를 받아 불문에 귀의한 후로
나를 보호해 서쪽으로 온 그 은혜 깊구나.
같은 날 큰 도를 이루길 바랐건만
어찌 오늘 네가 먼저 저승으로 돌아갈 줄 알았겠느냐?
살아선 오로지 불경 구하려는 마음뿐이었으니
죽어서도 여전히 부처님 생각하는 마음 남아 있겠지.
만 리 길 떠날 영혼이여, 잠시 기다리게나.
저승에서도 귀신 되어 뇌음사로 가자꾸나.

自從受戒拜禪林　護我西來恩愛深
指望同時成大道　何期今日你歸陰
生前只爲求經意　死後還有念佛心
萬里英魂須等候　幽冥做鬼上雷音

저팔계가 듣더니 또 한마디 했어요.

"사부님, 축문이 그러면 안 되지요. 사오정, 내가 기도 좀 올리게 나 대신 이 물에 만 밥 좀 받쳐 들고 있어."

그 멍텅구리는 땅바닥에 묶인 채 씩씩거리며 외쳤어요.

사고뭉치 못된 원숭이놈
무식한 필마온 자식!

뒈져 마땅한 원숭이놈
기름에 삶겨 죽은 필마온 자식!
원숭이놈 끝장났고
필마온 자식 씨가 말라버렸군!

闖禍的潑猴子　無知的弼馬溫
該死的潑猴子　油烹的弼馬溫
猴兒了帳　馬溫斷根

손오공은 기름 가마 바닥에서 이 멍텅구리가 마구 욕하는 것을 듣자, 그만 참지 못하고 본래 모습을 드러냈어요. 그리고 벌거벗은 채 기름을 뚝뚝 흘리며 기름 가마 위에 서서 호통을 쳤어요.

"밥만 축내는 멍청한 놈아! 누구를 욕하는 거야!"

삼장법사는 손오공을 보자 이렇게 말했어요.

"얘야, 놀라 죽을 뻔했구나!"

사오정도 한마디 했어요.

"큰형님, 아주 죽은 척하는 게 버릇이 됐군요!"

놀란 문무 관리들이 앞으로 나서서 아뢰었어요.

"폐하, 저 중은 죽지 않았습니다. 기름 가마에서 솟아올랐습니다."

감독관은 자신이 조정을 속였다고 할까 봐 겁이 나서 이렇게 아뢰는 것이었어요.

"죽기는 죽었습니다. 다만 오늘이 흉한 날이라, 저 중이 혼령으로 나타난 것입니다."

손오공은 이 말을 듣고 화가 치밀어 가마에서 폴짝 뛰어나와 기름을 닦고 옷을 걸친 후, 여의봉을 들고 감독관의 머리를 내리쳐 빈대떡을 만들어버렸어요.

"내가 무슨 혼령으로 나타났다는 거야!"

놀란 관리들은 급히 저팔계를 풀어주고 꿇어앉아 애원했어요.

"용서해주십시오! 저희 죄를 용서해주십시오!"

국왕이 용상에서 내려 도망가려고 하자, 손오공은 금란전으로 올라가 국왕을 막으며 말했어요.

"폐하 어딜 가시나? 당신네 셋째 국사도 기름 가마에 들어가 보라고 하시지!"

국왕은 벌벌 떨면서 부탁했어요.

"셋째 국사, 어서 가마에 들어가서 짐의 목숨을 좀 구해주시오. 안 그럼 저 중이 날 때려죽이고 말 거요."

양력대선은 금란전에서 내려와 손오공이 한 대로 옷을 벗고 기름 가마에 뛰어들어 가 역시 마찬가지로 설렁설렁 목욕을 했어요.

손오공은 국왕은 놓아두고 기름 가마 옆으로 다가가서, 불 피우는 사람에게 장작을 더 때도록 한 후, 얼마나 뜨거운지 손을 집어넣어보았어요. 그런데 아! 펄펄 끓는 기름이 얼음처럼 차가운 것이었어요. 그는 속으로 생각했지요.

'내가 목욕할 때는 펄펄 뜨거웠는데, 저놈이 할 때는 차갑잖아? 알았다, 어느 용왕 놈이 저놈을 지켜주고 있는 거야.'

손오공은 급히 몸을 날려 하늘로 튀어올라 "옴" 하고 주문을 외어 북해 용왕을 불러왔어요.

"이 뿔 달린 지렁이, 비늘 난 미꾸라지놈아! 네가 어찌 도사를 도와 차가운 용에게 가마 바닥을 지키게 했느냐? 저놈이 신령한 능력을 보여 날 이기게 하려는 거냐!"

깜짝 놀란 용왕은 예예 하고 대답하며 말했어요.

"저 오순[2]이 어찌 감히 도사를 돕겠습니까. 제천대성님께서는

---

2 제41회에서는 서해 용왕이 오순, 북해 용왕이 오윤이라고 했는데, 이 부분은 잘못된 것 같다.

모르시는군요. 이 못된 짐승은 힘들게 수행하여 본래 껍질을 벗어버렸지만, 오뢰법만이 제대로 수행해 얻은 것이고 나머지는 모두 이단의 술법이라 신선이 되기 어렵습니다. 이건 저 짐승이 소모산小茅山에서 배운 '껍질 벗기[大開剝]'입니다. 두 놈은 이미 제천대성님께서 그 술법을 깨뜨려 본모습을 드러내게 하셨지요. 이것도 제 스스로 수련해서 만들어낸 차가운 용인데 그저 세상 사람들을 홀리는 장난일 뿐이지, 어찌 제천대성님을 속일 수 있겠습니까! 제가 지금 차가운 용을 거두면 저놈은 뼈가 바스러지고 가죽은 타버릴 테니, 무슨 재주를 보이겠습니까!"

"맞기 전에 빨리 거둬라."

용왕이 한바탕 회오리바람이 되어 기름 가마 옆으로 가서 차가운 용을 붙잡아 바다로 간 것은 이야기하지 않겠어요.

손오공은 하늘에서 내려와 삼장법사, 저팔계, 사오정과 함께 금란전 앞에 서서, 도사가 펄펄 끓는 기름 가마 안에서 몸부림치는 걸 지켜보았어요. 도사는 기어 나오지 못하고 미끄러져서, 삽시간에 뼈는 떨어져 나가고, 가죽은 타고, 살은 문드러졌어요. 감독관이 또 와서 이렇게 아뢰었어요.

"폐하, 셋째 국사도 타 죽으셨습니다."

국왕은 펑펑 눈물을 쏟으며 손으로 탁자를 치며 큰 소리로 통곡했어요.

사람 되기 어렵다더니 정말 어렵구나.
진정한 법을 얻지 못했다면 수련도 하지 말아야 할 것을!
헛되이 귀신 쫓고 물을 부리는 술법을 가졌지만
수명을 늘리고 목숨을 지켜주는 약은 얻지 못했네.
원圓과 명明이 뒤섞이면, 어찌 열반에 들겠느냐?

헛되이 마음 써 생명이 위태로워졌네.
이렇게 쉽게 꺾일 줄 알았더라면
무엇하러 영약을 먹고 산에 은거했던가?

人身難得果然難　不過眞傳莫煉丹
空有驅神咒水術　卻無延壽保生丸
圓明混　怎涅槃　徒用心機命不安
早覺這般輕折挫　何如秘食穩居山

이것은 바로,

연금술과 수은 연단이 무슨 소용 있는가?
비와 바람 부르는 것도 결국 헛되구나.

點金煉汞成何濟　喚雨呼風總是空

라는 것이지요. 결국 삼장법사 일행이 어떻게 버텨나갈지는 알
수 없으니, 이에 대해서는 다음 회를 들어보시라.

제47회

통천하에서 길이 막히다

한편, 왕은 용상에 기대어 샘솟듯 눈물을 펑펑 쏟으며 밤늦도록 그칠 줄 몰랐어요. 손오공이 앞으로 나가 목청을 높여 소리쳤어요.

"어찌 이렇게 사리 분별을 못하시오! 저기 누워 있는 도사들의 시체를 보시오. 하나는 호랑이고 하나는 사슴, 양력이란 놈은 영양이었소이다. 못 믿겠거든 뼈를 가져다 보시오. 그게 어디 사람의 뼈입니까? 그놈들은 본래 정령이 된 산짐승들인데, 합심하여 전하를 해치러 온 것입니다. 전하의 운세가 아직 왕성한 걸 보고 감히 손을 못 썼던 건데, 다시 이 년이 지나 전하의 기세가 쇠해지면, 전하의 목숨을 해치고 이 강산도 모조리 차지해버렸을 것입니다. 다행히 저희들이 그보다 앞서 와서 요괴를 없애고 전하의 목숨을 구해드렸는데, 울긴 왜 우십니까? 왜 우세요? 얼른 통행 증명서에 도장이나 찍고 우리를 보내주십시오."

왕은 이 말을 듣고 비로소 앞뒤 사정을 깨닫게 되었어요. 문무백관들이 모두 이렇게 아뢰었어요.

"죽은 자들은 정말 흰 사슴, 누런 호랑이였고, 기름 솥 안의 것은 양의 뼈였사옵니다. 성승의 말을 믿지 않을 수 없사옵니다."

"그렇게 된 일이라니, 성승께 감사드리오. 오늘은 시간이 늦었으니 태사께서는 성승을 모시고 지연사로 가시오. 내일 아침 일찍 동각東閣을 활짝 열고 광록시光祿寺에서 정갈한 음식을 차려 연회를 크게 열게 하라. 내 저들의 노고를 치하할 것이니라."

해서 그날은 모두 지연사에 가서 편히 쉬었어요.

다음 날 아침이 되자 왕이 조회를 열고 관리들을 소집하여 교지를 내렸어요.

"서둘러 승려들을 초청하는 방문榜文을 써서 사대문 각 도로마다 내걸도록 하라."

한편으론 대규모 연회를 준비하며, 왕이 어가를 몰아 친히 지연사 산문 밖에 이르러 삼장법사 일행을 청해서 함께 동각에 마련된 연회장으로 들어갔음은 더 이상 말하지 않겠어요.

한편, 목숨을 건지게 된 승려들은 승려를 초청하는 방이 걸렸다는 소식을 듣고, 너나없이 기뻐하며 모두 성으로 들어왔어요. 연회가 끝나자 국왕이 통행증명서에 도장을 찍어주었고, 왕비와 후궁들, 문무 관리들과 함께 궁궐 문까지 나와 삼장법사 일행을 전송했어요. 승려들은 길옆에 꿇어앉아 절하며 소리 내어 칭송했지요.

"제천대성 나리, 저희들은 모래사장에서 목숨을 구한 승려들이옵니다. 나리께서 요괴의 재앙을 물리치시어 저희들을 구해주시고, 또 국왕께서 방을 내어 승려를 초빙하신다는 소식을 듣고, 털을 돌려드리고자 달려왔나이다. 하늘 같으신 은혜에 머리 조아려 감사드리옵니다."

손오공이 웃으며 말했어요.

"몇이나 왔소?"

"하나도 빠지지 않는 오백 명이옵니다."

손오공이 꿈틀 몸을 흔들어 털을 거둬들이고, 군주와 신하들, 승려들 및 백성들에게 말했어요.

"이 승려들은 실은 이 몸이 놓아준 것입니다. 수레는 이 몸이 두 관문으로 몰고 나가 좁은 길로 빼내어 부숴버렸지요. 그 도사 두 놈 역시 이 몸이 때려죽였습니다. 이제 요괴를 없앴으니, 비로소 불문에 참된 도가 있음을 알았을 것입니다. 이후에 다시는 아무나 믿지 마십시오. 부디 유가와 불가, 도가의 삼도三道를 하나로 하여 승려를 공경하고, 도사도 공경하며, 인재도 잘 육성하십시오. 그러면 내 장담컨대, 이 나라 강산이 길이길이 번창할 것이오."

왕이 그 말에 따르겠노라며 감사해 마지않았어요. 그리고 삼장법사가 성을 나갈 때까지 따라와 배웅을 했지요.

지금 가는 이 길은, 오로지 간절하게 삼장三藏 불경을 구하고, 도를 수양하고자 정진하는 길이었지요. 새벽이면 길을 걷다가 밤이면 쉬고 목마름과 굶주림을 견디며 가다 보니, 어느새 봄이 가고 여름도 저물어 다시 가을이 되었어요. 하루는 날이 저물자 삼장법사가 말을 멈추고 말했어요.

"얘야, 오늘 밤은 어디서 쉴 수 있겠느냐?"

손오공이 말했어요.

"사부님, 출가하신 분이 속세 사람들처럼 말씀하시면 안 됩니다."

"속세 사람은 어떻고 출가한 사람은 어떻기에 그러느냐?"

"속세 사람은 이맘때면 따뜻한 침상 위에서 포근한 이불을 덮고, 품에는 아이를 안고, 발꿈치로 마누라나 집적거리며 편안히 드러누워 잠을 자겠지요. 저희 같은 출가한 사람이야 어디 될 법이나 한 노릇입니까? 달빛 입고 별빛 덮고, 바람을 먹고 물가에서 쉬며, 길이 있으면 가고 길이 다하면 게서 쉬는 거지요."

저팔계가 말했어요.

"형님, 그건 하나는 알고 둘은 모르는 소리요. 지금 길은 너무 험하지, 무거운 멜대는 졌지, 정말이지 힘들어 죽겠소. 쉬어 갈 곳을 찾아서 한숨 푹 자야 기운을 차려 내일 다시 짐을 질 게 아니오? 그렇지 않으면 난 지쳐 쓰러지고 말거요!"

"달빛이 있을 때 조금만 더 가다가, 인가가 나오면 거기서 쉬자."

스승과 제자 일행은 하는 수 없이 손오공을 따라 다시 걸을 수밖에 없었지요. 그런데 잠시 후 파도치는 소리가 기세 좋게 들려왔어요. 저팔계가 말했어요.

"망했다! 막다른 길에 들어섰어."

사오정이 말했어요.

"강물에 길이 가로막혀버렸네."

삼장법사가 말했어요.

"어떻게 건넌단 말이냐?"

저팔계가 말했어요.

"제가 한번 시험해볼게요. 깊이가 얼마나 되는지 보게요."

삼장법사가 말했어요.

"얘야, 이상한 얘기 말거라. 물의 깊이를 어떻게 시험해본단 말이더냐?"

"조약돌을 찾아 물 한가운데로 던져보면 되지요. 물거품이 튀어 오르면 얕은 것이고, 꼬르륵 가라앉으면 깊은 것입니다."

그러자 손오공이 말했어요.

"어디 한번 해봐라."

멍텅구리가 길가에서 돌 하나를 찾아 물속으로 던졌더니, 꾸르륵 하고 작은 물거품을 일으키며 바닥으로 가라앉아 버렸어요.

"깊습니다, 무지 깊어요! 못 가겠어요!"

삼장법사가 말했어요.

"깊이를 시험해보긴 했다만, 폭이 얼마나 되는지는 모르지 않느냐?"

"그거야 모르지요, 모릅니다."

손오공이 말했어요.

"제가 알아보겠습니다."

멋진 제천대성! 그가 근두운을 일으켜 공중으로 뛰어올라 눈을 똑바로 뜨고 살펴보니, 이런 광경이 펼쳐져 있었어요.

드넓은 물에 달빛이 스며들고
넓디넓은 하늘 그림자 떠 있구나.
신비스런 물결 화악을 삼키고
긴 물줄기 무수한 강을 꿰어 흐르네.
천 층 파도 흉흉하게 곤두박질치고
만 겹 물결 험악하게 뒤집히네.
강가엔 고기잡이배 불빛 하나 보이지 않고
모래 언덕에 백로만이 잠들었네.
끝없이 펼쳐져 망망대해 같으니
아무리 보아도 끝이 뵈질 않는구나.

洋洋光浸月　浩浩影浮天
靈派吞華岳　長流貫百川
千層洶浪滾　萬疊峻波顚
岸口無漁火　沙頭有鷺眠

　　손오공은 구름을 거두어 강가로 내려와 말했어요.

　　"사부님, 넓습니다! 엄청 넓어요! 못 가겠어요! 이 몸이 불같은 눈의 금빛 눈동자로 낮에는 천 리를 보아 길흉사를 모두 알 수 있고, 밤에도 사오백 리는 족히 보지요. 헌데 지금은 아무리 봐도 저쪽 강기슭이 보이질 않으니, 폭이 얼마나 되는지 어찌 짐작이나 하겠습니까?"

　　삼장법사가 너무 놀라 제대로 말도 못하고 울먹이는 소리로 웅얼거렸어요.

　　"애들아, 그럼 어쩌면 좋단 말이냐?"

　　사오정이 말했어요.

　　"사부님, 울지 마세요. 보세요, 저기 강가에 서 있는 게 사람 같지 않습니까?"

　　손오공이 말했어요.

　　"통발[罾]을 끌어 올리는 어부 같은데요? 제가 가서 물어보겠습니다."

　　여의봉을 들고 단숨에 그 앞까지 뛰어가 보니, 아뿔싸! 사람이 아니라 비석이었어요. 비석엔 전자篆字로 커다랗게 세 글자가 적혀 있었고, 그 아래 또 작은 글자가 두 줄로 적혀 있었어요. 큰 글자는 바로 '통천하通天河'였고, 작은 글자는 '건너자면 팔백 리, 예로부터 건너간 사람이 드물다(徑過八白里 亘古少人行)'였어요. 손오공이 외쳤어요.

　　"사부님, 이리 좀 와보세요."

　　삼장법사가 그 돌 비석을 보더니 눈물을 흘리며 말했어요.

　　"애들아, 그때 내가 장안을 떠날 적엔 서천을 쉽게 갈 수 있을 줄로만 알았구나. 요괴들이 가로막고 산과 강이 이리 먼 줄 어찌 알았더란 말이냐!"

저팔계가 말했어요.

"사부님, 잠깐 저 소릴 좀 들어보세요. 저쪽에서 들리는 게 북 치고 바라 울리는 소리가 아닙니까? 공양을 얻을 만한 인가가 있을 성싶습니다. 저리 가서 공양이나 좀 얻어먹고 나루터와 배를 알아본 후, 내일 건너가도록 하지요."

삼장법사가 말 위에서 들으니 정말 북 치고 바라 울리는 소리였어요.

"저건 도가의 악기가 아니라, 분명 우리 불가에서 불사佛事를 올릴 때 나는 소리로구나. 저리 가보자."

손오공이 앞장을 서 말을 끌어, 일행은 소리가 들리는 쪽으로 갔어요. 길다운 길이라곤 없고 오르락내리락 모래벌판을 닥치는 대로 헤치고 가니, 저 멀리 인가가 모여 있는 촌락이 보였어요. 사오백 가구쯤 되어 보였는데, 모두 꽤나 여유 있게 사는 듯했어요.

산을 끼고 길이 나 있고
언덕 따라 시내가 흐르네.
곳곳마다 사립문 잠겨 있고
집집마다 대나무 뜰 닫혀 있네.
모래 언덕에 잠든 백로 맑은 꿈을 꾸고
버드나무 밖에서 우는 두견새 울음소리 싸늘하네.
피리 소리도 들리지 않고
다듬이 소리도 울리지 않네.
붉은 여뀌 가지 달을 흔들고
누런 갈대 잎사귀 바람과 싸우네.

거리마다 마을 개들 성긴 울타리 너머로 짖어대고
나루터 늙은 어부는 고기잡이배에서 잠들었네.
등불 찾기 어렵고 마을 조용한데
허공에 뜬 흰 달 마치 거울을 매단 듯하네.
홀연 풍겨오는 한 줄기 흰 마름꽃 향기
서풍 타고 언덕 너머로 실려 가네.

倚山通路　傍岸臨溪

處處柴扉掩　家家竹院關

沙頭宿鷺夢魂清　柳外啼鵑喉舌冷

短笛無聲　寒砧不韻

紅蓼枝搖月　黃蘆葉鬪風

陌頭村犬吠疎籬　渡口老漁眠釣艇

燈火稀　人烟靜　半空皎月如懸鏡

忽聞一陣白蘋香　却是西風隔岸送

　삼장법사가 말을 내려서 보니 어느 길가의 집 문 밖에 기를 세워두었는데, 안에서는 등촉이 휘황하게 빛나고 향 연기가 자욱하게 퍼져나오고 있었어요. 삼장법사가 말했어요.

　"오공아, 여기는 아까 산골짜기 강가와는 전혀 다르구나. 처마 밑에서 찬 이슬을 피하며 마음 놓고 편히 잘 수 있겠다. 너희는 전부 따라오지 마라. 내가 먼저 저 불사를 올리는 집에 가서 부탁해보겠다. 머물게 해준다면 곧 너희를 부르마. 안 된다고 해도 절대 못되게 굴어서는 안 된다. 너흰 몰골이 추악하게 생겨서 공연히 사람을 놀라게 하고 말썽을 일으킬지도 모르는데, 그럼 머물 곳이 없지 않겠느냐?"

　그러자 손오공이 말했어요.

"옳으신 말씀입니다. 사부님께서 먼저 가보십시오. 저흰 여기서 기다리고 있겠습니다."

드디어 삼장법사가 삿갓을 벗고 번쩍번쩍 까까머리에, 장삼을 툴툴 털어 걸치고 석장을 끌며 그 집 앞으로 갔어요. 문이 반쯤 열려 있었지만, 삼장법사는 선뜻 들어갈 수 없었지요. 잠시 주춤주춤 서 있는데, 안에서 웬 노인 하나가 나와 목에 염주를 걸고 연방 "아미타불"을 외며 문을 잠그려 했어요. 당황한 삼장법사는 합장하며 목청을 돋우었어요.

"시주님, 안녕하십니까?"

노인이 답례하며 말했어요.

"스님, 너무 늦게 오셨구려."

"무슨 말씀이신지?"

"너무 늦게 와서 아무것도 없소이다. 일찍 오셨으면 스님들께 배부르게 실컷 잡숫도록 공양을 올리고, 쌀 석 되, 무명 한 필에 동전 열 푼까지 드렸을 거요. 헌데 스님은 어찌 이 시간에 오신 게요?"

삼장법사가 몸을 굽히며 말했어요.

"시주님, 소승은 공양을 구하러 온 게 아닙니다."

"공양을 구하러 온 게 아니면, 여기엔 무엇하러 오셨소?"

"저는 동녘 땅 당나라 황제의 명을 받아 서천으로 경전을 가지러 가는 사람입니다. 오늘 이곳에 이르게 되었는데 벌써 날이 저물었습니다. 댁에서 북과 바라 소리가 들리기에 하룻밤 묵어갈 수 있나 여쭤보러 온 것입니다. 날이 밝으면 곧 떠날 겁니다."

그러자 노인이 손을 내저으며 말했어요.

"스님, 출가하신 분이 헛소릴 하시면 쓰나! 동녘 땅 당나라라면 여기서 오만사천 리나 떨어져 있는데, 이런 혈혈단신으로 어떻게 올 수 있었다는 말이오?"

"시주님 말씀이 백번 지당하십니다. 허나 제게는 제자 셋이 있어, 산을 만나면 길을 열고 강을 만나면 다리를 놓으며 소승을 보호하여 이곳까지 왔습니다."

"제자가 있다면서 왜 함께 오지 않으셨소?"

노인은 이렇게 말하더니 "들어오시오. 자, 들어오시오. 저희 집에 편히 쉬실 만한 곳이 있소"라고 했어요. 그러자 삼장법사가 고개를 돌려 소리쳤어요.

"애들아, 이리 오너라."

손오공은 본래 성미가 급하고, 저팔계는 타고나길 거칠고, 사오정 역시 우악스러운지라, 삼장법사가 부르는 소릴 듣자 말을 끌고 짐을 지고 다짜고짜 바람처럼 달려갔어요. 노인이 그 꼴을 보고 기절초풍 땅바닥에 쓰러져 간신히 이렇게 말했어요.

"요괴다! 요괴가 나타났다!"

그러자 삼장법사가 부축해 일으키며 말했지요.

"시주님, 겁내지 마십시오. 요괴가 아니라 제 제자들입니다."

노인이 무서워 부들부들 떨며 말했어요.

"이렇게 잘생기신 사부님이 어찌 이처럼 험상궂은 제자들을 얻었소?"

"생긴 모습은 마땅치 않을지 모르나, 용과 범을 다스리고 요괴를 잘 잡는답니다."

노인은 믿는 둥 마는 둥 삼장법사를 의지해 천천히 걸어 들어갔어요.

한편, 난폭하고 짓궂은 세 제자는 무작정 들어가 말을 매어두고 대청에 짐을 던져놓았어요. 그 대청에는 승려 몇이 앉아 경을 읽고 있었지요. 그런데 저팔계가 주둥이를 불쑥 내밀며 소리를 질렀어요.

"거기 중들, 읽고 있는 게 무슨 경이오?"

승려들이 그 소리를 듣고 번쩍 머리를 들고,

외지에서 온 사람 바라보니
주둥이는 길쭉하고 귀는 어찌나 큰지.
몸은 우락부락 등과 어깨 널찍하고
목소리는 천둥처럼 시끄럽다.
손오공과 사오정은
더욱 못생기고 험상궂다.
대청에 모인 승려들
두려워 떨지 않는 자가 없다.
승려는 아직 경을 읽는데
장로는 의식을 그만두라 한다.
경쇠와 방울 챙기기 어렵고
불상조차 뒷전으로 팽개친다.
일제히 등을 훅 불어 끄고
번쩍번쩍 알머리 중들 놀라 흩어진다.
엎어지고 자빠지고 기어 도망가지만
문턱을 넘지도 못한다.
네 머리 내 머리에 꽈당!
마치 조롱박 시렁이 무너진 듯하네.
맑고 깨끗하던 도량이
순식간에 난장판이 되었네.

觀看外來人　嘴長耳躲大

身粗背膊寬　聲响如雷咋
　　行者與沙僧　容貌更醜陋
　　廳堂幾眾僧　無人不害怕
　　闍黎還念經　班首教行罷
　　難顧磬和鈴　佛像且丟下
　　一齊吹息燈　驚散光光乍
　　跌跌與爬爬　門限何曾跨
　　你頭撞我頭　似倒胡蘆架
　　清清好道場　翻成大笑話

　　세 형제는 승려들이 엎어지고 자빠지며 기어나가는 꼴을 보고, 손뼉을 치며 깔깔 큰 소리로 웃어젖혔어요. 그러자 승려들은 더 무서워 서로 머리를 부딪치고 들이박고 하며 걸음아 나 살려라, 몽땅 도망쳐버렸지요. 삼장법사가 노인을 부축해 대청으로 들어오니 등불이라곤 켜져 있지 않고, 세 형제는 여전히 깔깔 낄낄 웃고 있는 거였어요. 삼장법사가 꾸짖었지요.

　　"이런 고약한 놈들, 아주 못된 짓거리를 하는구나! 내 날이면 날마다 가르치고 일렀거늘. 옛사람 말씀에 '가르치지 않아도 선하면 성인이 아니고 무엇이랴? 가르친 후에 선해지면 현인이 아니고 무엇이랴? 가르쳐도 선하지 못하면 어리석은 자가 아니고 무엇이랴?'고 하더니, 이렇게 못된 네놈들은 정말 천하에 둘도 없는 어리석은 것들이야. 문에 들어서자마자 앞뒤 분간 없이 설쳐 시주님을 놀라 자빠지게 하고, 경 읽는 스님들을 놀라 흩어지게 하고, 남의 집 좋은 일을 다 망쳐놓았으니, 이 죄를 내게 뒤집어씌울 작정이 아니면 도대체 뭐냐?"

　　이렇게 꾸짖자 세 형제는 감히 아무 대답도 하지 못했어요. 노인이 그제야 그들이 삼장법사의 제자라는 걸 믿고 얼른 고개를 돌려 절하며 말했어요.

"나리, 뭐 별일도 아닌데 그러십니다. 별일 아니에요. 이제 막 등도 끄고 꽃도 뿌려 불사를 끝내려던 참이었습니다."

그러자 저팔계가 말했어요.

"판을 접으려 했다니, 불사 끝에 바치는 공양이나 차려 내오시오. 우린 먹고 자야겠소."

노인이 소리쳤어요.

"어서 등을 가져오너라!"

집안사람들이 이 소리를 듣고 이게 어찌된 일인가 의아해하며 말했어요.

"대청에선 경을 읽고 있어 등이 많을 텐데, 어째서 또 등을 가져오라 하시지?"

하인 몇이 나와 보니, 대청이 칠흑같이 어두운지라, 곧 횃불을 밝히고 등롱에 불을 붙여 다 같이 우르르 몰려갔어요. 하지만 무심코 저팔계와 사오정을 보고는 질겁해서 횃불을 팽개치고 순식간에 도망가 중문中門을 잠가버렸어요. 그리고 안을 향해 고함을 질러댔지요.

"요괴가 나타났다! 요괴가 나타났다!"

손오공이 횃불을 집어 들고 등을 켠 뒤, 의자 하나를 끌어다 삼장법사가 앉도록 했어요. 그들 형제는 삼장법사 양편으로 앉고, 노인은 그 앞에 자리를 잡고 앉았어요. 막 이야기를 나누려는데 안에서 문이 열리는 소리가 들리더니, 또 한 노인이 지팡이를 짚고 나와 말했어요.

"어떤 사악한 요괴놈이기에 이 밤중에 우리 선량한 사람 집에 들이닥친 게냐?"

그러자 앞에 앉아 있던 노인이 황급히 몸을 일으켜 중문으로 맞으러 가며 말했어요.

"형님, 소리치지 마십시오. 요괴가 아니라 동녘 땅 위대한 당나라에서 경전을 가지러 가는 나한이십니다. 제자들 생긴 모습이 흉악하긴 하지만, 정말 얼굴은 못생겨도 마음은 선하다는 말 그대로 좋은 사람들이오."

이 말에 노인은 비로소 지팡이를 내려놓고 삼장법사 일행 넷과 인사를 했어요. 인사가 끝나자 앞쪽에 앉아 소리쳤어요.

"차를 내오거라. 공양도 준비하고."

몇 번이나 소리를 쳤지만 하인들은 벌벌 떨며 감히 다가오지 못했어요. 보다 못한 저팔계가 물었어요.

"노인장, 귀댁 하인들이 왜 저리 왔다 갔다 하는 거요?"

"공양을 마련해 나리들을 모시라 시켰기 때문이지요."

"몇 명더러 모시라 했는데요?"

"여덟이오."

"이 여덟이 누굴 모시는데요?"

"나리 네 분이지요."

"저 하얀 얼굴의 사부님에겐 하나면 될 테고, 털북숭이에 벼락신 주둥이를 한 저자에겐 둘, 거무튀튀한 저 얼굴에겐 여덟이 필요하오. 그리고 내겐 스물은 붙어서 모셔야 될 거요."

"그 말씀은 나리 위장이 크다는 뜻인가요?"

"그렇다고 볼 수 있소."

"사람이라면 얼마든지 있소이다."

그리고 당장에 되는대로 삼사십 명을 불러냈어요.

삼장법사와 노인이 서로 묻고 답하며 이야기를 나누자, 사람들은 그제야 무서워하지 않게 되었지요. 위쪽으로 큰 탁자를 놓고 삼장법사를 윗자리에 모신 뒤, 그 양편으로 탁자 셋을 놓아 세 제자를 앉게 했어요. 그리고 그 앞 탁자 하나에 두 노인이 앉았어요. 먼저 정갈한 과일과 채소가 나오고 이어 국수와 쌀밥, 간식과 당면을 넣은 국이 차례로 나와 가지런히 놓였어요.

삼장법사가 젓가락을 들고 먼저 『계재경啓齋經』을 외었어요. 하지만 멍텅구리 저팔계는 빨리 음식을 먹고 싶고 또 배가 고프기도 했으니, 삼장법사의 경이 다 끝나길 어떻게 기다릴 수 있겠어요? 그놈은 붉은 옻칠을 한 나무 사발을 집어 들고 흰쌀밥 한 그릇을 단숨에 입속에 툭 털어 넣었지요. 그 꼴을 본 옆에 있던 하인이 말했어요.

"이 나린 정말 너무 생각이 없으시군. 어쩌자고 만두도 아닌 밥을 그렇게 훔쳐 넣는지, 원. 옷을 다 버리지 않습니까?"

저팔계가 웃으며 말했어요.

"훔쳐 넣은 게 아니라 잡수신 거다."

"아니, 입도 우물거리지 않고 어떻게 먹습니까?"

"어린놈들이 헛소릴 하는구나! 분명히 먹은 거라니까! 믿지 못하겠거든 내 다시 한 번 보여주지."

하인들이 다시 사발을 들고와 밥을 가득 담아 저팔계에게 주었어요. 멍텅구리가 번개처럼 입속에 툭 털어 넣자 아무것도 남지 않았어요. 하인들이 그 모습을 보고 말했어요.

"나리, 목구멍에 기름이라도 바른 것처럼 정말 순식간에 해치우시는군요!"

삼장법사가 한 권의 경을 다 외기도 전에 저팔계는 벌써 대여섯 사발을 거뜬히 해치웠어요. 그러고서도 다시 젓가락을 들어 사람들과 함께 음식을 먹어댔어요. 멍텅구리는 쌀밥이며 국수, 과일, 간식을 가리지 않고 닥치는 대로 우걱우걱 쑤셔 넣으면서

도 입으로는 연방 외쳐댔지요.

"밥 더 가져와! 더 가져오란 말이야!"

점점 밥을 가져오는 기색이 줄자, 손오공이 꽥 소리를 질렀어요.

"동생, 그만 좀 먹어. 산골짜기에서 배고픔을 참던 거보다야 나으니까, 그래도 반쯤 배를 채웠으면 된 거 아냐?"

"웃기는 소리! '동냥하는 중은 배를 채우지 못하면 산 채로 묻히느니만 못하다(齋僧不飽 不如活埋)'는 속담도 있어."

그러자 손오공이 명을 내렸어요.

"이제 그릇들을 치우시지요. 저 녀석은 상대도 하지 마십시오!"

두 노인이 몸을 굽히며 말했어요.

"솔직히 말씀드리면, 낮에는 그래도 괜찮습니다. 이렇게 배가 크신 스님께 백 명 분이라도 올릴 수 있습지요. 시간이 늦은 터라 남은 음식을 다 거두어 국수를 한 섬 삶고, 쌀 밥 다섯 섬과 소식 몇 상을 차려 몇몇 친한 이웃과 아까 그 스님들을 청해 제사 음식을 나눠 먹으려던 참이었소. 헌데 뜻밖에도 여러분들이 오셔서 스님들은 놀라 다 도망가고 이웃들도 청해 올 수 없게 되었기에, 음식이란 음식은 모두 여러분께 올렸소이다. 흡족하지 않으시다면 밥을 더 지으라 하겠소."

저팔계가 말했어요.

"밥을 더 지으시오! 더 지어요!"

이야기가 끝나자, 그릇이며 탁자며 상이 다 거두어졌어요. 삼장법사가 두 손을 모아 공손히 절하며 공양에 대해 감사의 인사를 드리고서 이렇게 물었어요.

"시주님께서는 성씨가 어찌 되십니까?"

"진陳가라오."

삼장법사가 합장하며 말했어요.

"그러면 소승과 동성이시군요."

"나리도 진씨이시오?"

"예, 속가에 있을 때 성이 진씨랍니다. 그런데 방금 지내신 불사는 무얼 위한 것이었습니까?"

저팔계가 웃으며 말했어요.

"사부님, 그런 건 물어 뭐 한답니까? 몰라서 물으시는 거예요? 틀림없이 청묘재青苗齋나 평안재平安齋나 요장재了場齋 같은 것이겠지요."

노인이 말했어요.

"그런 게 아닙니다. 아니에요."

삼장법사가 다시 물었어요.

"그럼 도대체 무슨 불사였습니까?"

"예수망재預修亡齋였소."

저팔계가 배를 잡고 뒹굴며 웃었어요.

"노인장께서도 참 보는 눈이 없으십니다! 우리가 무슨 거짓말이나 해서 남을 속여먹는 놈들인 줄 아시오? 어찌 그런 거짓말로 우릴 속이려 하시오! 중노릇하는 사람들이 그래, 불사를 모를까 봐서요? 예수기고재預修寄庫齋•나 예수전환재預修塡還齋는 있어도, 어디 예수망재 같은 게 있다고 그러시오? 게다가 댁에 죽은 사람이 있는 것도 아닌데, 무슨 망재를 지낸단 말이오?"

손오공이 그 말을 듣고 속으로 '이 멍청이가 제법 영리한 구석이 있는걸?' 하고 재미있어하며, 이렇게 말했어요.

"노인장께서 말씀을 잘못하신 듯합니다. 어째서 예수망재라 하시오?"

그러자 두 노인이 허리를 굽혀 예를 갖추고 말했어요.

"여러분께선 경전을 가지러 가신다면서 어째서 제대로 길을 가지 않고, 여기까지 들르게 되셨습니까?"

손오공이 말했어요.

"길은 제대로 온 것입니다만, 한 줄기 강에 가로막혀 건너질 못하고 있었습니다. 그러다 북과 바라 소리를 듣고 귀댁에서 하룻밤 신세 질까 하고 찾은 것이지요."

"강가에서 뭐 보신 게 없으십니까?"

"돌 비석 하나만 보았는데요. 위에는 '통천하'란 세 글자가 씌어 있고, 그 아래로 '건너자면 팔백 리, 예로부터 건너간 사람이 드물다'라고 적혀 있더군요. 다른 건 없었습니다."

"거기서 언덕으로 좀 더 걸어 올라가, 돌 비석에서 겨우 일 리쯤 떨어진 곳에 영감대왕靈感大王의 사당이 있습지요. 못 보셨소?"

"못 보았소. 노인장, 말씀 좀 해주시오. 어째서 '영감'이라 합니까?"

그러자 두 노인이 일제히 눈물을 흘리며 말했어요.

"나으리, 그 대왕은"

한 고을에 감응하여 사당을 세우고
천 리까지 뻗친 위력 영험하여 백성을 도와주지요.
해마다 마을에 단비를 뿌려주고
해마다 고을에 경사스런 구름을 내려준다오.

感應一方興廟宇　威靈千里祐黎民
年年庄上施甘雨　歲歲村中落慶雲

손오공이 말했어요.

"단비를 뿌려주고 경사스런 구름을 내려준다니 마음씨 좋다는 건데, 두 분은 어째서 이처럼 상심하고 괴로워하시는 겁니까?"

그러자 노인이 발을 구르고 가슴을 치고 허허 코웃음을 치며
말했어요.

"나리!"

　　은혜가 많긴 하나 원한도 있으니
　　은혜를 베풀기도 하지만 사람을 해친답니다.
　　오로지 동남동녀 먹기를 좋아하니
　　바르고 떳떳한 신은 아님이 분명하지요.

雖則恩多還有怨　總然慈惠却傷人

只因好吃童男女　不是昭彰正直神

손오공이 말했어요.

"동남동녀를 잡아먹는단 말씀이시오?"

"그렇습니다."

"그래서 이번에 귀댁 차례가 온 거로군요?"

"올해가 바로 저희 집 차례라오. 우리 마을에는 백여 가구가 살
고 있는데, 이곳은 거지국 원회현元會縣 소관으로서 진가장陳家庄
이라 부릅니다. 이 대왕에겐 일 년에 한 번씩 제사를 지내는데, 그
때마다 동남 하나, 동녀 하나, 그리고 돼지, 양의 제물과 술을 바
쳐야 합니다. 그가 이걸 먹으면 바람과 비를 순조롭게 해주지만,
제사를 지내지 않으면 재앙을 내린다오."

"댁에 아드님이 몇 분이나 계십니까?"

형 노인이 가슴을 치며 말했어요.

"가엾어라, 불쌍도 하지! 아드님은 무슨 아드님이오? 부끄러
워죽겠구려. 여기는 내 아우 진청陳淸이오. 이 늙은 것은 진징陳澄

이라 하고. 내가 올해 예순셋이고 아우는 쉰여덟이나, 자식 복이 없었다오. 내가 쉰 살일 때까지도 아이가 없자 친구들이 소실을 하나 들이라고 권하더이다. 그래서 하는 수 없이 다른 여자를 얻어, 거기서 딸아이 하나를 두었소. 올해 겨우 여덟 살이 되는데 일칭금—秤金이라고 이름을 붙여주었소."

"정말 귀한 이름이네요! 왜 일칭금이라 이름을 지으셨소?"

"자식 얻기가 워낙 어렵던 터라, 다리를 놓고 길을 고치기도 하고, 절을 짓고 탑을 세우기도 하고, 공양 얻으러 온 스님들께 보시한 것 등을 계산해보니, 여기 석 냥, 저기 넉 냥 하는 식으로 딸을 낳던 해까지 꼭 황금 서른 근을 썼더군요. 서른 근이 일 칭 아닙니까? 그래서 일칭금이라 이름을 지었답니다."

"동생분에겐 아들이 있습니까?"

"동생에겐 아들이 있는데 역시 소실 태생이오. 올해 일곱 살인데, 이름은 진관보陳關保라 하오."

"이 이름은 어떻게 붙이신 것입니까?"

"제수씨가 관우 나리 신을 모십니다. 관우 나리 신위神位에 빌어서 얻게 된 아들이라 관보라 이름을 지은 것이오. 우리 두 형제의 나이가 백이십 살이 더 되는데 슬하에 이렇게 둘밖에 자손이 없다오. 그런데 뜻밖에도 우리 집에서 제사를 지낼 차례가 되니, 어린것들을 바치지 않을 수도 없답니다. 아비 자식 간의 정을 어떻게 끊겠소? 그래서 먼저 어린것들에게 극락왕생하라는 불사를 지내준 것이오. 예수망재 즉 미리 지내는 망재라고 한 것도 이 때문이라오."

삼장법사가 이 얘길 듣더니 두 뺨에 눈물을 줄줄 흘리며 말했어요.

"이야말로 옛사람들이 하던 '익은 매실은 떨어지지 않고 푸른 매실이 떨어지고, 하늘은 하필 자식 없는 사람을 해친다(黃梅不落 靑梅落 老天偏害沒兒人)'는 말 그대로군요!"

손오공이 웃으며 말했어요.

"좀 더 물어봅시다. 노인장, 댁에 가산이 얼마나 되십니까?"

진징이 말했어요.

"제법 되지요. 논이 사오십 경頃,[1] 밭이 육칠십 경, 목초지가 팔구십 군데, 물소가 이삼백 마리, 노새가 이삼십 필, 돼지나 양, 닭, 거위는 셀 수 없이 많다오. 집에는 먹고도 남을 양식에, 입고도 남을 의복이 많이 있소이다. 재산이나 집안 사업이나 꽤 많은 편이지요."

"그런 재산이 있는데, 노인장께서도 어지간히 돈을 아끼시나 봅니다."

"어째서 내가 돈을 아낀다는 거요?"

"집에 그런 재산이 있으면서 왜 자기 친자식을 제물로 내놓습니까? 은자 오십 냥만 쓰시면 사내아이 하나를 살 수 있고, 백 냥이면 계집아이 하나를 살 수 있습니다. 이백 냥도 안 되는 돈만 쓰면, 노인장 자손을 남길 수 있는데, 그럼 좋지 않겠소?"

노인이 눈물을 흘리며 말했어요.

"나리가 모르시는 말씀이외다. 그 영감대왕은 대단히 영험해서 늘 마을 주변을 돌아다닙니다."

"노상 돌아다닌다니, 그럼 어떤 꼬락서니로 생겼는지 보셨소? 키는 얼마나 되던가요?"

"모습은 보이지 않고 향긋한 바람 냄새가 나면 영감대왕이 왔다는 걸 알 수 있다오. 그러면 당장에 향을 잔뜩 피워 애나 늙은이나 모두 그 바람을 향해 절을 올립니다. 대왕은 우리 마을 집집마

---

1   논밭의 면적 단위로서 일 경은 백 묘畝, 즉 2만여 평이다.

다 숟가락은 몇 개고 사발이 몇 개인지 다 알고 있어요. 사람들 생년월일도 전부 기억하고 있다오. 그래서 반드시 친자식이라야 제물로 받습니다. 이삼백 냥은 고사하고, 몇천 몇만 냥을 주더라도 생년월일과 생김새가 꼭 같은 아이들을 살 데는 없을 겁니다."

"그런 거였군요. 좋소, 좋아! 잠시 노인장의 아드님이나 한번 데리고 나와 보시오."

그러자 진청이 급히 안으로 들어가 진관보를 품에 안고 대청으로 나와 등불 앞에 내려놓았어요. 어린것이 어디 죽고 사는 것을 알겠어요? 녀석은 양 소맷자락에 과자를 넣고 팔짝팔짝 뛰면서 먹다가 장난치다가 했어요. 손오공이 그 모습을 보더니 소리 없이 주문을 외며 몸을 한 번 흔들자 진관보와 꼭 같은 모습으로 변했어요. 두 아이가 손을 맞잡고 등불 앞에서 뛰놀자, 깜짝 놀란 노인이 황급히 삼장법사 앞에 꿇어앉아 말했어요.

"나리, 제가 사람 구실을 못했습니다! 사람 구실을 못했어요! 이 나리께선 방금까지 저랑 얘기하다가, 어쩜 그렇게 순식간에 제 아이와 똑같은 모습으로 변하신단 말입니까? 부르면 똑같이 대답하고 똑같이 달려오다니요! 이러다 저희들 명이 다 짧아지겠습니다! 제발 본래 모습으로 돌아오십시오, 제발!"

손오공이 얼굴을 한 번 쓱 문지르자 원래 모습으로 돌아왔어요. 노인은 그 앞에 꿇어앉으며 말했어요.

"나리께서는 원래 이런 재주를 가지고 계셨군요!"

손오공이 웃으며 말했어요.

"아드님을 닮았더이까?"

"똑같았습니다! 똑같았어요! 정말 똑같은 얼굴에, 똑같은 목소리에, 똑같은 옷에, 똑같은 키였습니다."

"노인장께서 아직 자세히 못 보신 게요! 저울을 가져다 달아봤으면 체중까지 똑같았는걸!"

"예, 예, 예, 그랬겠지요!"

"이 정도면 제물로 바칠 만하겠소?"

"아주 그만입니다! 그만이에요! 제물로 바칠 수 있고말고요!"

"노인장 집안에 제사를 모실 자손을 남길 수 있도록 내가 저 아이 목숨을 대신해서, 그 대왕에게 제물로 가주겠소."

그러자 진청은 꿇어앉아 땅에 머리를 박으며 말했어요.

"나리께서 진정 자비심을 베풀어 대신해주시겠다면, 당나라 법사 나리께서 서천으로 가시는 여비에 보태 쓰시도록 은 천 냥을 드리겠습니다."

"그럼 이 몸에겐 사례하지 않으시고?"

"나리는 이미 제물로 바쳐졌으니, 이 세상에 안 계실 게 아닙니까."

"어째서 없단 말이오?"

"영감대왕이 잡아먹을 테니까요."

"감히 날 잡아먹어?"

"나리를 안 먹는다니요, 영감대왕이 노린내를 싫어하기라도 한단 말인가요?"

그러자 손오공이 웃으며 말했어요.

"천명에 맡겨야지. 날 잡아먹는다면 내 명이 짧은 게고, 먹지 않는다면 그건 내 운이고. 어쨌든 노인장을 위해 제물이 되어주겠소."

진청이 연신 땅에 머리를 박으며 감사의 인사를 올리고, 다시 은 오백 냥을 주겠노라 약속했어요. 하지만 진징은 절도 하지 않고 감사하단 말도 없이, 중문을 붙들고 통곡했어요. 손오공이 그 앞으로 다가가 그를 붙들며 말했어요.

"큰노인장께선 제게 아무 약속도 않고 감사하단 말씀도 없으시니, 차마 따님을 보내기 싫어서 그러신 게지요?"

그제야 진징이 무릎을 꿇으며 말했어요.

"예, 보내기 싫습니다. 나리의 두터운 정을 입어 제 조카를 구하게 된 것만도 감지덕지지요. 하지만 이 늙은 것은 아들도 없이 달랑 이 딸아이 하나지만, 제가 죽으면 그 애가 슬피 통곡해줄 게 아닙니까? 어찌 사지로 보내고 싶겠소?"

"얼른 가서 쌀 다섯 되로 밥을 짓고 맛있는 소식을 잘 차려다 저 주둥이 길쭉한 중에게 주시오. 그럼 저 친구를 노인장의 딸로 변신시켜 우리 형제가 같이 제물이 되어주겠소. 이참에 아예 음덕을 쌓아 두 노인장의 아이들 목숨을 모두 구해드리지. 어떻소?"

저팔계가 이 말을 듣고 속으로 깜짝 놀라며 말했어요.

"형, 잘난 척하고 싶어서 내 목숨은 나 몰라라 하는구려. 날 끌고 들어가면 어쩌자는 거요?"

"아우야, 속담에도 '닭도 공 안 들인 먹이는 먹지 않는다(雞兒不吃無功之食)'고 했다. 너와 내가 이 댁에 들어와서 감사하게도 성대한 공양을 받았고, 그러고도 넌 또 배가 안 부르다고 투덜대지 않았느냐? 그래놓고 어째서 이 댁의 재앙을 구해주려 하지 않는 게냐?"

"형, 변신하는 일 같은 건, 난 할 줄 모르오."

"너도 서른여섯 가지 변신술이 있으면서 왜 못한단 거지?"

그러자 삼장법사가 저팔계를 불렀어요.

"얘야, 네 사형의 말과 처신이 백 번 천 번 지당하구나. 속담에 '사람 목숨 하나 구하는 게 칠 층 불탑을 만드는 것보다 낫다'고 하지 않더냐. 첫째로는 두 분이 베푸신 두터운 은혜에 보답하는 것이요, 둘째로는 음덕을 쌓는 길이니라. 게다가 시원한 밤에 별

다른 일도 없으니 너희 둘이 놀러 갔다 오너라."

저팔계가 말했어요.

"나 참, 사부님 말씀하시는 것 좀 봐! 산이나 나무, 돌, 코끼리나 물소, 배불뚝이 사내놈으로 변하는 것은 할 수 있지만, 어린 여자애로 변하는 건 꽤 어려운 일이라고요."

손오공이 말했어요.

"노인장, 이 친구 말 믿지 말고 따님이나 데리고 나와 보여주십시오."

진징이 급히 안으로 들어가 딸 일칭금을 안고 대청으로 나왔어요. 부인이나 첩이나, 남녀노소 할 것 없이 온 집안 식구가 모두 나와 머리를 땅에 박으며 절을 올리고 제발 아이의 목숨을 구해달라 애원했어요. 그 여자아이는 머리에 팔보 보석을 늘어뜨린 화취고花翠箍를 쓰고, 몸에는 붉은빛이 번쩍이는 황금색 저사오紵絲襖를 입고, 그 위에 녹색 비단에 네모난 깃을 단 망토를 걸치고, 허리에는 붉은 꽃무늬가 있는 비단 치마를 두르고, 발에는 개구리 머리 모양처럼 생긴 연붉은 저사혜紵絲鞋를 신고, 다리에는 금으로 수놓은 무릎 덮개를 차고 있었는데, 이 아이 역시 과자를 들고서 먹고 있었어요. 손오공이 말했어요.

"팔계야, 이게 바로 그 여자아이야. 얼른 얘로 변신해서 제사나 지내러 가자고."

"형, 어떻게 이렇게 귀엽고 예쁜 모습으로 변하라고 그러시오?"

손오공이 버럭 소리를 질렀어요.

"얼른 하지 못해! 매를 벌지 말고."

저팔계가 당황해서 말했어요.

"형, 때리지는 마시오. 한번 변해볼게요."

이 멍텅구리가 주문을 외고 머리를 몇 번 흔들며 "변해라" 하고

聖僧恨阻通天水
金木垂慈救小童

손오공이 진가장의 어린아이들을 대신해서 제물로 바쳐지다 외치자 정말 변신을 했는데, 여자아이 모습을 닮긴 했으나 자기처럼 살이 찌고 뚱뚱한 게 영 볼썽사나웠어요. 손오공이 웃으며 말했어요.

"다시 한 번 해봐."

"차라리 날 때리시오! 똑같이 변하지 않는 걸 어쩌라는 거요?"

"그 꼴은 계집아이의 머리에 중의 몸뚱이가 아니냐? 남자도 아니고 여자도 아닌 꼴로 만들어놓으니 어쩜 좋단 말이냐? 안 되겠다, 그럼 북두칠성 진陣을 밟으며 변신해봐."

손오공이 저팔계에게 신선의 기운을 훅 뿜어주자, 그 순간 정말 그 여자아이와 똑같이 변했어요. 그러자 곧 손오공이 지시를 내렸어요.

"두 분 노인장께선 가솔과 아드님, 따님을 데리고 안으로 들어가십시오. 헷갈리면 안 됩니다. 조금 있다가 우리 형제가 어슬렁거리며 놀다가 안으로 들어가게 되면 알아보기 어렵게 될 테니까요. 아이들에겐 맛있는 과자를 먹여 절대 울리지 마시오. 대왕이란 놈이 눈치를 채 들통이 나면 큰일이오. 우리 둘일랑 놀러 갔다 오겠소."

멋진 제천대성! 사오정에게 삼장법사를 보호하라 일러놓고, 자기는 진관보로 변했어요. 물론 저팔계는 일칭금으로 변했지요. 둘의 준비가 갖추어지자, 손오공이 이렇게 물었어요.

"그런데 제물은 어떻게 바치는 거요? 묶어서 바치는 거요, 아님 끈으로 꽁꽁 동여매는 거요? 푹 쪄서 가져갑니까? 아님 잘게 다져서 갑니까?"

그러자 저팔계가 말했어요.

"형, 날 놀리지 마시오. 난 그런 재주는 없소."

노인이 말했어요.

"어디 감히요! 붉은 칠을 입힌 쟁반 두 개에 두 분이 각기 앉으시면 상 위에 얹은 뒤, 젊은이 둘이 상을 떠메고 대왕의 사당에 가져갑니다."

손오공이 말했어요.

"좋소! 좋아요! 상을 가져 나오십시오. 어디 한번 시험해봅시다."

노인이 즉시 상 둘을 가지고 나왔어요. 손오공과 저팔계가 그 위에 앉자 젊은이 넷이 두 개의 상을 떠메고 앞뜰로 걸어갔다가 다시 대청으로 돌아왔어요. 손오공이 즐거워하며 말했어요.

"팔계야, 이렇게 왔다 갔다 하며 노니까, 우리도 꼭 높은 자리에 올라간 스님 같지 않으냐?"

"싣고 갔다 싣고 오고, 날이 밝을 때까지 그 두 가지만 한다면 나도 겁나지 않소. 그런데 사당 안으로 실려 가면 그놈이 당장 잡아먹으려 할 텐데. 이건 장난이 아니잖소?"

"넌 나만 잘 보고 있으면 돼. 날 먹으려 할 때 잽싸게 도망가면 되잖아?"

"그가 어떻게 잡아먹는지 알고나 하는 소리요? 남자아이를 먼저 먹으면 도망가기 좋겠지만, 여자아이를 먼저 먹는다면 난 어떡해요?"

그러자 노인이 말했어요.

"매년 제사를 지낼 때, 마을의 어느 담 큰 사람들이 사당 뒤 틈새로 들어가기도 하고 제사상 아래에 숨어 있기도 해서 본 모양인데, 남자아이를 먼저 먹고 나중에 여자아이를 먹는다고 합디다."

저팔계가 말했어요.

"다행이다! 다행이야!"

이렇게 두 형제가 한창 입씨름하고 있는데, 징 소리 북소리가 하늘을 뒤흔들 듯 들리고 등불이 번쩍번쩍 비치더니 같은 마을의 주민들이 대문을 활짝 열고 소리쳤어요.

"동남동녀를 메고 나와라!"

노인들이 훌쩍훌쩍 우는데, 젊은이 넷이 들어와 그 두 사람을 메고 나갔어요. 과연 둘의 목숨이 어찌 될지는 알 수 없으니, 이에 대해서는 다음 회를 들어보시라.

제48회

영감대왕이 강을 얼려
삼장법사를 납치하다

그러니까 진가장으로 몰려든 영감대왕의 신도들은 돼지와 양을 잡고 감주 등 제사 음식을 차린 쟁반과 손오공, 저팔계를 얹은 상을 떠메고 시끌벅적 영감묘靈感廟 안으로 들어가 내려놓더니, 동남동녀를 맨 윗자리에 진설했어요.

손오공이 고개를 돌려보니, 제사상 위에는 향이 피어오르고 촛불이 켜져 있었으며, 바로 앞에 '영감대왕의 신위[靈感大王之神]'라는 글자가 금물로 적힌 위패가 놓여 있었어요. 그 밖에 다른 신상 같은 것은 없었어요. 신도들은 제사상을 잘 차려놓고 일제히 위를 향해 고개를 조아리며 말했어요.

"대왕 나리, 올해 이 달, 오늘, 이 시간에 진가장의 제주祭主 진징 등 여러 신도들은 나이는 다르지만 해마다 하던 것처럼 진관보라는 동남 하나와 진일칭금이라는 동녀 하나, 그리고 관례대로 돼지와 양을 잡고 감주를 마련하여 대왕님께 바치옵니다. 비와 바람이 순조롭게 내리고, 오곡이 풍년을 이루도록 보살펴주시옵소서."

그들이 축원을 마친 후, 종이 말[紙馬]을 태우고 각자 집으로 돌

야간 얘기는 더 이상 하지 않겠어요.

사람들이 흩어지자 저팔계가 손오공에게 말했어요.

"우리도 집에 갑시다."

"너희 집이 어딘데?"

"진씨 집에 가서 잠이나 잡시다."

"멍청아, 또 멋대로 지껄이는구나. 이왕 그들에게 약속했으니, 소원을 이루게 해줘야 하지 않겠냐?"

"멍청한 건 바로 형이면서 오히려 나더러 멍청이라고? 그냥 그 치들을 속여 장난 한 번 쳤으면 됐지, 어떻게 정말 제사상에 오른 단 말이오!"

"헛소리 말아라. 남을 위하려면 끝까지 잘해줘야지. 반드시 저 대왕이 먹으러 올 때까지 기다려야 시작부터 끝까지 깔끔하게 처리하는 거야. 그렇지 않으면 또 그놈이 재앙을 내리고 해를 끼칠 테니, 오히려 더 좋지 않아."

그렇게 말하고 있던 차에 휙 하는 바람 소리가 들렸어요. 저팔 계가 말했어요.

"큰일 났어요! 바람 소리가 들리는 걸 보니, 그게 온 모양이네요!"

"입 다물어라! 내가 알아서 할 테니까."

잠시 후 사당 문 밖에 요괴가 나타났어요. 그놈의 모습이 어떻 게 생겼는지 볼까요?

황금 갑옷에 황금 투구 새것으로 번쩍번쩍
허리에 찬 보배로운 띠에는 붉은 구름 서렸네.
눈은 저녁에 뜬 별처럼 밝고
이빨은 두 겹으로 늘어선 톱날 같구나.
발밑엔 노을 같은 연기 일렁이고

몸 주위엔 따스한 안개 모락모락 피어나네.

걸을 때는 음산한 바람 싸늘하게 일고

서 있으면 겹겹이 흉악한 기운 훅훅 피어나네.

옥황상제 모시는 권렴대장군 같기도 하고

절을 지키는 대문신 같기도 하네.

金甲金盔燦爛新　腰纏寶帶繞紅雲

眼如晚出明星皎　牙似重排鋸齒分

足下烟霞飄蕩蕩　身邊霧靄暖薰薰

行時陣陣陰風冷　立處層層煞氣溫

却似捲簾扶駕將　猶如鎮寺大門神

괴물은 사당 문을 가로막은 채 물었어요.

"올해 제사는 어느 집에서 올린 것이냐?"

손오공이 웃음을 머금고 대답했어요.

"아뢰옵니다. 진징과 진청 집입니다."

요괴는 그 말을 듣고 내심 이상한 생각이 들었어요.

'이 사내아이는 담이 크고 말하는 것도 영리하구나. 보통 제사 상에 올려진 녀석들은 한 번 물으면 말을 못하고, 다시 물으면 놀라 혼이 나가고, 손으로 잡으면 벌써 죽어 있던데 말이야. 오늘 이 사내아이는 어째서 이리 대답을 잘하지?'

괴물은 감히 잡으러 오지 못하고 또 물었어요.

"너희들은 이름이 무엇이냐?"

손오공이 웃으며 대답했어요.

"저는 관보이고, 쟤는 일칭금입니다."

"이 제사는 정해진 규정에 따른 것이다. 이제 너희들이 바쳐졌으니, 내가 너희들을 먹어야겠다."

"어찌 감히 저항하겠습니까? 마음대로 잡수십시오."

괴물은 그 말을 듣자 더욱 감히 손을 쓰지 못하고 문을 가로막은 채 소리쳤어요.

"말대꾸하지 마라! 내 해마다 사내아이부터 먹었는데, 올해는 거꾸로 계집아이부터 먹어야겠다."

그러자 저팔계가 깜짝 놀라 말했어요.

"대왕님, 하던 대로 하십시오. 관례를 깨지 마세요."

그러나 요괴는 다짜고짜 손을 내밀어 저팔계를 붙잡으려 했어요. 그러자 멍텅구리는 펄쩍 뛰어내려 본래 모습을 드러내더니, 쇠스랑을 들어 요괴의 손을 내리쳤어요. 괴물은 손을 움츠리고는 앞으로 내달렸어요. 땅! 하는 소리가 울리더니, 저팔계가 말했어요.

"내 쇠스랑에 저놈 갑옷이 찢어졌다!"

손오공도 본래 모습을 드러내고 살펴보니, 쟁반만 한 크기에 얼음처럼 투명한 물고기 비늘 두 개가 떨어져 있었어요.

"쫓아라!"

둘은 공중으로 뛰어올랐어요. 괴물은 제사에 오는 길이라 무기를 들고 오지 않았기 때문에, 맨손으로 구름 위에 서서 물었어요.

"너희들은 어디서 온 중이기에 여기 와서 나를 속여 내 제사상을 망치고 내 명성을 더럽히느냐?"

손오공이 말했어요.

"못된 네놈이 잘 모르는 모양인데, 우리는 바로 동녘 땅 위대한 당나라의 성승 삼장법사님을 모시고 황제의 명에 따라 경전을 가지러 가는 제자들이다. 어제 날이 저물어 진씨네 집에 묵으려다가, 영감이라는 엉터리 이름을 가진 사악한 요괴가 해마다 동남동녀를 제사에 바치라고 한다는 소리를 들었다. 그래서 우리가 자비심을 발휘하여 살아 있는 영혼을 구하고 못된 네놈을 잡으려는 것이다! 얼른 이실직고해라. 해마다 두 명의 동남동녀를 먹는다던데, 네놈은 여기서 몇 년 동안 왕 노릇을 하며 몇 명의 어린아이들을 잡아먹었느냐? 낱낱이 따져서 돌려주면 네 목숨은 살려주겠다!"

요괴는 그 말을 듣고 바로 도망쳤어요. 저팔계가 또 한 번 쇠스랑으로 내리쳤지만 맞히지 못했지요. 요괴는 한바탕 거센 바람으로 변해 통천하 속으로 들어가버렸어요.

손오공이 말했어요.

"쫓을 필요 없다. 이 요괴는 아마 강 속에 사는 놈인 것 같으니, 내일 방도를 마련해서 그놈을 잡고 사부님이 강을 건너게 해드리자."

저팔계는 그 말에 따라 얼른 사당으로 돌아와 돼지며 양, 심지어 탁자까지 일제히 진씨 집으로 날랐어요. 이때 삼장법사와 사오정은 진씨 형제와 함께 대청에서 소식을 기다리고 있었어요. 그러다 문득 두 사람이 돼지며 양 등의 물건을 모두 마당 안에 내려다놓는 것을 보았어요. 삼장법사는 그들을 맞으며 물었어요.

"오공아, 제사는 어찌 되었느냐?"

손오공은 요괴가 강 속으로 도망친 일을 죽 들려주었어요. 두 노인이 무척 기뻐하며 즉시 곁방을 청소하고 침상을 마련하여 삼장법사 일행이 잠자리에 들게 한 이야기는 더 이상 하지 않겠어요.

한편, 요괴는 목숨을 건져 강 속으로 돌아와 궁궐 안에 앉아서 묵묵히 말이 없었어요. 물속의 크고 작은 족속들이 물었어요.

"대왕님, 매년 제사상을 받으시면 기뻐하며 돌아오셨는데, 올해는 어째서 근심하시는지요?"

"평년에는 흠향을 마치면 남은 것들을 좀 가져와 너희들에게 주었는데, 오늘은 나도 먹어보지 못했다. 재수가 없으려니까 적수를 만나 하마터면 목숨을 날릴 뻔했다."

"대왕님, 어떤 놈입니까?"

"동녘 땅 위대한 당나라 성승의 제자라는데, 서천으로 가 부처를 뵙고 불경을 얻으려 한다더라. 그놈들이 동남동녀로 변해 사당 안에 앉아 있더구나. 그놈들에게 내 정체가 탄로 나 까딱하면 목숨을 잃을 뻔했다. 전에 사람들이 하는 얘기를 들으니까, 당나라 삼장법사는 열 세상을 돌며 수행한 훌륭한 사람이라, 그의 고기를 한 점만 먹어도 수명을 늘려 장수할 수 있다더구나. 하지만 뜻밖에도 그 밑에 그런 제자들이 있더구나. 그자들 때문에 나는 명성을 더럽히고 제사도 망쳐버렸다. 당나라 중을 잡고 싶은 마음이야 있지만, 그럴 수 없을 것 같구나."

그러자 물속 족속들 가운데 얼룩무늬 옷을 입은 쏘가리 할멈이 나서서 공손히 절하고 웃으며 말했어요.

"대왕님, 당나라 중을 잡고 싶으시면 어려울 게 뭐가 있겠습니까? 어쨌든 그자를 잡으면 저희에게도 술과 고기를 좀 나눠 주실 수 있는지요?"

"계책이 있어 함께 힘을 합쳐 당나라 중을 잡기만 하면, 내 그대와 남매의 의를 맺고 자리를 마련하여 함께 먹겠다."

쏘가리 할멈이 감사 인사를 하고 말했어요.

"대왕께서 바람과 비를 부리는 신통력과 바다를 뒤흔들고 강을 뒤집는 힘이 있다는 것은 오래전부터 알고 있었습니다만, 눈을 내리게 하실 수 있는지는 모르겠군요."

"할 수 있다."

"그렇다면 얼음을 얼게 하실 수도 있습니까?"

"말할 것도 없지."

그러자 쏘가리 할멈이 박수를 치고 웃으며 말했어요.

"그렇다면 아주 쉽습니다, 아주 쉬워요!"

"어째서 아주 쉽다는 건지 내게 설명해봐라."

"오늘 밤 자정에 대왕께선 머뭇거릴 필요 없이 얼른 술법을 써서 한바탕 찬바람을 일으키고 큰 눈을 내려 통천하를 모두 얼어붙게 하십시오. 그리고 우리들 가운데 변신을 잘하는 이들로 하여금 사람 모습으로 변해 길목에서 등에 짐을 지고 우산을 든 채, 짐을 지고 수레를 밀며 얼음 위를 건너가게 하십시오. 당나라 승려는 불경을 얻으려는 마음이 무척 간절하니, 이렇게 사람들이 지나는 모습을 보면 틀림없이 얼음 위로 강을 건너려 할 것입니다. 대왕께서는 강 속에 편안히 앉아 계시다가 그의 발자국 소리가 들리거든 얼음을 갈라버리십시오. 그러면 그 제자들까지 일제히 물속에 빠질 테니까, 한꺼번에 잡을 수 있습니다."

요괴는 그 말을 듣고 무척 기뻐하며 말했어요.

"정말 오묘하다, 오묘해!"

그리고 그가 즉시 물속 저택[水府]을 나와 공중에 높이 올라가서 바람을 일으키고 눈을 내리게 하여 추위에 강물을 얼어붙게 만든 것에 대해선 더 이상 얘기하지 않겠어요.

한편, 삼장법사와 세 제자들은 진씨의 집에서 쉬고 있었는데, 날이 샐 무렵 잠자리가 추워지자 저팔계가 기침을 해대고 덜덜 떨며 잠을 이루지 못한 채 소리를 질렀어요.

"형님, 추워죽겠소!"

손오공이 말했어요.

"멍청이, 못나게 굴기는! 출가한 사람은 추위나 더위를 타지 않는 법인데, 어째서 추위를 무서워하느냐?"

그러자 삼장법사가 말했어요.

"얘들아 정말 춥긴 춥구나. 봐라,"

겹이불에는 따뜻한 기운 없고
팔짱을 껴도 얼음을 만지는 듯하구나.
이런 때는 낙엽도 서리 꽃술 드리우고
푸른 소나무에도 고드름 걸렸겠다.
땅이 갈라지는 건 추위가 심하기 때문이고
연못 물이 고른 것은 물이 얼어붙었기 때문이지.
고깃배에는 늙은 어부 보이지 않고
산사에선들 어찌 승려를 만나랴?
나무꾼은 땔감 적어 걱정이지만
왕손은 숯 더 넣으며 기뻐하지.
길 가는 사람은 수염이 철사 같고
시 짓는 나그네는 붓이 마름처럼 딱딱하지.
가죽 갖옷도 얇다고 투덜거리고
담비 외투도 가볍다고 탓하지.
부들방석에 앉은 노승은 몸이 뻣뻣하고
종이 장막[1] 안에서 잠자던 나그네 깜짝 놀라지.
수놓은 이불에 겹겹이 요를 깔아도
온몸이 방울처럼 떨리는구나.

---

1 명나라 때 고렴高濂이 쓴 『준생팔전遵生八牋』에 따르면, 이것은 등나무 껍질을 종이처럼 엮어 나무에 묶고, 단단히 매서 물결무늬를 이룬 것이다. 풀은 사용하지 않고 실로 꿰매는데, 윗부분에는 종이를 사용하지 않고 성긴 베로 마무리하여 바람이 잘 통하게 한다. 그 위에는 매화나 나비를 그려 넣기도 하는데, 특별히 맑은 운치가 있다고 했다.

重衾無暖氣　袖手似揣冰

此時敗葉垂霜蕋　蒼松掛凍鈴

地裂因寒甚　池平爲水凝

漁舟不見叟　山寺怎逢僧

樵子愁柴少　王孫喜炭增

征人鬚似鐵　詩客筆如菱

皮襖猶嫌薄　貂裘尚恨輕

蒲團僵老衲　紙帳旅魂驚

繡被重裀褥　渾身戰抖鈴

　스승과 제자 일행은 모두 잠을 이루지 못하고 자리에서 일어
나 옷을 입었어요. 문을 열고 내다보니, 아! 바깥에는 온통 하얀
세상이 펼쳐져 있었으니, 바로 눈이 내린 것이지요! 손오공이 말
했어요.

"어쩐지 모두들 추위하더라니! 이렇게 큰 눈이 내렸구나!"

넷이 함께 바라보는데, 정말 대단한 눈이었어요!

짙은 구름 빽빽이 펼쳐지고
무자비한 안개 첩첩 스며드네.
짙은 구름 빽빽이 펼쳐지니
북풍은 쌩쌩 공중에서 소리치고
무자비한 안개 첩첩 스며드니
흰 눈이 어지럽게 땅을 뒤덮네.
정말 육각의 꽃송이들이
조각조각 옥가루처럼 날리네.
온 숲의 나무들은

그루마다 옥을 둘렀는데

순식간에 가루가 쌓이고

금방 소금처럼 변하네.

하얀 앵무새의 노랫소리 평소만 못하고

두루미는 꽁지깃과 털이 같은 색이 되었구나.

남쪽의 모든 강들 수면이 평평해지고

동남쪽 매화 몇 그루는 눌려 쓰러졌네.

삼백만 마리 옥룡이 전쟁에서 져

정말 하늘 가득 그 비늘 흩날리는 듯.[2]

동곽선생東郭先生의 해진 신[3]

추운 방에 누운 원안[4]

눈에 반사된 빛으로 책 읽던 손강[5]이 어디 있으랴?

---

2 이 두 구절은 송나라 장원張元의 시 「눈[雪]」에서 큰 눈이 날리는 장면을 묘사한 "전쟁에서 죽은 옥룡이 삼십만 그 비늘 바람에 말려 하늘 가득 날리네(戰死玉龍三十萬 敗鱗風捲滿天飛)"라는 구절을 변형한 것이다.(『송시기사宋詩紀事』89권)

3 한나라 무제武帝 때 제齊 땅 출신의 동곽선생이 아직 벼슬살이를 하지 않을 때는 가난하여 추위와 배고픔에 시달렸고 옷도 신도 제대로 갖추지 못했다. 그는 겨울에도 항상 바닥이 없는 낡은 신을 신고 눈길을 걸어 다녔는데, 훗날에는 이 이야기를 가지고 찢어지게 가난한 처지를 비유하곤 했다.

4 『후한서』 「원안전袁安傳」의 주석에 인용된 『여남선현전汝南先賢傳』에 따르면, 눈이 한 길이나 되게 쌓인 어느 겨울날, 낙양洛陽 현령縣令이 몸소 민간을 시찰했다. 그가 돌아보니, 집집마다 모두 눈을 치웠고, 구걸하는 이들도 있었다. 그런데 원안이 사는 집에 이르러 보니, 사람 다니는 길이 치워지지 않았다. 이에 사람을 시켜 눈을 치우고 집 안으로 들어가 보니, 원안이 추위로 몸이 뻣뻣이 굳은 채 누워 있었다. 현령이 그에게 왜 밖으로 나오지 않느냐고 물었더니 그는 "큰 눈으로 모두들 굶주리고 있으니, 남에게 구걸하는 것은 옳지 않기 때문입니다"라고 대답했다.

5 이선李善의 『문선文選』 주석에 따르면, 그는 진晉나라 사람으로 학문과 독서에 힘썼는데, 집안이 가난해서 등불을 켤 수 없었다. 그 때문에 겨울밤에는 눈에 반사되는 빛을 이용해서 책을 읽었다고 한다.

눈 속에 몰던 왕휘지王徽之[6]의 배나

눈밭에서 입고 거닐던 왕공[7]의 학창의鶴氅衣

허기 메우려 뜯어 먹던 소무[8]의 양탄자 따위는 더욱 없네.

그저 은으로 쌓은 듯한 시골집 몇 채와

옥 방석처럼 펼쳐진 만리강산이 있을 뿐.

버들 솜은 어지러이 다리에 쌓이고

배꽃이 지붕을 덮네.

버들 솜은 어지러이 다리에 쌓이니

다리 옆 늙은 어부는 도롱이 걸쳤고

배꽃이 지붕을 덮으니

지붕 아래 촌영감 장작불 쬐고 있네.

나그네는 술도 사기 어렵고

하인은 매화 찾기 힘들구나.

나풀나풀 나비 날개를 베어낸 듯

팔랑팔랑 거위 털을 잘라놓은 듯

송이송이 바람 따라 몰려와

층층 겹겹이 날려 길도 보이지 않네.

추위는 쉼 없이 작은 막사 안을 뚫고 들어오고

---

6 『세설신어世說新語』「임탄任誕」에 따르면, 진晉나라 때의 왕휘지(王徽之, 338~386, 자는 자유子猷)는 큰 눈이 내리던 밤에 갑자기 흥이 일어 작은 배를 몰고 자신의 친한 친구인 대규(戴逵, 326~396, 자는 안도安道)의 집을 찾아갔는데, 대안도의 대문 앞까지 왔다가 바로 돌아가 버렸다. 사람들이 그 이유를 묻자 그는 "내 본래 흥이 나서 거길 갔다가 흥이 다해 돌아와 버렸다. 굳이 그 사람을 만날 까닭이 뭔가?"라고 대답하였다 한다.

7 『진서晉書』「왕공전王恭傳」에 따르면, 왕공은 겨울에도 항상 학창의를 입고 눈길을 다녔는데, 몸가짐이며 차림이 멋져서 사람들이 인간 세상에 내려온 신선 같다고 칭송했다고 한다.

8 『한서』「소무전蘇武傳」에 따르면, 소무(?~기원전 60, 자는 자경子卿)는 한나라 무제 때 흉노족에게 사신으로 갔다가 포로로 붙잡혀 항복을 권유받았으나 굴복하지 않았다. 그는 눈을 녹여 마시고 양탄자를 뜯어 먹으며 고생했고, 다시 북해北海 '지금의 바이칼 호' 근처로 유배당해서 양을 치면서도 절개를 굽히지 않다가 19년 만에 풀려났다.

으스스 냉기가 방 안 깊은 휘장 속으로 스며드네.
풍년을 알리는 상서로운 조짐 하늘에서 내려오니
인간 세상에 있을 좋은 일 축하하는 듯.

彤雲密佈　慘霧重侵
彤雲密佈　朔風凜凜號空
慘霧重浸　大雪紛紛蓋地
眞箇是六出花　片片飛瓊
千林樹　株株帶玉
須臾積粉　頃刻成鹽
白鸚歌失素　皓鶴羽毛同
平添吳楚千江水　壓倒東南幾樹梅
卻便似戰退玉龍三百萬　果然如敗鱗殘甲滿天飛
那裡得東郭履　袁安臥　孫康映讀
更不見子猷舟　王恭氅　蘇武飡氈
但只是幾家村舍如銀砌　萬里江山似玉圍
柳絮漫橋　梨花蓋舍
柳絮漫橋　橋邊漁叟掛簑衣
梨花蓋舍　舍下野翁煨榾柮
客子難沽酒　蒼頭苦覓梅
洒洒瀟瀟裁蝶翅　飄飄蕩蕩剪鵝衣
團團滾滾隨風勢　疊疊層層道路迷
陣陣寒威穿小幙　颼颼冷氣透幽幃
豐年祥瑞從天降　堪賀人間好事宜

　눈은 펄펄 어지럽게 날리는 것이 과연 옥가루나 날리는 솜 같
았어요. 삼장법사와 제자들이 한참 동안 감탄하며 감상하고 있

노라니, 진 노인이 어린 하인 둘을 데리고 길을 쓸고, 또 두 하인을 시켜 뜨거운 세숫물을 보내왔어요. 잠시 후에 또 뜨거운 차와 치즈를 가져오고 숯불을 가져오게 하더니, 삼장법사 및 제자들과 함께 곁방에 둘러앉아 이야기를 나누었어요. 삼장법사가 물었어요.

"시주님, 이곳에도 봄, 여름, 가을, 겨울의 구분이 있습니까?"

그러자 진 노인이 웃으며 대답했어요.

"여기가 외진 곳이긴 하나 풍속과 사람만 당나라와 다를 뿐, 모든 곡식이나 가축들은 같은 하늘 아래 같은 햇볕을 받고 자라는데, 어떻게 사계절의 구분이 없겠습니까?"

"사계절이 나뉘었다면 어째서 지금 이렇게 큰 눈이 내리고, 이렇게 추운 것입니까?"

"지금이 비록 칠월이지만, 어제 이미 백로白露가 지났으니 팔월이 된 셈입니다. 이곳에서는 평년에도 팔월에 서리와 눈이 내립니다."

"우리 동녘 땅과는 무척 다르군요. 그곳에서는 겨울이 돼야 그런 게 내립니다."

한참 얘기를 하고 있는데 또 하인이 와서 상을 차리고 죽을 먹으라고 청했어요. 죽을 먹고 나자 눈발은 아침보다 더 커지더니, 금방 평지에 두 자 정도 쌓였어요. 삼장법사가 그만 초조한 마음에 눈물을 흘리자, 진 노인이 말했어요.

"나리, 안심하십시오. 눈이 많이 쌓인다고 염려하지 마십시오. 제 집에는 식량이 몇 섬 있으니, 나리께 반평생 공양을 올려도 됩니다."

"시주님께선 제 고충을 모르십니다. 제가 황제 폐하의 명을 받을 때, 폐하께서 친히 관문까지 전송해주시고 몸소 제게 전별의 술잔을 건네시며 '언제쯤 돌아오실 수 있겠소?' 하고 물으셨습니다. 저는 도중에 험한 산천이 놓여 있는 줄도 모르고 '삼 년 정도면 경전을 가지고 돌아올 수 있습니다' 하고 쉽게 대답했지요. 그런데 떠나온 뒤로 지금 벌써 칠팔 년이 흘렀건만 아직 부처님을 뵙지 못했으니, 황제께 약속한 기한을 지키지 못할까 걱정입니다. 게다가 요괴와 마귀들이 사나워서 초조한 것입니다. 오늘 인연이 있어 댁에서 머물게 되어, 어젯밤 제 제자들이 작으나마 은혜에 보답했습니다만, 사실 저는 배 한 척을 구해 강을 건너고 싶었습니다. 뜻밖에 하늘에서 큰 눈이 내려 길이 보이지 않게 되었으니, 언제나 공을 이루고 고국으로 돌아갈 수 있을지 모르겠습니다."

"나리, 안심하십시오. 벌써 많은 날이 지났는데, 요 며칠을 못 기다리십니까? 날이 개서 얼음이 녹으면 제가 전 재산을 다 써서라도 반드시 나리께 강을 건너게 해드리겠습니다."

그때 하인 하나가 또 아침 공양을 드시라고 청했어요. 대청에서 공양을 마치고 잠시 얘기를 나누고 있노라니, 또 점심 공양이 나왔어요. 삼장법사는 상에 풍성하게 차려진 물품들을 보고 다시 마음이 불안해졌어요.

"머물러 묵게 해주신 것만도 고마우니, 그저 평소 잡수시던 대로 차려주십시오."

"나리, 아이들 목숨을 구해주신 은혜는 날마다 잔치를 베풀어드린다 해도 다 갚기 어렵습니다."

그 뒤에 눈이 그치자 사람들이 다니기 시작했어요. 진 노인은 삼장법사가 기분이 언짢은 것을 보고 정원을 대청소하고, 큰 화로에 불을 지피고, 삼장법사를 눈 덮인 동굴로 청해 느긋하게 놀며 근심을 풀어주려 했어요. 그러자 저팔계가 웃으며 말했어요.

"저 영감은 정말 주책없군. 이삼월 봄날이라면야 꽃밭을 구경하기 좋겠지만, 이렇게 큰 눈이 내리고 날도 추운데, 무얼 감상하라는 거지?"

손오공이 말했어요.

"멍청이가 뭘 모르는구나. 눈 내린 풍경은 원래 그윽하고 고요하니까 거닐며 감상할 수도 있고, 사부님의 마음을 풀어드릴 수도 있잖아?"

진 노인이 말했어요.

"그렇지요. 맞습니다."

이에 그들은 초대에 응해 정원으로 갔어요.

늦가을인데
풍경은 섣달 같네.
푸른 소나무엔 옥 꽃술 맺혔고
시든 버들엔 은 꽃이 걸려 있네.
계단 아래 옥빛 이끼엔 가루가 쌓여 있고
창 앞의 푸른 대나무는 옥 같은 순을 토해내네.
산머리의 기묘한 바위
물고기 키우는 연못
산머리의 기묘한 바위는
가파르고 뾰족한 봉우리가 옥 죽순을 늘여놓은 듯하고
물고기 키우는 연못엔
맑디맑은 물이 얼음 쟁반으로 변했네.
뭍 가까운 곳엔 부용이 연한 빛으로 자태 뽐내고
벼랑가 무궁화나무는 부드러운 가지 늘어뜨렸네.
가을 해당화는

모두 눈에 눌려 쓰러졌고
섣달 매화나무는
새 가지를 피워내네.
모란정 해류정 단계정 등등
정자마다 거위 털 같은 눈이 쌓였고
시름 푸는 곳, 손님 접대하는 곳, 흥을 달래는 곳 등등
곳곳마다 나비 날개가 깔린 듯하네.
양쪽으로 노란 국화는 옥 같은 비단에 금으로 수놓은 듯하고
몇 그루 단풍나무는 붉은 잎 사이로 희끗희끗 눈이 덮였네.
무수한 정원은 추워서 가기 어려운지라
잠시 눈 덮인 동굴만 구경하는데도 초봄처럼 쌀쌀하네.
저쪽에 놓인 짐승 얼굴 조각한 다리 달린 청동화로에서는
후끈후끈 숯불이 막 피어나고
그 위아래에는 호랑이 가죽 덮인 옻칠한 의자 몇 개가
따뜻한 종이 바른 창 아래 놓여 있네.

景值三秋　風光如臘

蒼松結玉蕤　衰柳掛銀花

墻下玉苔堆粉屑　臆前翠竹吐瓊芽

巧石山頭　養魚池内

巧石山頭　削削尖峰排玉笋

養魚池内　清清活水作冰盤

臨岸芙蓉嬌色淺　傍崖木槿嫩枝垂

秋海棠　全然壓倒

臘梅樹　聊發新枝

牡丹亭海榴亭丹桂亭　亭亭盡鵝毛堆積

放懷處欵客處遣興處　處處皆蝶翅鋪漫

雨邊黃菊玉綃金　幾樹丹楓紅間白

無數閑庭冷難到　且觀雪洞冷如春

那裡邊放一箇獸面像足銅火盆　熱烘烘炭火纔生

那上下有幾張虎皮搭苫漆交椅　軟溫溫紙窗鋪設

　저쪽엔 유명한 화가들의 오래된 그림 몇 폭이 걸려 있었는데,
그 모습은 이러했지요.

　　관문 나서는 일곱 현자와[9]

　　추운 강에 홀로 낚시질하는 노인[10]

　　첩첩 가파른 산에 가득 눈 덮인 풍경

　　소무는 양탄자 뜯어 먹고

　　매화 가지 꺾어 파발꾼 만나는데[11]

　　옥 같은 나무들이 싸늘한 풍경 그리고 있네.

　　안타깝구나, 그 집은 물가 정자에서 가까워 물고기 사기 쉽
지만

　　눈으로 산길 막히니 술 사 오기 힘드네.

　　정말 앉아 있을 만한 곳이니

<hr>

9　옛 그림의 장면을 설명한 것이다. 그림 속의 일곱 현자에 대해서는 여러 설이 있으니, 진晉나
　라 때의 '죽림칠현竹林七賢'이라는 사람도 있고, 당나라 때의 이백李白, 장구령張九齡, 왕유王
　維, 장열張說, 정건鄭虔, 이화李華, 맹호연孟浩然 등 일곱 사람을 가리킨다는 이도 있다. 이들
　일곱은 개원開元 연간(713~741)의 어느 겨울에 함께 낙양 남쪽의 용문龍門에 놀러 갔다가 문
　을 보게 되었는데, 정건이 그 모습을 그림으로 그렸다고 한다. 여기서는 아마 후자를 가리키는
　듯하다.

10　당나라 유종원柳宗元의 시 「강에는 눈이 내리고[江雪]」에는 "외로운 배의 삿갓 쓴 늙은이, 눈
　내리는 추운 강에서 홀로 낚시질하네(孤舟簑笠翁 獨釣寒江雪)"라는 구절이 있는데, 이를 표현
　한 그림을 가리킨다.

11　『태평어람太平御覽』 970권에 인용된 『형주기荊州記』에 따르면, 남조 송나라의 육개陸凱는 범
　엽范曄과 친한 사이였는데, 그가 강남에서 매화 가지 하나를 꺾어 파발꾼을 통해 장안에 있는
　범엽에게 시 한 편과 함께 부쳐주었다고 한다.

생각건대, 봉래산蓬萊山 찾아갈 필요 어디 있으랴?

七賢過關　寒江獨釣　疊嶂層巒圍雪景

蘇武湌氈　折梅逢使　瓊林玉樹寫寒文

說不盡那家近水亭魚易買　雪迷山徑酒難沽

眞箇可堪容膝處　算來何用訪蓬壺

일행은 한참 구경하며 눈 쌓인 동굴 안에 앉아 이웃 노인들에게 불경을 가지러 가는 일에 대해 들려주었어요. 그리고 향긋한 차를 올려 모두 마신 후 진 노인이 물었어요.

"나리들, 술 한잔 하시겠습니까?"

삼장법사가 말했어요.

"저는 마시지 않고, 제자들은 증류하지 않고 담백한 소주素酒라면 몇 잔 마십니다."

진 노인은 무척 기뻐하며 즉시 명을 내렸어요.

"야채와 과일을 내오고 술을 데워 오너라. 나리들 추위를 녹여 드려야겠다."

하인들이 즉시 화로 주위에 탁자를 마련해서, 삼장법사 일행은 진씨 댁 두 노인과 함께 몇 잔 마시고 곧 상을 치웠지요.

어느새 날이 어두워지기 시작하자 진 노인은 또 일행을 대청으로 청해 저녁 공양을 대접했어요. 그런데 거리에서 행인의 말소리가 들려왔어요.

"날씨 정말 춥네! 통천하 물이 다 얼어버렸어!"

삼장법사가 그 말을 듣고 말했어요.

"오공아, 강이 얼어붙었다니 우린 어쩌면 좋으냐?"

진 노인이 말했어요.

"금방 쌀쌀했다 금방 추워졌으니, 아마 강가의 물이 얕은 곳만 얼었을 겁니다."

그런데 그 행인의 목소리가 다시 들려왔어요.

"팔백 리가 모두 얼어 거울 같으니, 길 어귀에 사람들이 걸어다니기도 한다는구먼."

삼장법사는 강을 걸어서 건너는 사람이 있다는 얘기를 듣고 곧 가보려 했어요. 그러자 진 노인이 말했어요.

"나리, 서둘지 마십시오. 오늘은 늦었으니 내일 가보십시오."

해서 삼장법사 일행은 두 노인과 작별한 뒤 저녁 공양을 마치고 방에서 쉬었어요.

이튿날 날이 새자 저팔계가 일어나 말했어요.

"형님, 어젯밤은 더 추웠으니, 틀림없이 강이 얼어붙었을 거요."

삼장법사는 문밖을 바라보며 하늘을 향해 절을 올리며 말했어요.

"불법을 지켜주시는 큰 신들이시여, 제가 서쪽으로 온 뒤로 줄곧 부처님을 뵈려는 경건한 마음으로 산천을 힘들게 지나왔으나, 여태 한 마디 원망도 하지 않았습니다. 지금 이곳에 이르러 하늘의 보살핌으로 강물이 얼어붙었으니, 그저 마음으로만 감사할 뿐입니다. 불경을 가지고 돌아가게 되면 당나라 황제께 상주하여 정성을 다해 보답하도록 하겠습니다."

절을 끝내고 나서 그는 곧 사오정에게 말을 준비하게 하여 얼음 위를 걸어 강을 건너려 했어요. 그러자 진 노인이 또 말했어요.

"서둘지 마십시오. 며칠 있으면 눈도 녹고 얼음도 풀릴 터이니, 제가 여기서 배를 마련하여 전송해드리겠습니다."

사오정이 말했어요.

"가기도 그렇고 눌러 있기도 그렇군요. 소문은 믿을 게 못 되니, 직접 보는 것만 못하지요. 제가 말을 준비하여 사부님을 모시고 직접 가보고 오겠습니다."

진 노인이 말했어요.

"그것도 일리 있는 말씀입니다."

그러면서 그는 하인들에게 지시했어요.

"얘들아, 얼른 말 여섯 필을 몰고 오너라. 스님 나리의 말은 잠시 쉬도록 하고."

일행은 곧 여섯 하인들을 데리고 강변으로 가서 살펴보았어요.

눈은 산처럼 높이 쌓였고

구름 걷히니 새벽이 밝아온다.

추위 서린 변방에는 봉우리마다 수척하고

얼음 언 강과 호수 온통 평평하다.

북풍은 쌩쌩

미끄러운 얼음은 꽁꽁

연못의 물고기들은 빽빽한 물풀 무서워하고

들판의 새들은 마른 둥지 그리워한다.

변방의 군인들은 모두 손가락 얼어 터지고

강가의 사공은 정신없이 이를 떤다.

뱀의 배가 터지고

새의 다리 부러지니

과연 얼음산은 까마득히 높구나.

골짜기마다 은빛 눈 차갑게 덮여 있고

온 시내에 옥 같은 얼음 덮였다.

동방에선 빙잠氷蠶[12]이 난다고 자랑하더니

---

12 동해의 원교산員嶠山에 있다는 신화 속의 누에이다. 자세한 내용은 제2권 제12회 각주 9를 참조하기 바란다.

북쪽 땅에는 과연 쥐 굴이 있구나.[13]

왕상의 어머니 병들어 누워 있던 시절[14]

광무제光武帝가 강을 건너던 때라[15]

밤새 계곡의 다리가 바닥까지 얼었구나.

굽은 못에 겹겹 얼음이 얼고

깊은 못은 층층 얼음에 막혔구나.

통천하 넓은 물엔 물결도 없고

희고 맑은 얼음만 뭍의 길처럼 열려 있구나.

雪積如山聳　雲收破曉晴

寒凝楚塞千峰瘦　冰結江湖一片平

朔風凜凜　滑凍稜稜

池魚偎密藻　野鳥戀枯槎

塞外征夫俱墜指　江頭稍子亂敲牙

裂蛇腹　斷鳥足　果然冰山千百尺

萬壑冷浮銀　一川寒浸玉

東方自信出僵蠶　北地果然有鼠窟

王祥臥　光武渡　一夜溪橋連底固

曲沼結稜層　深淵重疊冱

通天闊水更無波　皎潔冰漫如陸路

---

13 명나라 때 이시진李時珍이 쓴 『본초강목本草綱目』 「수부獸部」에 따르면, 북극의 황량한 땅에
는 일종의 얼음 쥐[冰鼠]가 사는데, 가죽과 털이 무척 부드러워서 방석을 만들기에 좋고, 그 위
에 누우면 오히려 서늘한 느낌이 든다고 했다.

14 『진서晉書』 「왕상전王祥傳」에 따르면, 한나라 때의 왕상(184~268, 자는 휴징休徵)은 모친에 대한
효성이 지극했다. 어느 겨울날 그의 모친이 병들어 있을 때 신선한 물고기가 먹고 싶다고 하
자, 그는 얼어붙은 강으로 가서 옷을 벗고 얼음을 깨 물고기를 잡으려 했다. 그러자 갑자기 얼
음이 저절로 녹으면서 잉어 두 마리가 튀어나오는지라, 그걸 가져가서 모친께 드렸다고 한다.

15 동한東漢 광무제가 갱시更始 2년(24)에 강 북쪽에서 적군의 추격을 받자 엉겁결에 얼음을 타
고 호타하滹沱河를 건넜는데, 얼음이 녹아 곤경에 처한 일이 있다.

삼장법사 일행이 강가에 이르러 말을 멈추고 살펴보니, 정말 강 위를 사람들이 걸어가고 있었어요. 삼장법사가 물었어요.

"시주님, 저 사람들은 얼음을 건너 어디로 가는 겁니까?"

진 노인이 대답했어요.

"강 건너편은 서량녀국西梁女國인데, 이 사람들은 모두 장사꾼들입니다. 여기서 백 냥짜리 물건이 저기선 만 냥이나 나가고, 저기서 백 냥짜리 물건이 이쪽에선 역시 만 냥짜리가 됩니다. 이익은 많고 밑천은 적게 들어가니, 사람들이 죽음을 무릅쓰고 가는 것이지요. 평년에는 배 하나에 예닐곱 명 혹은 열 명이 넘게 타고 강을 건넙니다. 지금 강 길이 얼어붙었으니 목숨을 걸고 걸어가는 것입니다."

"세상사에선 그저 명예와 이익이 가장 중요하지요. 저들은 이익을 위해 죽음도 불사하지만, 우리가 명을 받들어 충성하는 것도 오로지 명예를 위한 것이니 저들과 얼마나 큰 차이가 있겠습니까!"

삼장법사는 이렇게 말하고 다시 분부했어요.

"오공아, 얼른 시주님 댁으로 돌아가 행낭을 꾸려 말에 실어라. 얼음이 두껍게 얼었을 때 얼른 서방으로 가자꾸나."

손오공이 웃음을 머금고 그러겠노라고 대답했어요. 그러자 사오정이 말했어요.

"사부님, '천 일이래야 기껏 천 되의 쌀을 먹는다(千日吃了千升米)'는 속담도 있잖아요? 지금 이미 진씨 댁에 의탁하고 있으니, 며칠 더 기다렸다가 날이 개고 얼음이 녹으면 배를 마련해서 건너가시지요. 서둘다가 일이 잘못될까 걱정입니다."

삼장법사가 말했어요.

"오정아, 어찌 그리 어리석은 말을 하느냐! 정월이나 이월이라면 나날이 따뜻해지니 얼음이 풀리기를 기다릴 수 있겠지만, 지금은 팔월이라 나날이 추워지니 어찌 얼음이 풀리기를 바랄 수 있겠느냐! 그러다가 또 여정만 반년쯤 늦춰지지 않겠느냐?"

저팔계가 말에서 뛰어내리며 말했어요.

"쓸데없는 소리들 그만하시고, 이 몸은 얼음이 얼마나 두꺼운지 시험해볼까 하는데, 어떠세요?"

손오공이 말했어요.

"멍청아, 그저께 밤에 물의 깊이를 시험할 때는 돌을 던져볼 수 있었지만, 지금은 얼음이 온통 두껍게 얼었는데 어떻게 시험해본단 말이냐?"

"형님은 모르시는 말씀! 제가 쇠스랑으로 한번 내리쳐볼게요. 내리쳐서 부서지면 얼음이 얇은 것이니 지나갈 수 없고, 꿈쩍도 하지 않으면 두껍게 언 것이니 건너가지 못할 게 뭐 있겠소?"

삼장법사가 말했어요.

"그래, 일리 있는 말이다."

멍텅구리는 옷자락을 걷어붙이고 어슬렁어슬렁 강변으로 걸어가, 두 손으로 쇠스랑을 들어 올렸다가 힘껏 내리쳤어요. 땅! 하는 소리와 함께 아홉 개의 하얀 자국만 남았을 뿐, 손이 다 저릿저릿할 정도였어요. 그러자 멍텅구리가 웃으며 말했어요.

"갈 수 있어요, 갈 수 있어. 바닥까지 얼어붙었나 보네요."

삼장법사는 그 말을 듣고 무척 기뻐하면서 사람들과 함께 진씨 집으로 돌아가더니, 봇짐을 꾸려 길을 떠나자고 했어요.

진씨 집의 두 노인은 한사코 붙들었으나 듣지 않자, 어쩔 수 없이 마른 식량을 볶고 밀가루 빵과 만두를 조금 마련해서 이들을 전송했어요. 온 집안사람들이 머리를 조아려 공손히 절을 올리고, 또 금붙이 은붙이 한 쟁반을 받들고 나와 삼장법사 앞에 무릎을 꿇고 말했어요.

"나리께서 큰 은혜를 베풀어 자식들을 살려주셨는데, 얼마 안 되지만 가시는 길에 밥이나 한 끼 사 잡수십시오."

삼장법사는 손을 내젓고 고개를 흔들며 받지 않았어요.

"저는 출가한 사람인데 재물이 무슨 소용 있겠습니까? 길을 가는 도중에도 감히 돈을 쓰지 않으며, 그저 동냥으로 끼니를 때우는 것이 옳습니다. 마른 식량을 받았으니 충분합니다."

그래도 두 노인이 두세 번 가져가시라 청하자, 손오공이 네다섯 푼 정도 되는 작은 덩어리 하나를 손가락으로 집어 삼장법사에게 건넸어요.

"사부님, 염불하고 받은 돈으로 치고 조금만 받으십시오. 두 노인의 뜻을 저버리지 마십시오."

이렇게 해서 서로 작별하고 곧장 강변의 얼음 위로 올라가니, 말발굽이 미끈하면서 하마터면 삼장법사가 말에서 떨어질 뻔했어요. 그러자 사오정이 말했어요.

"사부님, 가기 어렵겠습니다."

저팔계가 말했어요.

"잠깐! 진 노인에게 볏짚을 조금 달라고 해야겠어."

손오공이 말했어요.

"볏짚은 어디다 쓰게?"

"형님이 어찌 알겠소? 말발굽에 볏짚을 싸면 미끄러지지 않을 테니, 사부님이 떨어지실 일도 없을 게요."

진 노인이 뭍에서 그 말을 듣고 급히 사람을 시켜 집 안에 있는 짚 한 다발을 가져오게 했어요. 일행은 삼장법사를 뭍으로 모셔가 말에서 내리게 하고 저팔계가 말발굽에 볏짚을 싸맨 후에 다시 얼음을 밟고 길을 떠났어요. 강변에서 진 노인과 작별하고 삼사 리쯤 가자 저팔계가 구환석장을 삼장법사에게 건네주며 말했어요.

"사부님, 이걸 말 위에 걸쳐두세요."

손오공이 말했어요.

"이 간사한 멍청이 같으니라고! 석장은 원래 네가 들고 가기로 한 것인데, 어째서 사부님더러 들고 계시라고 하는 것이냐?"

"형님은 얼음 위를 걸어 건너본 적이 없으니 모르실 게요. 대개 얼음 위에는 반드시 숨구멍이 있게 마련이오. 만약 숨구멍을 밟으면 밑으로 빠져 꼬르륵 물로 떨어지면서 큰 솥뚜껑 같은 얼음이 덮어버릴 텐데, 이런 물건이 없으면 어떻게 뚫고 나오겠소? 그러니 이런 버팀대가 있어야 되는 거요."

손오공은 속으로 웃었어요.

'이 멍청이가 그래도 여러 해 동안 얼음 위를 다녀본 놈이 맞긴 맞네.'

저팔계의 말대로 삼장법사는 석장을, 손오공은 여의봉을, 사오정은 항요장을 가로로 걸쳐 메고, 저팔계는 어깨에 봇짐을 둘러메고서 허리에는 쇠스랑을 가로로 찔러 찬 채 앞으로 나아갔어요.

이렇게 줄곧 날이 저물 때까지 갔는데, 마른 식량을 조금씩 먹으면서도 오래 머물러 있지 못했어요. 별빛과 달빛이 반짝반짝 반사되고 사방으로 하얀빛이 끝없이 펼쳐져 있는 얼음 위를, 그들은 오로지 달리듯 걷기만 할 뿐이었어요. 말도 걸음을 멈추지 않았지요. 삼장법사와 세 제자들은 눈도 붙이지 못하고 밤새 걷다가, 날이 밝자 또 마른 식량을 조금 먹고 서쪽을 향해 나아갔어요.

한참 가고 있는데 얼음 밑에서 "쩡!" 하는 소리가 울리니, 깜짝 놀란 백마가 하마터면 넘어질 뻔했어요. 삼장법사가 크게 놀라 물었어요.

"애들아, 이게 무슨 소리냐?"

저팔계가 대답했어요.

"이 강이 워낙 단단히 얼어붙어서 바닥의 얼음이 울리는 모양입니다. 어쩌면 이 중간이 바닥까지 얼어붙어버린 건지도 모르지요."

삼장법사가 그 말을 듣고 놀라면서도 기뻐하며 말을 재촉하여 앞으로 나아간 데 대해서는 더 이상 얘기하지 않겠어요.

한편, 요괴는 물속 저택[水府]으로 돌아와 여러 정령들을 이끌고 얼음 밑에서 한참 동안 기다렸어요. 그러다가 말발굽 소리가 들리자 얼음 밑에서 신통력을 부려 얼음을 쫙 쪼개버렸어요. 깜짝 놀란 손오공은 얼른 공중으로 뛰어올랐지만, 백마가 물속으로 떨어지면서 세 사람은 모두 빠져버렸어요.

요괴는 삼장법사를 잡은 후, 여러 정령들을 이끌고 물속 관청으로 돌아와서 크게 소리쳤어요.

"쏘가리 동생, 어디 있는가?"

쏘가리 할멈이 맞이하러 나와 절하고 말했어요.

"대왕님, 그렇게 불러주시다니 과분하옵니다."

"그게 무슨 말인가? '일단 내뱉은 말은 네 마리 말이 끄는 수레로도 쫓아가지 못하는 법(一言旣出 駟馬難追).' 자네 계책에 따라 당나라 중을 잡으면 자네와 남매의 의를 맺기로 하지 않았나? 오늘 과연 신통한 계책이 성공을 거둬 당나라 중을 잡았는데, 지난번에 한 말을 저버리란 말인가?"

그러면서 그는 부하들에게 명령했어요.

魔弄寒風飄大雪
聖僧拜佛晨冰層

통천하의 요괴가 얼음을 깨뜨려 삼장법사를 납치하다

"애들아, 탁자를 날라 오고 날랜 칼을 갈아 오너라. 이 중의 배를 갈라 심장을 꺼내고 껍질을 벗기고 살을 발라내라. 악기도 연주해라. 내 현명한 여동생과 함께 그걸 먹어 수명을 늘리고 장수를 누리리라."

그러자 쏘가리 할멈이 말했어요.

"대왕님, 잠시 그자를 잡아먹지 마십시오. 그자의 제자들이 찾아와 싸움을 걸까 걱정스럽습니다. 이틀만 참고 계시다가 그놈들이 찾아오지 않으면, 그때 배를 가르게 하십시오. 대왕께선 윗자리에 앉아 계시고, 여러 식구들이 둘러앉아 음악을 연주하고 노래와 춤을 곁들여 대왕께 바칠 터이니, 그때 편안히 마음껏 잡수시면 되지 않겠습니까?"

요괴가 그 말대로 삼장법사를 물속 관청 뒤편에 있는 길이가 여섯 자나 되는 돌 상자에 넣고, 뚜껑을 덮어둔 일에 대해서는 더 이상 얘기하지 않겠어요.

한편, 저팔계와 사오정은 물속에서 봇짐을 건져 백마의 등에 얹어놓고, 물길을 열어 파도를 일으키며 헤엄쳐 나왔어요. 그러자 손오공이 공중에서 그들을 보고 물었어요.

"사부님은 어디 계시냐?"

저팔계가 말했어요.

"사부님은 성이 '강'이고 함자는 '바닥'이 되어버렸어요.[16] 지금 어디에서도 찾을 수 없으니, 뭍에 올라가서 다시 방법을 생각

---

16 비슷한 발음을 이용한 말장난이다. 본문에는 원래 '진도저陳到底'라고 되어 있다. 삼장법사가 출가하기 전 성이 진씨이기는 하지만, 여기서는 '진陳'이 '가라앉다'라는 뜻의 '침沈' 또는 '정말'을 뜻하는 '진眞'과 발음이 비슷하다는 점을 이용했다. 그리고 '도저到底'는 글자 그대로 풀이하면 바닥에 이르러버렸다(가라앉아 버렸다)는 뜻이 되는데, 의문사로 쓰이면 '도대체', 부사로 쓰이면 '결국'이라는 뜻이 된다. 그러므로 '진도저'는 '바닥으로 깊이 가라앉았다' 또는 '정말 끝장이 나버렸다'는 뜻이 된다.

해봅시다."

원래 저팔계는 인간세계에 내려온 천봉원수로서, 옛날에는 은하수에서 팔만 수군을 관장했어요. 사오정은 유사하 출신이고 백마는 본래 서해 용왕의 손자이기 때문에, 물의 속성을 잘 알았어요. 손오공은 공중에서 그들을 인도하여 순식간에 동쪽 물가로 돌아가서 말의 털을 닦아주고 옷을 말리게 했어요. 손오공은 구름을 내리고 그들과 함께 진씨의 집으로 갔어요. 하인 가운데 누군가가 벌써 두 노인에게 알렸어요.

"경전을 가지러 간 네 분 나리들 가운데 지금 세 분만 돌아오셨습니다."

두 노인이 황급히 대문 밖으로 맞이하러 나오니, 과연 옷들이 아직 젖어 있었어요.

"나리들, 저희들이 그렇게 만류했는데도 듣지 않으시더니 결국 이렇게 되고야 말았군요. 그런데 삼장 나리는 어째서 보이지 않는 것입니까?"

저팔계가 말했어요.

"삼장이라고 부르지 마시고 '강바닥'이라고 바꿔서 불러주시구려."

두 노인은 눈물을 쏟으며 말했어요.

"가련하고 불쌍하구나! 눈이 녹으면 배를 준비해서 전송해드린다고 했건만 고집을 부리며 듣지 않으시더니, 결국 목숨을 잃으셨구나!"

손오공이 말했어요.

"두 분 노인장, 너무 슬퍼하지 마시구려. 우리 사부님은 돌아가시지 않고 오래 사실 운명이오. 이 몸은 틀림없이 저 영감대왕이란 놈이 술수를 부렸다는 걸 알고 있소. 안심하시고 우리 옷에 풀이나 먹이고, 통행증명서를 말리고, 백마에게 사료나 먹여주시구려. 우리 형제가 그놈을 찾아 사부님을 구출하고 아예 뿌리를 뽑아 모든 마을분들께도 훗날 걱정거리가 없이 영원토록 편안하게 살아가시도록 해드리겠소."

진씨 노인들은 그 말을 듣고 무척 기뻐하며, 즉시 공양을 준비하라고 일렀어요. 세 형제는 공양을 배불리 먹은 다음, 말과 봇짐을 진씨 집안에 맡겨두고, 각자 무기를 챙겨들고서 삼장법사를 잡아간 요괴를 찾아 곧장 강가로 갔어요. 정말,

겹겹 얼음 잘못 밟아 본성이 다치고
수행의 큰 결실 빠져나가니 어떻게 온전히 할까?[17]

候踏層冰傷本性   大丹脫漏怎周全

라는 상황이었어요. 그들이 결국 삼장법사를 어떻게 구해내는지는 아직 알 수 없으니, 이에 대해서는 다음 회를 들어보시라.

---

17 본문의 '대단大丹'은 삼장법사를 비유하는데, 여기에는 두 가지 뜻이 숨어 있다. 하나는 삼장법사가 열 세상을 돌아 수행하여 큰 공덕을 지닌 사람이라는 것이고, 다른 하나는 삼장법사가 일행 가운데 가장 중요한 인물이라는 것이다. 그러므로 '대단'이 빠져나갔다는 것은 삼장법사의 수행에 차질이 생겼다는 뜻이 되기도 하고, 일행 가운데 삼장법사가 빠졌다는 뜻이 되기도 한다.

관음보살이 대바구니 들고 나타나
요괴를 거둬 가다

한편, 제천대성은 저팔계, 사오정과 함께 진씨의 집을 나서서 강변에 이르러 말했어요.

"너희 둘이 상의해서 누가 먼저 물에 들어갈 건지 정해라."

저팔계가 말했어요.

"형님, 우리 둘은 이렇다 할 재주가 없으니 형님이 먼저 들어가 보시지요."

"솔직히 말해서 산속의 요괴라면 너희들이 힘쓸 필요가 전혀 없지만, 물속의 일은 내가 할 수 없다. 바닷속으로 내려가고 강을 지나려면 물을 물리치는 피수결避水訣의 술법을 쓰거나 무슨 물고기나 게 모양으로 변신해야 되지. 그런데 그런 술법을 쓰면 여의봉을 쓸 수도 신통력을 부릴 수도 없으니, 요괴를 때려잡을 수 없어. 너희들이 물에 익숙하다는 것은 내 오래전부터 알고 있으니, 너희 둘더러 내려가라는 거야."

사오정이 말했어요.

"형님, 제가 들어갈 수는 있지만 물 밑의 사정이 어떤지는 모릅니다. 우리 모두 들어갑시다. 형님은 무슨 모양으로든 변신하든

가, 아니면 제가 형님을 업고 물길을 열겠습니다. 요괴의 소굴을 찾으면 형님이 먼저 들어가 염탐해보십시오. 사부님이 아직 다치지 않고 거기 계시다면 우리가 힘을 써서 요괴를 무찌르도록 하지요. 만약 요괴가 술수를 부린 게 아니거나 사부님이 익사해버리셨다면, 또는 벌써 요괴에게 잡혀 먹히셨다면, 애써 구하려 할 필요 없이 일찌감치 다른 길을 찾는 게 어떻습니까?"

"네 말에 일리가 있다. 둘 중에 누가 나를 업을래?"

저팔계가 속으로 기뻐했어요.

'이 원숭이가 그동안 나를 얼마나 갖고 놀았는지 몰라. 본래 물에 익숙하지 않다니까, 이번엔 이 몸이 저놈을 업고 가다가 놀려줘야지.'

멍텅구리는 낄낄 웃으며 큰 소리로 대답했어요.

"형, 내가 업을게."

손오공은 그에게 무슨 속셈이 있는 줄 바로 알아차렸지만, 오히려 그 속셈을 역이용해서 말했어요.

"그래, 그것도 좋지. 아무래도 네가 사오정보단 근력이 좀 더 나을 테니까."

저팔계가 그를 업자 사오정이 물길을 열어, 형제들은 함께 통천하 속으로 들어갔어요.

물 밑으로 백십 리 가까이 가자 멍텅구리는 손오공을 골리기 시작했어요. 손오공은 즉시 털 하나를 뽑아 가짜 몸으로 변신시켜서 저팔계의 등에 업혀놓고, 진짜 몸은 돼지 몸에 붙은 이로 변해서 저팔계의 귓속에 단단히 붙어 있었어요. 저팔계는 한참 길을 가다가 갑자기 비틀거리더니 일부러 손오공을 앞으로 내동댕이치고 털썩 넘겨졌어요. 원래 가짜 몸은 털이 변한 것이라서 곧 떠올라 그림자도 없어져 버렸어요. 사오정이 말했지요.

"둘째 형, 어찌된 일이오? 조심하지 않고 진흙탕에 미끄러진 것은 그렇다 치고, 큰형님은 어디에 떨어뜨린 거요?"

"그 원숭이는 그 정도 넘어진 걸 견디지 못하고 떨어져 나간 거야. 그놈이 죽었든 살았든 상관 말고 나랑 같이 사부님이나 찾으러 가자."

"안 돼요. 그래도 큰형님이 와야 돼요. 그 양반이 비록 물에 대해선 잘 모르셔도 우리보다는 영리하오. 큰형님이 오지 않으면 전 형님과 함께 가지 않겠소."

손오공은 저팔계의 귓속에 있다가 참지 못하고 고함을 질렀어요.

"오정아, 손 어르신은 여기 계신다!"

사오정은 그 소리를 듣고 웃으며 말했어요.

"맙소사! 멍텅구리 형님은 이제 죽었어. 어째서 감히 그분을 놀린 거요! 이제 목소리만 들리고 얼굴은 보이지 않으니, 어쩌면 좋겠소?"

저팔계는 깜짝 놀라 진흙탕에 무릎을 꿇고 머리를 조아리며 말했어요.

"형님, 잘못했어요. 사부님을 구하고 뭍으로 올라가면 정식으로 사죄할게요. 어디서 말씀하고 계시는 거요? 놀라 죽겠소! 제발 원래 모습을 드러내시오. 제가 업고 갈게요. 그리고 다시는 까불지 않을게요."

손오공이 말했어요.

"아직 나를 업고 있잖아? 널 놀리는 게 아니니, 빨리 가기나 해라. 빨리!"

멍텅구리는 연방 이러니저러니 미안하다는 말을 중얼거리면서 기어 일어나, 사오정과 함께 다시 앞으로 나아갔어요. 또 백십

리 정도 가다가 문득 고개를 들어 보니 멀리 누대가 보였는데, 그 위에는 '자라의 저택[水黿之第]'이라는 큰 글자가 적혀 있었어요. 사오정이 말했어요.

"여기가 요괴가 사는 곳이군요. 우리 둘은 사정을 모르는데, 바로 대문을 찾아가 욕하며 싸움을 걸까요?"

그러자 손오공이 말했어요.

"오정아, 저 문 안팎에 물이 있느냐?"

"없어요."

"그럼 너희들은 좌우에 숨어 있어라. 이 몸이 가서 정탐해볼 테니까."

멋진 제천대성! 그는 저팔계의 귀에서 기어 나와 몸을 한 번 흔들더니, 다리가 긴 새우 할멈[鰕婆]으로 변신했어요. 그리고 두세 번 튀어서 문안으로 들어가 눈을 크게 뜨고 살펴보았어요. 요괴는 윗자리에 앉고, 여러 물속 족속들이 양쪽으로 늘어서 있었어요. 얼룩무늬 옷을 입은 쏘가리 할멈은 요괴 옆자리에 앉아 있었지요. 그들은 모두 삼장법사를 잡아먹는 일에 대해 논의하고 있었어요.

손오공은 조심조심 둘러보았으나, 삼장법사는 보이지 않았어요. 그런데 문득 배가 불룩 튀어나온 새우 할멈 하나가 달려오더니, 곧장 서쪽 회랑 아래로 가 서는 것이었어요. 손오공은 그 앞으로 튀어가 인사를 했어요.

"성님, 대왕님이 당나라 중을 잡아먹는 일에 대해 상의하고 있는데, 당나라 중이 어디 있다는 거요?"

"대왕께서 어제 눈을 내리고 얼음을 얼려서 당나라 중을 잡아다 관청 뒤쪽의 돌 상자 안에 넣어두었지. 내일까지 기다려도 그의 제자들이 와서 싸움을 걸지 않으면, 바로 풍악을 울리고 잡아먹을 예정이야."

손오공이 그 말을 듣고 이리저리 찾아다니다가 건물 뒤쪽으로 가 보니, 과연 돌 상자 하나가 있었어요. 그 모양은 돼지우리에서 쓰는 구유 같기도 하고 인간 세상의 돌로 만든 관 같기도 했는데, 길이는 족히 여섯 자는 되는 것 같았어요. 손오공이 그 위에 엎드려 들어보니, 삼장법사가 안에서 잉잉 울고 있었어요. 손오공이 말없이 귀 기울여 다시 들어보니, 삼장법사는 한탄하고 있었어요.

한스럽게도 이내 운명 잘못되어
태어날 때도 물의 재난 많이 만났지.
어머니 배 속에서 나와 강 물결에 씻기고
서천의 부처님 뵈려다 아득한 연못에 빠졌네.
전에는 흑수하에서 고난을 겪었는데
지금은 얼음 녹아 목숨이 황천黃泉으로 돌아가네.
제자들은 올 수 있을까?
정말 불경 얻어 고향으로 돌아갈 수 있을까?

自恨江流命有愆　生時多少水災纏
出娘胎腹淘波浪　拜佛西天墮渺淵
前遇黑河身有難　今逢冰解命歸泉
不知徒弟能來否　可得眞經返故園

손오공은 참지 못하고 소리쳤어요.

"사부님, 물의 재난을 원망하지 마세요. 『경經』에 이르길, '토는 오행의 어머니요, 수는 오행의 근원이라. 토가 없으면 태어날 수 없고, 수가 없으면 자랄 수 없느니(土乃五行之母 水乃五行之源 無土

不生 無水不長)'라고 했잖아요? 이 몸이 왔습니다."

삼장법사가 그 말을 듣고 말했어요.

"애야, 나를 구해다오!"

"안심하세요. 저희들이 요괴를 잡고 반드시 사부님을 재난에서 벗어나게 해드리겠습니다."

"좀 빨리 손을 써다오! 하루만 더 있다간 답답해 죽어버릴 게다!"

"괜찮아요, 괜찮다니까요! 저 갈게요."

손오공은 급히 대문 밖으로 튀어 나가 원래 모습을 드러내며 소리쳤어요.

"팔계야!"

멍텅구리가 사오정과 함께 다가와 말했어요.

"형님, 어떻던가요?"

"바로 이 요괴가 사부님을 납치했더구나. 사부님은 아직 다치지 않은 채 돌 상자에 갇혀 계시니, 너희 둘은 빨리 싸움을 걸어라. 이 몸은 먼저 물밖으로 나가야겠다. 너희 둘이 그놈을 잡을 수 있으면 그렇게 하고, 잡을 수 없으면 지는 체하며 그놈을 물밖으로 유인해라. 내가 때려잡을 테니까."

사오정이 말했어요.

"형님, 안심하시고 먼저 가세요. 저희들이 사정에 따라 알아서 할게요."

손오공이 피수결을 써서 강물을 뚫고 나와 강가에 서서 기다린 일에 대해서는 더 이상 얘기하지 않겠어요.

보세요. 저팔계는 흉악한 기세로 대문 앞으로 달려가더니 사납게 소리쳤어요.

"못된 괴물아! 우리 사부님을 돌려보내라!"

문안에 있던 졸개 요괴들이 깜짝 놀라서 급히 보고했어요.

"대왕님, 문밖에 누가 와서 사부님을 내놓으랍니다."

"틀림없이 그 중놈이 왔나 보다."

그러면서 그는 부하들에게 명령했어요.

"빨리 갑옷과 무기를 가져와라!"

졸개 요괴들이 급히 가져오니, 요괴는 갑옷을 입고 무기를 든 채, 즉시 문을 열라고 명령해 밖으로 달려나갔어요. 저팔계와 사오정은 좌우로 나란히 서서 요괴의 차림을 살펴보았어요. 대단한 요괴! 그 차림새를 볼까요?

머리에 쓴 황금 투구 휘황찬란하고
몸에 걸친 황금 갑옷은 무지개처럼 빛난다.
허리에 두른 보배로운 띠엔 동그란 비취 구슬 박혔고
발에 신은 노란 가죽 장화 모양도 기이하다.
코끝은 높이 솟아 뾰족한 산 같고
미간은 넓어서 용의 풍채 풍긴다.
번쩍이는 눈빛은 둥글고 흉폭하며
강철 창 같은 이빨은 뾰족하고 가지런하다.
헝클어진 짧은 머리칼 불꽃처럼 휘날리고
시원스러운 긴 수염 송곳처럼 꼿꼿하다.
입에는 한 줄기 푸르고 예쁜 바닷말을 물었고
손에는 아홉 개의 꽃받침 장식된 적동추를 들었다.
이얍! 기합과 함께 문이 열리니
그 소리 마치 봄날 경칩의 우레 같다.
이런 모습 인간 세상에는 드물어
감히 대왕의 위세 영험하게 드러낼 만하다.

頭戴金盔晃且輝　　身披金甲擐虹霓
腰圍寶帶圍珠翠　　足踏烟黃靴樣奇
鼻準高隆如嶠聳　　天庭廣闊若龍儀
眼光閃灼圓還暴　　牙齒鋼鋒尖又齊
短髮蓬鬆飄火焰　　長鬚瀟洒挺金錐
口咬一枝青嫩藻　　手拿九瓣赤銅鎚
一聲咿啞門開處　　響似三春驚蟄雷
這等形容人世少　　敢稱靈顯大王威

　　요괴가 문을 나서자, 그 뒤를 따라나온 백십 마리 이상의 졸개 요괴들도 저마다 창을 돌리고 검을 휘두르며 두 줄로 늘어섰어요. 요괴가 저팔계에게 말했어요.

　　"너는 어느 절의 중이냐? 왜 여기 와서 시끄럽게 떠드는 것이냐?"

　　저팔계가 호통을 쳤어요.

　　"이 때려죽일 놈아! 그저께 밤에는 나한테 말대꾸하더니 오늘은 어째서 모르는 척 묻는 것이냐? 나는 본래 동녘 땅 위대한 당나라 성승의 제자로 서천으로 가 부처님을 뵙고 경전을 구하려는 분이시다. 네가 속임수를 써서 무슨 영감대왕 행세를 하며 진가장에서 동남동녀를 먹으려 했지? 나는 본래 진청 집안의 일칭금인데, 네가 나를 알아보지 못한단 말이냐?"

　　"이 중놈이 도무지 도리를 모르는구나! 네가 일칭금으로 변신했다면 그건 신분 사칭 죄를 저지른 것이다. 난 너를 잡아먹은 적도 없고, 오히려 너한테 팔뚝을 다쳤다. 이미 네게 양보를 했는데도 어째서 또 내 집을 찾아왔느냐?"

　　"넌 이미 나한테 양보했다고 하면서 어째서 또 찬바람을 일으키고 큰 눈을 내려 얼음을 얼리고 우리 사부님을 해쳤느냐? 빨리 사부님을 돌려보내면 모든 일이 끝날 것이다. 만약 안 된다는 '안' 자만 삥긋하면, 내 손의 쇠스랑이 결코 너를 용서하지 않을 것이다!"

요괴는 그 말을 듣고 슬며시 냉소하며 말했어요.

"이 중놈이 이렇게 길게 허풍을 늘어놓다니. 그래, 내가 찬바람을 일으키고 눈을 내려 강을 얼리고 네 사부를 납치했다. 네가 지금 따지러 찾아왔지만, 이번에는 지난번과 다를 것이다. 그때는 내가 제사에 가느라 무기를 가져가지 않았다가 너한테 상처를 입었다. 이제는 도망치지 마라. 내 너와 세 합을 겨뤄보겠다. 나를 이기면 네 사부를 돌려주겠지만, 이기지 못하면 너까지 한번에 먹어버리겠다."

"정말 못된 자식이로군! 감히 그따위 소리를 하다니. 쇠스랑 맛이나 봐라!"

"알고 보니 너는 도중에 출가한 놈이로구나."

"우리 아들, 너 정말 영감이 조금 있긴 있는 모양이구나. 내가 도중에 출가한 걸 어떻게 알았냐?"

"쇠스랑을 쓰는 걸 보니, 어디서 농사나 짓다가 그 집 쇠스랑을 훔쳐 온 모양이구나."

"아들아, 이건 땅이나 파던 쇠스랑이 아니다. 봐라,"

> 큰 날은 용의 발톱처럼 주조되었고
> 금박으로 구렁이 모양 장식되었다.
> 적수를 만나면 찬바람 몰아치지만
> 서로 맞붙으면 불꽃이 일어난다.
> 성승과 함께 괴물을 물리치고
> 서방으로 가는 길에 요괴를 붙잡을 수 있다.

빙빙 돌리면 안개 일어 해와 달의 빛을 가리고
내지르면 노을빛 광채 또렷하게 빛난다.
태산도 내리쳐 무너뜨리니 모든 호랑이들 무서워하고
큰 바다 긁어 뒤집으니 모든 용들이 놀란다.
네 비록 영험하고 재간이 있다 해도
한 번 내리치면 아홉 개의 구멍이 생기리라!

> 巨齒鑄就如龍爪　細金粧來似蟒形
> 若逢對敵寒風洒　但遇相持火焰生
> 能與聖僧除怪物　西方路上捉妖精
> 輪動烟雲遮日月　使開霞彩照分明
> 築倒太山千虎怕　抓翻大海萬龍驚
> 饒你威靈有手段　一築須教九窟窿

　요괴가 어디 그 말을 믿으려 하겠어요? 당장 구리 추[銅鎚]를 들어 저팔계의 머리를 쳐왔어요. 저팔계는 쇠스랑으로 막으며 말했어요.

"이 못된 놈! 알고 보니 넌 도중에 정령이 된 사악한 요괴로구나."
"네가 어떻게 그걸 아느냐?"
"구리 추를 쓰는 걸 보니, 아마 어느 은세공점에서 풍로나 돌리다가 그게 손에 들어오니까 훔쳐 온 게로구나."
"이건 은이나 두드리던 추가 아니다. 봐라,"

　아홉 개의 꽃받침 모여 꽃봉오리 이루고
　속이 빈 줄기(자루)는 영원히 푸르다.
　원래 인간 세상의 물건에 비할 바 아니니
　유명한 신선의 정원에서 나온 것이다.

초록빛 방에 자줏빛 연밥 요지에서 시들고

흰 바탕에 맑은 향기 벽소에서 피어난다.

내가 정성 들여 단련했기에

강철처럼 단단하고 신통력이 뛰어나다.

창이며 칼 등도 모두 상대가 안 되고

도끼며 창 따위도 함부로 덤비지 못한다.

네 쇠스랑의 날이 날카롭다곤 하나

내 추에 부딪치면 날이 부러져버릴 게다.

九瓣攢成花骨朶　一竿虛孔萬年青

原來不比凡間物　出處還從仙苑名

綠房紫蕋瑤池老　素質清香碧沼生

因我用功摶煉過　堅如鋼銳徹通靈

鎗刀劍戟渾難賽　鉞斧戈矛莫敢經

縱讓你鈀能利刃　湯着吾鎚迸折釘

사오정은 그들 둘이 말싸움하는 것을 보고 참지 못해 다가서며 소리쳤어요.

"거기 괴물아! 헛소리 마라! 옛사람 말씀에 '말은 믿을 게 없으니 해봐야 실력이 드러난다(口說無憑 做出便見)'고 했다. 도망가지 말고, 내 항요장 맛을 봐라!"

그러자 요괴가 추의 자루로 막아내며 말했어요.

"너도 도중에 출가한 중놈이로구나."

"네가 그걸 어찌 아느냐?"

"네 생김새가 방앗간 출신 같구나."

"어째서 그렇다는 게냐?"

"네가 방앗간 출신이 아니라면 어떻게 밀가루 미는 막대기를 쓸 줄 아느냐?"

사오정이 욕을 퍼부으며 말했어요.

"이 못된 놈아, 너도 이런 걸 본 적이 없는 모양이로구나."

이런 무기는 인간 세상에 드물어
이 보배로운 몽둥이 이름 알기 어렵지.
달나라 어두운 곳에서 나오는
신선의 나무 다듬어 만들었다.
바깥에 박은 보석에선 노을빛 찬란하고
속에 넣은 황금엔 상서로운 기운 서렸다.
전날에는 옥황상제의 잔치에 참석하기도 했고
오늘은 올바름 지키며 삼장법사 보호한다.
서방으로 가는 길에는 아는 이가 없으나
하늘나라 궁전에서는 명성이 대단하다.
이름하여 항요진보장이라 하니
내리치면 하늘에서 내려온 신령도 단번에 깨부순다!

這般兵器人間少	故此難知寶杖名
出自月宮無影處	梭羅仙木琢磨成
外邊嵌寶霞光耀	內裡鑽金瑞氣凝
先日也曾陪御宴	今朝秉正保唐僧
西方路上無知識	上界宮中有大名
喚做降妖眞寶杖	管敎一下碎天靈

요괴가 다짜고짜 공격하니 셋은 얼굴색을 바꾸고 싸웠는데, 물밑에서 벌어진 이 싸움은 정말 살벌했어요.

구리 추와 항요장, 그리고 쇠스랑

저팔계와 사오정이 요괴와 싸우네.

하나는 인간세계에 내려온 천봉원수

하나는 하늘 끝에 내려온 권렴대장군

둘이 협공하여 수중 요괴에게 무위를 펼치는데

이쪽은 홀로 신승들에게 대항하니 그 기세 대단하다.

연분과 인연 있으면 큰 도를 이루리니

상생상극하며 갠지스강의 모래처럼 많은 변화 일으키네.

토는 물을 이기니

물은 말라 바닥을 드러내고

수는 목을 생육하니

나무는 왕성히 자라 꽃을 피우네.

불법을 닦아 한몸으로 귀의하고

신선의 도 수련하여 유, 불, 도 삼가를 굴복시키네.

토는 어머니인지라

금의 싹을 피워내니

금은 신령한 수를 도와 납[鉛]을 만들어내네.

수는 근본이라

나무와 꽃을 윤택하게 하니

나무는 찬란하게 노을빛 광채 빛나네.

오행을 모아놓으니 모두 성질이 달라

얼굴색 바꾸고 각기 우열을 다투네.

구리 추의 아홉 꽃받침 멋지게 빛나는데

항요장의 천 가닥 수실 아름답네.

쇠스랑은 음양에 따라 아홉 빛으로 나뉘는데

펼치는 수법 분명하지 않아 삼대처럼 어지럽네.

몸도 목숨도 내던진 것은 삼장법사가 재난에 처했기 때문이요

생사도 돌보지 않는 것은 부처님 뵈려 하기 때문이지.

구리 추 놓을 틈 없이 바삐 휘둘러

이쪽으로 항요장 막고 저쪽으로 쇠스랑 막네.

銅鎚寶杖與釘鈀　悟能悟淨戰妖邪

一個是天蓬臨世界　一箇是上將降天涯

他兩個夾攻水怪施威武　這一箇獨抵神僧勢可誇

有分有緣成大道　相生相尅秉恒沙

土尅水　水乾見底　水生木　木旺開花

禪法參修歸一體　還丹炮煉伏三家

土是母　發金芽　金生神水産嬰娃

水爲本　潤木華　木有輝煌烈火霞

攢簇五行皆別異　故然變臉各爭差

看他那銅鎚九瓣光明好　寶杖千絲彩繡佳

鈀按陰陽分九曜　不明解數亂如麻

捐軀棄命因僧難　捨死忘生爲釋迦

致使銅鎚忙不墜　左遮寶杖右遮鈀

셋은 물속에서 네 시간이 넘도록 싸웠으나 승부를 가리지 못했어요. 저팔계가 요괴를 이길 수 없다고 생각하고 사오정에게 눈짓을 보내니, 둘은 짐짓 지는 척하며 각자 무기를 끌고 머리를 돌려 달아났어요. 그러자 요괴가 부하들에게 명령했어요.

"애들아, 여기 있어라! 내 이놈들을 쫓아가 잡아 와서 너희들과 함께 먹어야겠다!"

보세요. 그는 마치 바람이 낙엽을 날리듯, 빗방울이 떨어진 꽃

잎을 두드리듯 둘을 쫓아 물밖으로 나왔어요.

제천대성은 동쪽 물가에서 눈동자도 돌리지 않고 강 속 형세를 살피고 있었어요. 그런데 갑자기 파도가 솟구치면서 함성이 들리더니, 저팔계가 먼저 뭍으로 뛰어나오며 소리쳤어요.

"왔어요, 왔어!"

사오정도 뭍에 이르러 소리쳤어요.

"왔어요, 왔어!"

요괴가 뒤쫓아 오며 소리쳤어요.

"어디로 도망치느냐!"

그러나 그가 머리를 내밀자마자 손오공이 소리쳤어요.

"여의봉 맛이나 봐라!"

요괴는 재빨리 옆으로 피하며 급히 구리 추를 휘둘러 막았어요. 하나는 강에서 물결을 일으키고, 다른 하나는 뭍에서 위용을 펼쳤어요. 그러나 맞붙은 지 채 세 합도 지나지 않아서 요괴가 견뎌내지 못하고 소용돌이를 일으키며 꼬르륵 물속으로 들어가버리니, 바람도 물결도 잠잠해졌어요.

손오공은 높은 벼랑으로 돌아와서 말했어요.

"얘들아, 고생했어!"

사오정이 말했어요.

"형님, 뭍에서는 이 요괴를 별것 아니라 여기시겠지만, 물속에서는 정말 대단했어요! 저하고 둘째 형님이 좌우에서 일제히 공격했는데도, 겨우 대등하게 싸울 수 있을 정도였어요. 무슨 방법으로 사부님을 구하지요?"

"머뭇거리다가 그놈한테 사부님이 해를 당할까 걱정이다."

저팔계가 말했어요.

"이번에 가서 그놈을 속여 끌어낼 테니까, 형님은 소리 내지 말고 공중에서 기다리고 계시오. 그놈이 머리를 내밀면 마늘 찧듯이 그놈의 정수리를 야무지게 한 방 내리쳐버려요. 그러면 그놈을 죽이진 못하더라도 최소한 머리가 아파 어지러워할 테니까, 그때 이 몸이 쫓아가 쇠스랑으로 찔러버리면 틀림없이 놈을 끝장낼 수 있을 거요!"

"그래, 맞다! 이런 걸 '안팎에서 호응한다(裡迎外合)'고 하지. 그러면 성공할 수 있을 거야."

이렇게 해서 그들 둘이 다시 물속으로 들어간 데 대해서는 더이상 얘기하지 않겠어요.

한편, 요괴는 목숨을 건져 도망쳐서 집으로 돌아왔어요. 여러 졸개들이 관청 안으로 맞아들였지요. 쏘가리 할멈이 앞으로 나아가 물었어요.

"대왕님, 중들을 어디까지 쫓아가셨다가 오신 겁니까?"

"알고 보니 그 중들에겐 거들어주는 놈이 있더군. 그 둘이 뭍으로 뛰어오르자 그자가 쇠몽둥이로 나를 공격했지. 나는 재빨리 피하고 그자와 겨뤘는데, 그자의 몽둥이가 얼마나 지독한지 내 구리 추로는 막아낼 수 없을 것 같더군. 세 합도 싸우지 못하고 패해서 돌아왔네."

"그 거들어준 놈의 생김새를 기억하실 수 있겠습니까?"

"털북숭이 얼굴에 벼락신의 주둥이를 하고, 귀는 쫑긋한데 콧대는 납작하고, 불같은 눈에 금빛 눈동자를 한 중이었네."

쏘가리 할멈이 그 말을 듣고 오한이 든 것처럼 덜덜 떨며 말했어요.

"대왕님, 다행히 상대를 알아보고 도망쳐 목숨을 건지셨습니다. 두세 합만 더 싸웠다간 틀림없이 목숨을 보전하지 못하셨을 겁니다. 그 중은 제가 압니다."

"그자가 누구냐?"

"옛날 제가 동해에 있을 때 용왕님께서 그자의 이름을 말씀하신 적이 있는데, 바로 오백 년 전에 하늘궁전에서 크게 소란을 피운, 온전하게 기를 수련하여 하늘나라의 태을금선이 된 멋진 원숭이 왕 제천대성이라 들었습니다. 지금은 불교에 귀의하여 불경을 구하기 위해 당나라 승려를 보호해 서천으로 가고 있는데, 이름을 손오공 행자로 바꾸었다 합니다. 그는 신통력이 넓고 크며, 변신술이 다양하다고 합니다. 대왕님, 어쩌자고 그자를 건드리셨습니까! 이후로는 절대 그자와 다시 싸우지 마십시오."

그런데 그 말을 마치기도 전에, 졸개 요괴가 와서 보고했어요.

"대왕님, 그 두 중이 다시 문밖에 와서 싸움을 걸고 있습니다!"

"동생의 식견이 넓으니, 내 다시 나가지 않고 그자가 어떻게 하나 지켜보겠네."

그리고 요괴는 급히 명을 내렸어요.

"얘들아, 문을 단단히 잠가라. '문밖에서 부르건 말건 문을 안 열어주면 그만(任君門外叫 只是不開門)'이라는 말처럼 말이다. 그자들이 한 이틀 있다가 지겨워져서 돌아가 버리면, 우린 마음대로 당나라 중을 잡아먹을 수 있지 않겠느냐?"

졸개 요괴들은 일제히 돌을 나르고 진흙을 발라 문을 단단히 막아버렸어요. 저팔계와 사오정이 아무리 소리쳐도 요괴가 나오지 않자, 저팔계는 속이 타서 쇠스랑으로 문을 내리쳤어요. 하지만 그 문은 이미 단단히 막혀 있었는지라 부술 수가 없었어요. 저팔계가 일고여덟 번 내리쳐 문짝을 부수자 안에는 돌과 진흙이 층층이 높게 쌓여 있었어요. 사오정이 그걸 보고 말했어요.

"형님, 이 요괴가 엄청 겁을 집어먹어서 문을 닫고 나오지 않으니, 우리 잠시 강변으로 올라가 다시 큰형님과 함께 계책을 세우고 옵시다."

저팔계도 그 말을 따라 둘은 곧장 동쪽 강변으로 돌아왔어요.

손오공은 공중의 안개와 구름 속에서 여의봉을 치켜든 채 요괴를 기다리고 있었어요. 그런데 두 동생만 올라오고 요괴는 보이지 않는지라, 즉시 구름을 내려 물가로 가서 그들을 맞으며 물었어요.

"애들아, 그놈은 어째서 올라오지 않는 게냐?"

사오정이 대답했어요.

"그 요괴는 문을 단단히 닫아걸고 다시는 상대하러 나오지 않고 있어요. 둘째 형이 문짝을 부숴보니, 그 안에는 온통 진흙과 돌을 단단히 쌓아놓았더라고요. 그래서 싸우지도 못하고 돌아왔어요. 형님하고 상의해서 다시 사부님을 구할 무슨 방법을 마련해보려고요."

"이렇게 되면 방법이 없을 것 같다. 너희 둘은 강가를 돌며 감시하고 있어라. 그놈이 다른 곳으로 도망가지 못하게 말이야. 내다녀오마."

저팔계가 물었어요.

"형님, 어딜 가시는 거요?"

"보타암에 가서 관음보살님을 뵙고 여쭤봐야겠다. 이 요괴는어디 출신이고 이름은 무엇이냐고 말이야. 그놈의 할아비를 찾아그놈 가족을 잡고 이웃들을 여기로 데려와서 요괴를 붙잡고 사부님을 구해야겠다."

저팔계가 웃으며 말했어요.

"형님, 그래봐야 헛일이고 시간만 낭비할 뿐이오."

"절대 헛일도 시간 낭비도 아니다! 얼른 다녀오마!"

멋진 제천대성! 그는 급히 상서로운 빛을 타고 강어귀를 떠나 남해로 갔어요. 한 시간도 안 돼서 벌써 낙가산이 가까이 보였어요. 그는 구름을 내리고 곧장 보타암 위에 이르렀어요. 그러자 스물네 곳 하늘신들과 수산대신守山大神, 목차, 선재동자, 봉옥려녀捧玉麗女[1] 등이 일제히 나아가 그를 맞이하며 예를 올리고 물었어요.

"제천대성님, 어떻게 오셨습니까?"

"일이 생겨 보살님을 뵈어야겠다."

"보살님은 오늘 아침 동굴을 나가셨는데, 다른 이들더러 따라오지 말라 하시고 혼자 대나무 숲에 들어가 구경하고 계십니다. 틀림없이 오늘 제천대성께서 오실 줄 아시고 저희들더러 여기서 맞이하라고 하셨습니다만, 뵈러 가실 수는 없습니다. 취암翠岩 앞에 잠시 앉아 계십시오. 보살님께서 나오시면 자연히 길이 있을 것입니다."

손오공은 그 말대로 따랐는데, 채 앉기도 전에 선재동자가 나아가 예를 올리며 말했어요.

"제천대성님, 저번에 호의를 베풀어주셔서 다행히 보살님께서 저를 버리지 않고 거둬주셨습니다. 저는 잠시도 그분 곁을 떠나지 않고 연화대 아래에서 모시며 선한 자비를 많이 얻고 있습니다."

손오공은 그가 홍해아인 걸 알고 웃으며 말했어요.

"그때는 못된 짓을 하며 마음이 흐려져 있었으나, 지금은 정과를 이루었으니 이제 손 어르신이 훌륭한 분인 줄 알겠구나."

손오공은 한참을 기다려도 관음보살이 나타나지 않자 속이 타서 말했어요.

---

1 판본에 따라 '봉주용녀捧珠龍女'로 되어 있는 것도 있다.

"여러분, 보살님께 좀 알려주시오. 늦으면 사부님 목숨이 상할까 걱정이오."

그러자 하늘신들이 말했어요.

"그럴 수 없습니다. 보살님께서 몸소 나오실 때까지 기다리라고 하셨습니다."

성질 급한 손오공이 어디 기다리고 있을 수 있었겠어요? 그는 급히 뛰어올라 안쪽으로 달려갔어요. 허!

이 원숭이 왕은
성질 급하고 빈정대기 잘한다네.
하늘신들도 만류하지 못하니
안으로 들어가려 고집하네.
깊은 숲으로 걸어들어가
눈을 크게 뜨고 훔쳐보네.
멀리 재난 구해주실 어르신 보이는데
시든 대껍질에 단정히 앉아 계시네.
귀찮아 화장도 하지 않았지만
얼굴엔 아리따운 자태 넘치네.
헝클어진 새집 같은 머리칼은
끈으로 묶어본 적도 없다네.
희건 푸르건 겉옷은 걸치지 않고
몸에는 작은 두루마기만 걸쳐 묶었네.
풍성한 허리엔 비단 치마 둘렀고
두 발은 맨발이라네.
어깨 장식엔 비단 띠도 묶지 않았고
두 팔은 훤히 드러냈네.

옥 같은 손에 쇠칼을 들고
한창 대나무 껍질을 벗기고 있네.

這箇美猴王　　性急能鶻薄
諸天留不住　　要往裡邊蹿
拽步入深林　　睜眼偸覷着
遠觀救苦尊　　盤坐覷殘篾
懶散怕梳粧　　容顏多綽約
散挽一窩絲　　未曾戴纓絡
不掛素藍袍　　貼身小襖縛
漫腰束錦裙　　赤了一雙脚
披肩繡帶無　　精光兩臂膊
玉手執鋼刀　　正把竹皮削

손오공은 그걸 보고 참지 못하고 소리를 빽 질렀어요.

"보살님, 제자 손오공이 뵈러 왔습니다."

"밖에서 기다려라."

손오공이 머리를 조아리며 말했어요.

"보살님, 제 사부님이 재난을 당해서 통천하에 있는 요괴의 근본에 대해 여쭤보려고 왔습니다."

"나가서 내가 나갈 때까지 잠시 기다려라."

손오공은 감히 떼를 쓰지 못하고 대나무 숲을 나올 수밖에 없었어요. 그리고 여러 하늘신들에게 말했어요.

"보살님께서 오늘 또 집안일을 열심히 하고 계시는구려. 어째서 연화대에 앉아 계시지 않고, 치장도 않은 채, 기뻐하시는 표정도 없소? 숲속에서 대나무 껍질은 왜 벗기고 계시는 거요?"

"저희들은 모릅니다. 오늘 아침 동굴을 나오시더니 치장도 안

하시고 바로 숲으로 들어가셨습니다. 그리고 저희들더러 여기서 제천대성을 기다리라고 하셨습니다. 틀림없이 제천대성을 위해 무슨 일을 하고 계실 것입니다."

손오공은 어쩔 수 없이 기다리는 수밖에 없었어요.

얼마 지나지 않아서 관음보살이 손에 자줏빛 대바구니를 들고 숲에서 나와 말했어요.

"오공아, 내 너와 함께 당나라 승려를 구하러 가마."

손오공은 황급히 무릎을 꿇으며 말했어요.

"제가 감히 재촉하지 못하겠사오니, 옷을 입으시고 연화대에 오르십시오."

"그럴 필요 없다. 그냥 이렇게 가자."

관음보살은 여러 하늘신들을 남겨둔 채 상서로운 구름을 타고 허공을 날아갔어요. 제천대성은 그저 그 뒤를 따를 수밖에 없었지요. 순식간에 통천하에 이르자, 저팔계와 사오정이 그 모습을 보고 말했어요.

"형님은 성질도 급하시지. 남해에서 어떻게 소란을 피웠기에 보살님께서 머리도 빗지 못하시고 화장도 못하시도록 재촉해서 모셔 오는 거야?"

그 말이 채 끝나기도 전에 손오공과 관음보살이 강가에 도착하자, 저팔계와 사오정은 절을 올리며 말했어요.

"보살님, 저희들이 휴식을 방해했습니다. 용서하십시오!"

관음보살은 즉시 두루마기를 묶은 끈 하나를 풀어 대바구니에 묶더니, 끈을 들고 오색구름을 탄 채, 대바구니를 강 속으로 던졌어요. 그리고 여울가로 가서 끈을 잡은 채 게송偈頌을 읊조렸어요.

"죽은 것은 가고 산 것은 남아라! 죽은 것은 가고 산 것은 남아라!"

그렇게 일곱 번을 외고 대바구니를 들어 올려 살펴보니, 바구

관음보살이 현신하자 진가장 백성들이 엎드려 경배하다

니 안에는 금빛 찬란한 금붕어 한 마리가 눈을 깜박이며 비늘을 파닥거리고 있었어요. 그러자 관음보살이 손오공에게 말했어요.

"빨리 물속에 내려가 네 사부를 구해라."

"아직 요괴를 잡지 못했는데 어떻게 사부님을 구합니까?"

"이 대바구니 안에 있지 않느냐!"

저팔계와 사오정이 절하며 물었어요.

"이 물고기가 어떻게 그런 재주를 부리게 된 것입니까?"

"그놈은 본래 내 연화지蓮花池 안에서 키우던 금붕어이다. 매일 머리를 내밀고 경전 읽는 소리를 듣더니, 수행하여 재주를 닦은 모양이다. 저 아홉 꽃받침 구리 추는 바로 아직 피어나지 않은 연봉오리인데, 이놈이 단련시켜 무기로 만들었다. 어느 날 밀물이 넘쳐 들어올 때 도망쳐서 여기까지 오게 된 모양이다. 내 오늘 아침에 난간에 기대 꽃구경을 하는데 이놈이 나와서 인사하지 않는지라, 손가락을 짚으며 점을 쳐보고 이놈이 이곳에서 요괴 노릇을 하며 너희 사부를 해치려는 것을 알았다. 그래서 이렇게 미처 머리 빗고 화장할 틈도 없이 신령한 공[神功]을 운용하여 그놈을 잡을 대바구니를 짰던 것이다."

그러자 손오공이 말했어요.

"보살님, 그럼 잠시만 기다려주십시오. 저희가 진가장의 신도들을 불러 보살님의 존귀한 얼굴을 뵙게 하겠습니다. 그러면 우선 그들이 보살님의 은혜를 기억할 것이고, 또 이렇게 요괴를 거둬들인 이야기를 들려주어 세속의 평범한 인간들이 믿음을 갖고 불법을 닦을 수 있게 해줄 테니까요."

"그것도 괜찮겠구나. 얼른 가서 불러오너라."

저팔계와 사오정은 일제히 나는 듯이 마을 앞으로 달려가 소리 높여 외쳤어요.

"모두 와서 살아 계신 관음보살님을 보시오! 어서 나와요!"

그러자 온 마을의 남녀노소가 모두 강변으로 달려 나와, 진흙탕도 아랑곳하지 않고 모두 무릎을 꿇고 고개를 조아려 절을 올렸어요. 그 가운데 그림에 재주가 있는 이가 그 신령한 모습을 그려 남기니, 이것이 바로「고기 바구니를 든 관음보살이 모습을 드러내다[魚籃觀音現身]」라는 그림이지요. 관음보살은 혼자 남해로 다시 돌아갔어요.

저팔계와 사오정은 물길을 열어 곧장 자라의 저택으로 가서 삼장법사를 찾아보았어요. 원래 그곳에 있던 물속 괴물과 물고기 정령들은 모두 죽어서 살이 문드러져 있었어요. 그들은 관청 뒤쪽으로 가서 돌 상자를 열고 삼장법사를 업어 물결 속을 벗어나왔지요. 진청 형제는 머리를 조아리며 인사했어요.

"나리께서 제가 만류하는 것을 듣지 않으시더니, 지금 이런 고초를 당하셨군요."

손오공이 말했어요.

"그런 얘긴 할 필요 없어요. 당신들도 이제 내년부터는 더 이상 제사 지낼 필요가 없소. 영감대왕은 이미 뿌리가 뽑혔으니, 영원히 해를 끼치지 않을 게요. 진영감님, 이제 신세 좀 지겠습니다. 얼른 배를 한 척 구해 저희들을 건네주시구려."

그러자 진청이 말했어요.

"그러지요, 그리고말고요!"

그리고 곧 배를 만들게 했어요. 마을의 다른 사람들도 이 소식을 듣고 너나없이 기꺼이 자금을 희사했지요. 한 사람이 돛대와 덮개를 사오겠다고 하면, 다른 사람은 상앗대를 마련하겠다고 했어요. 어떤 이는 밧줄을 내놓고, 어떤 이는 선원을 제공하겠다고 했어요.

그렇게 모두들 강변에서 다투고 있는데, 갑자기 강 가운데에서 누군가 큰 소리로 외치는 소리가 들렸어요.

"제천대성님, 배를 만들어 사람들의 재물을 낭비할 필요 없습니다. 제가 건네드리겠습니다."

사람들은 그 소리를 듣고 모두들 깜짝 놀랐어요. 간이 작은 이들은 집으로 도망치고, 간이 큰 사람들은 덜덜 떨며 흘깃 훔쳐보았지요. 잠시 후 물속에서 괴물이 하나 솟아 나왔어요. 여러분, 그 모습이 어땠는지 아세요?

각진 머리의 생김새가 예사롭지 않으니
아홉 번 영험한 일 도와 물속의 신선이라 불리네.
꼬리 끌며 천 년을 장수할 수 있고
물속에 잠기면 온 시내와 연못에 조용히 숨을 수 있다네.
파도 뒤집어 일으키며 강가로 달려들고
해를 향해 바람 쐬며 바닷가에 누워 있기도 하네.
기를 수양하여 영험을 품어 정말 도를 지녔으나
여러 해 동안 머리 벗겨진 자라 모습으로 지냈다네.

方頭人物非凡品　九助靈機號水仙
曳尾能延千紀壽　潛身靜隱百川淵
翻波跳浪衝江岸　向日朝風臥海邊
養氣含靈眞有道　多年粉蓋賴頭黿

늙은 자라가 또 소리쳤어요.

"제천대성님, 배를 만들 필요 없습니다. 제가 여러분을 건네드리겠습니다."

손오공이 여의봉을 돌리며 말했어요.

"이 못된 짐승! 가까이 오면 이 여의봉으로 때려죽일 테다!"

"전 제천대성님의 은혜에 감사하여 진심으로 좋은 마음으로 여러분을 건네드리려는 것인데, 어째서 저를 치시겠단 말씀입니까?"

"네게 무슨 은혜를 베풀었단 말이냐?"

"제천대성님, 이 강바닥에 있는 자라의 저택은 바로 제가 살던 집입니다. 대대로 조상님들이 제게 물려준 것이지요. 저는 근본을 깨달아 신령한 기운을 기르며 이곳에서 수행하고 있다가, 조상님들이 물려준 거처를 개축하여 자라의 저택을 세웠습니다. 그런데 구 년 전에 바닷물이 넘치면서 그 요괴가 조류를 타고 이곳까지 와서 흉악한 성질을 부리며 저와 싸웠습니다.

그러다가 그놈에게 수많은 자식들이 다쳤고, 많은 가족들도 빼앗겼습니다. 저는 그놈을 이길 수 없어서, 둥지를 그놈에게 허무하게 빼앗겨버렸습니다. 이제 제천대성께서 이곳에 오셔서 삼장법사님을 구하면서 관음보살님을 모셔 오시니, 그분께서 요사스러운 기운을 말끔히 청소하고 요괴를 거둬 가시고 저택을 제게 돌려주셨습니다. 저는 이제 다시 흙을 개고 바를 필요 없이, 노소를 막론하고 가족을 모아 옛집에서 살 수 있게 되었습니다. 이 은혜는 산처럼 크고 큰 바다처럼 깊습니다. 이제 저희들이 은혜를 입었을 뿐만 아니라, 이 진가장의 모든 사람들이 해마다 제사를 지내지 않아도 괜찮게 되어 여러 집 자녀들의 목숨을 보전할 수 있게 되었습니다. 이것은 정말 '일거양득'의 은혜이니 어찌 감히 보답하지 않을 수 있겠습니까?"

손오공은 그 말을 듣고 속으로 기뻐하며 여의봉을 거두고 말했어요.

"정말 진심이렷다?"

"제천대성님의 은덕이 넓고 깊은데, 어찌 감히 거짓말을 하겠습니까?"

"그렇다면 하늘에 맹세해봐라."

그러자 늙은 자라는 붉은 입을 열고 하늘을 향해 맹세했어요.

"제가 만약 진심으로 삼장법사님이 통천하를 건너도록 해드리지 않는다면, 이 몸뚱이가 핏물로 변할 것이다!"

손오공이 웃으며 말했어요.

"올라와라, 올라와!"

늙은 자라는 뭍 가까이 다가와 몸을 솟구쳐 물가로 올라왔어요. 사람들이 가까이 다가가 살펴보니 하얀 등딱지 둘레가 네 아름이 넘었어요. 손오공이 말했어요.

"사부님, 저 등에 올라타고 건너가도록 하시지요."

"애야, 저 두꺼운 얼음도 잘 건너지 못했는데, 이 자라의 등은 불편할 것 같구나."

그러자 늙은 자라가 말했어요.

"스님, 안심하십시오. 저는 저 두꺼운 얼음보다 훨씬 편안합니다. 하지만 기우뚱하면 성공하지 못합니다."

손오공이 말했어요.

"사부님, 사람의 말을 할 줄 아는 모든 살아 있는 것들은 절대 거짓말을 하지 않습니다."

그리고 저팔계와 사오정에게 지시했어요.

"애들아, 빨리 말을 끌어와라."

이렇게 강변에 이르자 진가장의 남녀노소가 일제히 나와 배웅했어요. 손오공은 자라의 하얀 등딱지 위에 말을 끌어올리고, 삼장법사는 말 모가지의 왼편에, 사오정은 오른편에, 저팔계는 말의 뒤쪽에 각각 세우고, 자신은 말 앞에 섰어요. 자라가 무례한 짓을 저지를까 염려하여, 호랑이 힘줄로 만든 띠를 풀어 자라의 콧구멍 속에 집어넣고 그 끝을 잡으니, 마치 고삐를 맨 것 같았어요. 그리고 한 발은 자라의 등을 딛고 다른 한 발은 자라의 머리 위에 얹은 채, 한 손에는 여의봉을 들고 다른 한 손에는 고삐를 쥐고 외쳤어요.

"자라야, 천천히 가자. 기울어지면 머리를 한 방 갈겨주겠다!"

"예, 알겠습니다."

자라는 네 다리를 펴서 수면을 마치 평지 걷듯이 걸었어요. 사람들은 모두 강가에서 향을 피우고 머리를 조아리며 '나무아미타불'을 읊조렸지요. 이것이 바로 나한이 인간세계에 강림하신 것이요, 살아 있는 보살이 모습을 나타낸 것이었어요. 사람들이 그들의 모습이 보이지 않을 때까지 절을 올리고서야 돌아간 이야기는 더 이상 하지 않겠어요.

한편, 삼장법사는 자라의 하얀 등딱지를 타고 하루도 안 걸려서 팔백 리 통천하를 건너, 손과 발에 물 한 방울 적시지 않은 채 뭍에 올랐어요. 삼장법사는 뭍에 오르자 자라에게 합장하고 감사했어요.

"자라님, 고생 많으셨습니다. 드릴 물건은 없고, 불경을 얻어 돌아올 때 감사하겠습니다."

"스님, 감사하실 필요 없습니다. 듣자 하니 서천의 부처님은 소멸하지도 윤회전생하지도 않고, 과거와 미래의 일을 알 수 있다고 하더이다. 제가 이곳에서 천삼백 년이 넘게 수행하여 수명이 늘고, 몸이 가벼워지고, 사람의 말을 할 수는 있게 되었지만, 본래의 껍질을 벗기 어렵습니다. 부디 스님께서 서천에 가시면 부처님께 말씀드려 제가 언제나 껍질을 벗고 사람의 몸을 얻을 수 있는지 알아봐주십시오."

사람의 몸은 이렇듯 얻기 어려운 법이지요. 어쨌든 삼장법사는 그러겠노라고 대답했어요.

"그러지요. 그러겠습니다."

그제야 늙은 자라는 물속으로 들어가 떠났어요. 손오공은 삼장법사를 말에 오르게 하고, 저팔계는 봇짐을 짊어지고, 사오정은 옆에서 모시며, 스승과 제자 일행은 큰길을 찾아 곧장 서쪽으로 갔어요. 이야말로,

성승이 황제의 명에 따라 부처를 뵈러 가는데
물길 산길 멀고멀어 재난도 많구나.
성실한 마음으로 죽음도 두려워하지 않으니
하얀 자라가 그들을 태워 통천하를 건네주었네.

聖僧奉旨拜彌陀　水遠山遙災難多

意志心誠不懼死　白黿馱渡過天河

라는 것이었지요. 결국 이 뒤에 또 얼마나 많은 여정이 남아 있고, 얼마나 많은 길흉이 기다리고 있는지는 알 수 없으니, 이에 대해서는 다음 회를 들어보시라.

제50회
삼장법사가 스스로
요괴의 덫으로 들어가다

이런 노래가 있지요.

마음 바닥을 자주 쓸고
감정에 묻는 먼지를 완전히 제거해서
승려들이 구덩이에 빠지지 않게 해야 하네.
육신을 항상 깨끗이 하여야
비로소 도를 논할 수 있는 법
성품의 촛불을 반드시 돋우고
조계[1]에서 부처님의 말씀 마음껏 호흡하여
마음이 방종해지지 않도록 해야 하네.
주야로 끊임없이 다스려야
비로소 이 일을 이룰 수 있다네.

心地頻頻掃　　塵情細細除　　莫敎坑塹陷毘盧

本體常淸淨　　方可論元初

1　시내 이름으로 광동성廣東省 곡강현曲江縣에서 발원한다. 시냇물의 상류에는 보림사寶林寺
　　라는 절이 있는데, 불교 선종 육대조사였던 혜능慧能이 불법을 전파한 곳이다.

性燭須挑剔　曹溪任吸呼　勿令猿馬氣聲粗

晝夜綿綿息　方顯是功夫

　이 노래는 곡조[牌] 이름이 「남가자南柯子」인데, 당나라 삼장법사가 통천하의 찬 얼음의 재앙을 벗어나 흰 자라 등을 타고 저쪽 언덕에 오른 것을 이야기하고 있어요.

　삼장법사 일행이 큰길을 따라 서쪽을 향해 가는데, 마침 추운 겨울의 풍경을 만나게 되었어요. 막막한 숲의 풍경이 옅은 안개 속에 펼쳐지고, 강가에서 보는 앙상한 산의 모습이 쓸쓸했어요. 한참 가고 있는데 문득 또 큰 산이 나타나 길을 가로막았어요. 길은 좁고 언덕은 높고 돌은 많고 고개는 험하여 사람과 말이 지나가기가 어려웠지요. 삼장법사는 말 위에서 고삐를 잡아당기며 제자들을 불렀어요.

　"얘들아."

　손오공이 저팔계, 사오정과 함께 앞으로 다가와 물었어요.

　"사부님, 무슨 분부가 있으십니까?"

　"저것 좀 봐라. 앞쪽의 산이 저리 높으니 호랑이와 이리가 행패를 부리고 요사한 짐승들이 사람을 해칠지도 모르겠구나. 이번에는 반드시 조심해야 한다."

　"사부님, 안심하시고 걱정하지 마십시오. 저희 삼 형제의 마음과 뜻이 하나가 되어 불문에 귀의하여 진리를 구하고 요괴들을 없애 굴복시킬 수 있는 술법을 쓰는데, 호랑이, 이리, 요사한 짐승들을 두려워할 게 뭐 있습니까?"

　삼장법사는 손오공의 이 말을 듣고서 어쩔 수 없이 염려를 풀고 앞쪽을 향해 나아갔어요. 계곡 입구에 이르러 말을 채찍질해 언덕에 올라 고개를 들고 자세히 살펴보니, 정말 멋진 산이었어요.

들쑥날쑥 첩첩

깎아지른 듯 높네.

들쑥날쑥 첩첩 하늘을 찌를 듯하고

깎아지른 듯 높아 푸른 하늘을 가리네.

기암괴석 쭈그리고 있는 호랑이처럼 여기저기 널려 있고

푸른 소나무 날아오르는 용처럼 비스듬히 걸려 있네.

고개 위에서는 새가 아름답고 귀여운 소리로 노래하고

언덕 앞쪽에 핀 매화는 짙고 기이한 향기를 뿜어내네.

계곡물 졸졸졸 차갑게 흘러가고

산꼭대기 구름 짙었다 옅었다 흉흉하게 지나가네.

펄펄 날리는 눈과

매서운 바람 속에서

울부짖는 굶주린 호랑이가 산속에서 뛰쳐나오네.

나무 사이를 헤매는 추운 갈까마귀 깃들 곳 없고

동굴을 찾는 들사슴 쉴 곳 없네.

나그네 지나가기 어려움을 탄식하노니

찌푸린 눈썹에 근심스런 얼굴로 머리를 감싸네.

嵯峨矗矗　嶮削巍巍

嵯峨矗矗冲霄漢　嶮削巍巍礙碧空

怪石亂堆如坐虎　蒼松斜掛似飛龍

嶺上鳥啼嬌韻美　崖前梅放異香濃

澗水潺湲流出冷　巔雲黯淡過來凶

又見那飄飄雪　凜凜風　咆哮餓虎出山中

寒鴉揀樹無棲處　蟄尋窩沒定踪

可歎人難進步　皺眉愁臉把頭蒙

삼장법사 일행은 눈과 추위를 무릅쓰고 덜덜 떨며 험준한 봉우리와 고개를 넘어갔어요. 그런데 멀리 산골짜기에 높이 솟은 누대와 깨끗하고 조용한 건물들이 보였어요. 삼장법사는 말 위에서 기뻐하며 말했어요.

"얘들아, 오늘 하루는 배도 고프고 춥기도 하구나. 다행히 저기 산골짜기에 누대와 건물들이 보이는데, 틀림없이 마을의 인가이거나 암자나 절일 것이다. 가서 동냥을 좀 해다가 먹고 가자."

손오공이 이 말을 듣고 급히 눈을 크게 뜨고 살펴보니, 그쪽에 음산한 구름이 어렴풋이 깔려 있고 사악한 기운이 가득한 것이었어요. 손오공은 고개를 돌려 삼장법사에게 말했어요.

"사부님, 저곳은 좋은 곳이 아닙니다."

"누대와 정자가 보이는데 어째서 좋은 곳이 아니라는 것이냐?"

손오공이 웃으면서 대답했어요.

"사부님, 사부님이 어떻게 아시겠습니까? 서방으로 가는 길에는 수많은 요사한 정령과 사악한 요괴들이 있습니다. 그놈들은 법술을 써서 누대나 집, 누각이나 정자 할 것 없이 인가를 만들어 내어 사람들을 속이지요. 사부님도 용이 아홉 종류의 새끼를 낳는다는 것을 아시지요? 그 가운데 '신룡蜃龍'[2]이라는 것이 있어요. 그 신룡이 기운을 내뿜으면 마치 누각이나 연못 같습니다. 큰 강을 대하면 어찔어찔해지는데, 그것은 신룡이 그런 기운을 드러냈기 때문이지요. 날아다니는 까치 같은 새들도 반드시 거기로 찾아가 날갯짓을 멈추고 쉬는데, 수천수만 마리라 하더라도 그 신룡이 한꺼번에 삼켜버립니다. 이런 경우 사람이 가장 심하게 당할 수 있지요. 저쪽의 분위기가 심상치 않으니 결코 들어가서

---

2 고대 중국에서는 신룡蜃龍, 즉 대합조개가 토해내는 기운으로 신기루가 생긴다고 생각했다. 그래서 신기루라는 뜻의 중국어는 신루해시蜃樓海市, 혹은 해시신루海市蜃樓이다.

는 안 됩니다."

"들어가서는 안 된다고 하지만, 나는 정말 배가 고프구나."

"사부님이 정말 배가 고프시다면 잠시 말에서 내려 저쪽 평지에 앉아 계십시오. 제가 다른 곳에 가서 동냥을 해 와 드시도록 하겠습니다."

삼장법사는 그 말에 따라 말에서 내렸어요. 저팔계는 고삐를 붙잡고, 사오정은 짐을 내려, 봇짐을 풀고 바리때를 꺼내 손오공에게 주었어요. 손오공이 건네받으며 사오정에게 당부했어요.

"동생, 앞으로 가서는 안 돼. 사부님을 잘 보호해서 이곳에 얌전히 앉아 있으라고. 내가 동냥해서 돌아오면 그때 다시 서쪽으로 떠나도록 하자."

사오정이 대답하자 손오공은 다시 삼장법사에게 당부했어요.

"사부님, 이곳은 길한 것은 적고 흉한 것은 많은 곳이니, 절대로 다른 곳으로 가지 마세요. 이 몸은 동냥하러 가겠습니다."

"여러 말할 것 없다. 빨리 갔다 와야 한다. 내 여기서 기다리고 있으마."

손오공이 몸을 돌려 가려다가 다시 돌아와서 말했어요.

"사부님, 저는 사부님이 참을성이 별로 없다는 것을 잘 알고 있습니다. 제가 사부님을 위해 몸을 보호하는 안신법安身法을 쓰겠습니다."

그러고는 여의봉을 꺼내어 한 번 흔들더니 평평한 땅바닥에 둥근 원을 그렸어요. 그리고 삼장법사를 그 가운데에 앉도록 하고, 저팔계와 사오정이 좌우에서 모시고 서 있게 했어요. 말과 짐들은 모두 가까이 가져다놓았지요. 그리고 삼장법사에게 합장하며 말했어요.

"이 몸이 그린 이 원은 강하기가 청동 담장이나 철벽과도 같습니다. 무슨 호랑이나 표범, 이리, 파충류나 요괴, 귀신도 감히 가까이 올 수 없습니다. 다만 원 밖으로 나가서는 안 됩니다. 원 안에 앉아 있기만 하면 안전해서 조금도 염려할 필요 없습니다. 하지만 만약 이 원 밖으로 나간다면 반드시 지독한 술수에 걸려들 겁니다. 부디, 제발, 간곡히 부탁드립니다!"

그의 말에 따라 스승과 두 제자가 함께 단정히 앉았어요. 손오공은 그제야 구름을 솟구쳐 마을을 찾아 동냥하러 떠났어요. 남쪽으로 계속 가다 보니 문득 하늘을 찌를 듯한 고목이 보였어요. 바로 마을의 인가였지요. 구름을 내려 자세히 살펴보니, 이런 모습이었어요.

앙상한 버드나무를 눈이 짓누르고 있고
네모난 연못에는 얼음이 얼었구나.
성근 대나무 푸른 잎사귀 흔들리고
빽빽한 큰 소나무에는 푸른빛 서려 있구나.
몇 채의 초가집들 반은 은빛 눈으로 덮여 있고
조그만 다리에는 비스듬히 눈이 쌓여 있네.
울타리 주위에는 수선화가 삐죽 나와 있고
처마 밑에는 고드름이 길게 매달려 있네.
쏴아 하고 부는 찬 바람은 기이한 향기 보내오는데
눈이 가득하여 매화 핀 곳 찾을 수 없네.

雪欺衰柳　冰結方塘
疎疎修竹搖青　鬱鬱喬松凝翠
幾間茅屋半粧銀　一座小橋斜砌粉
籬邊微吐水仙花　簷下長垂冰凍筯
颯颯寒風送異香　雪漫不見梅開處

손오공이 발길 가는 대로 마을의 경관을 구경하고 있는데, 삐걱 하고 사립문 열리는 소리가 나더니 한 노인이 걸어 나오는 모습이 보였어요. 노인은 손에 명아주 지팡이를 끌고, 머리에는 양털 모자를 쓰고, 몸에는 기운 옷을 입고, 발에는 부들로 엮은 신을 신고 있었어요. 노인은 지팡이를 짚은 채 몸을 펴 하늘을 쳐다보더니, 이렇게 중얼거렸어요.

"북서풍이 부는 걸 보니 내일은 날씨가 맑겠군."

그 말이 끝나기도 전에 뒤에서 삽살개 한 마리가 뛰어나오더니, 손오공을 보고 왈왈 짖어댔어요. 노인은 그제야 고개를 돌려 손오공이 바리를 들고 있는 것을 발견했어요. 손오공이 합장하며 인사했어요.

"시주님, 소승은 동녘 땅 위대한 당나라에서 명을 받아 서천으로 가 부처님을 뵙고 경전을 구하려는 자입니다. 마침 이곳을 지나다가 저희 사부님이 시장하다고 하셔서 특별히 이 댁에 와서 동냥을 청합니다."

노인은 그 말을 듣더니 고개를 끄덕이고 지팡이를 세우며 이렇게 말했어요.

"스님, 잠시 동냥할 생각은 접어두시오. 길을 잘못 들었소이다."

"잘못 오지 않았습니다."

"서천으로 가는 큰길은 저쪽 정북쪽에 있습니다. 여기서 그곳까지는 천 리나 떨어져 있는데, 그래도 큰길을 찾아가야 되지 않겠소?"

손오공이 웃으며 대답했어요.

"맞습니다. 바로 정북쪽이지요. 저희 사부님은 지금 그 큰길 위에 단정히 앉아서 제가 동냥해 오기를 기다리고 있습니다."

"이 스님이 헛소리를 하는구먼. 당신 사부님이 큰길에서 당신이 동냥해 오기를 기다리고 있다고? 그 천 리 먼 길을 걸어왔다고 해도 예닐곱 날은 걸렸을 것이고, 다시 돌아가자면 또 예닐곱 날이 필요할 테니, 그분은 굶어 죽을 게 아니오?"

손오공이 웃으며 대답했어요.

"시주님, 솔직히 말씀드리지요. 저는 사부님을 떠난 지 차 한잔 마실 시간도 안 되어 이곳까지 왔습니다. 지금 동냥을 하면 얼른 돌아가 점심 공양을 먹으려고 합니다."

노인은 이런 말을 듣자 속으로 겁이 나서 말했어요.

"이 중은 귀신이구나! 귀신!"

그러고는 급히 안으로 들어가려 했어요. 손오공은 노인을 붙잡고 말했어요.

"시주님, 어딜 가십니까? 밥이 있으면 빨리 동냥이나 좀 하십시오."

"안 돼요. 안 돼. 다른 집으로 가보시오."

"이 시주님, 정말 답답하네! 당신 말대로 나는 천 리 먼 길을 왔는데, 다시 다른 집을 찾아간다면 또 천 리 길이 아니겠소? 정말 우리 사부님을 굶겨죽이란 말이오?"

"정말 솔직히 얘기하자면, 우리 식구는 어른 아이 합해서 모두 예닐곱 명이라오. 방금 쌀 석 되를 일어서 솥에 안쳤는데, 아직 익지 않았소. 그러니 잠시 다른 곳을 돌다가 다시 오도록 하시오."

"'여러 집 돌아다니느니 한 집에 눌러앉느니만 못하다(走三家不如坐一家)'는 옛말도 있으니, 소승은 여기서 잠시 기다리겠소."

노인은 손오공이 끈덕지게 달라붙는 걸 보고 화가 나서 명아주 지팡이를 들어 때리려 했어요. 손오공은 조금도 무서워하지 않았어요. 노인에게 까까머리를 일고여덟 대나 맞았지만, 그에게는 가려운 데를 긁는 정도였지요. 노인이 말했어요.

"막무가내인 중이구만."

손오공이 웃으며 말했어요.

"노인장, 얼마든지 때리시오. 하지만 때린 숫자를 정확히 기억해야 하오. 한 대당 쌀이 한 되니, 천천히 계산해보시구려."

노인은 이 말을 듣고 급히 명아주 지팡이를 내던지고 안으로 뛰어들어 가 문을 잠그며 소리쳤어요.

"귀신이 나타났다! 귀신이 나타났어!"

깜짝 놀란 온 집안 식구들은 덜덜 떨며 앞뒤 문을 모두 걸어 잠갔어요. 손오공은 그들이 문을 잠그는 것을 보고 이렇게 생각했어요.

'이 늙다리가 방금 전에 쌀을 일어 솥에 안쳤다고 했는데 진짜인지 모르겠군. 속담에 도사는 어질고 착한 자를 교화시키고 승려는 어리석은 자를 교화시킨다(道化賢良釋化愚)는 말이 있지. 그러면 이 손 어르신이 들어가서 한 번 살펴볼까?'

멋진 제천대성! 그가 손가락을 구부려 결을 맺더니 몸을 숨겨 감추는 은신둔법隱身遁法을 써서 곧장 부엌 안으로 들어가보니, 정말 김이 모락모락 올라오는 솥에 반 솥 남짓 되는 밥이 익고 있었어요. 그가 바리때를 솥 안으로 푹 쑤셔 넣어 한 사발 가득 퍼 담아 곧장 구름을 타고 돌아온 이야기는 더 이상 하지 않겠어요.

한편, 삼장법사는 동그라미 안에 앉아서 한참을 기다렸는데도 손오공이 돌아오는 모습이 보이지 않았어요. 그는 구부정한 모습으로 처량하게 바라보다가 이렇게 말했어요.

"이놈의 원숭이가 어디로 동냥하러 간 거야?"

그러자 저팔계가 옆에서 웃으며 대답했어요.

"어디 가서 놀다 오는지도 모르지요. 무슨 동냥을 한답시고 우리더러 여기 앉아 감옥살이나 하라니 원!"

"그게 무슨 말이냐?"

"사부님, 사부님은 원래 옛날 사람들이 땅에 금을 그어 감옥이라고 한 걸 모르세요? 형님은 여의봉으로 동그라미를 그어 강하기가 철벽이나 청동벽 같다고 하지만, 만약에 호랑이나 이리, 요사한 짐승들이 오면 어떻게 그놈들을 막아내겠어요? 별수 없이 그놈들한테 잡아먹힐 수밖에요!"

"애야, 네 생각에는 어떻게 하면 좋겠느냐?"

"이곳은 바람을 막을 수도 추위를 피할 수도 없습니다. 이 몸의 생각으로는 길을 따라서 다시 서쪽으로 가야 합니다. 형님이 동냥을 해서 구름을 타면 분명 빨리 올 수 있을 테니, 그더러 쫓아오라고 하지요. 만약 동냥한 것이 있으면 먹고 다시 가면 되잖아요. 지금 이렇게 앉아 있으려니 정말 발이 시려 죽겠습니다."

삼장법사는 이 말을 듣는 순간 바로 재난의 길로 들어선 것이었어요. 결국 그들은 멍텅구리의 말에 따라 일제히 동그라미 밖으로 나왔어요. 사오정은 말을 끌고 저팔계는 짐을 메고, 삼장법사와 함께 길을 따라 앞으로 걸어갔어요. 얼마 지나지 않아 그들은 누각이 있는 곳에 도착했어요. 그것은 북쪽에 자리 잡고 있는 남향집이었어요. 문밖 여덟 팔 자 모양의 흰 담장 중간에는 거꾸로 늘어뜨린 연꽃 같은 장식을 한 네모반듯한 문루門樓가 있었어요. 그 문루는 오색으로 칠해져 있고, 문은 반쯤 열려 있었어요. 저팔계는 말을 주춧돌 석고石鼓 위에다 붙들어 맸고, 사오정은 짐을 내려놓았어요. 삼장법사는 바람을 피해 문지방 위에 걸터앉았어요. 저팔계가 말했어요.

"사부님, 이곳은 제후나 재상의 저택인 모양입니다. 대문 밖에 사람이 없는 걸 보니 아마 모두 안쪽에서 불을 쬐고 있나봅니다. 여기 앉아 계시면 제가 들어가 보고 오겠습니다."

"조심해라. 그 사람들에게 실례를 범하지 않도록 해야 한다."

"저도 알고 있습니다. 불문에 귀의한 이래, 지금껏 예절을 좀 배워서 저 시골뜨기 때와는 다르다고요."

이 멍텅구리는 쇠스랑을 허리춤에 찌르고, 푸른 무명 승복을 단정히 하고, 점잖을 떨며 문안으로 들어갔어요. 세 칸 대청에는 주렴이 높이 걸려 있는데 인적이라고는 전혀 없이 조용했고, 탁자나 의자, 가구도 없었어요. 중문을 돌아 다시 안으로 들어가 보니, 바로 안채로 이어지는 천당穿堂[3]이었어요. 천당 뒤에는 큰 누각이 있고, 누각 위쪽 반쯤 열려진 창문으로는 어렴풋이 누런 비단 휘장이 보였어요. 멍텅구리가 중얼거렸어요.

"아마 사람은 있는데, 추워서 아직도 자고 있나보군."

무턱대고 누각으로 올라가 휘장을 열어 제치고 들여다보던 멍텅구리는 놀라 자빠졌어요. 그 휘장 안 상아 침대 위에는 하얀 해골 무더기가 쌓여 있었던 것이지요. 머리뼈는 소쿠리만 했고, 넓적다리뼈는 네댓 자나 됐어요. 멍텅구리는 정신을 차리더니, 뺨에 눈물을 줄줄 흘리면서 해골을 향해 고개를 끄덕이며 탄식했어요.

"당신은,"

> 어느 왕조의 원수이셨고
> 어느 나라의 대장군이셨는지요?
> 그 당시에는 영웅호걸로서 강함과 승리를 다투었을 터인데
> 오늘은 처량하게 뼈와 힘줄을 드러내고 있구려.

---

3 중국 가옥에서 두 개의 뜰 사이에 있어 안채와 바깥채를 연결하는 통로 역할을 하는 건물이다.

찾아와 받들어 모시는 처자식 보이지 않고
향을 사르는 병사들 어디에 있단 말입니까?
이렇게 공연히 바라보자니 정말 탄식할 만하구나!
불쌍하구나! 왕이 되어 패업을 일으키려 했던 이여!

那代那朝元帥體　何邦何國大將軍
當時豪傑爭强勝　今日凄涼露骨肋
不見妻兒來侍奉　那逢士卒把香焚
謾觀這等眞堪嘆　可惜興王霸業人

　저팔계가 한참 탄식하고 있는데 저쪽 휘장 뒤에서 불빛이 번
쩍 비쳤어요. 멍텅구리는 중얼거렸어요.

　"아마 향불을 올리는 사람이 뒤쪽에 있나 보군."

　그가 급히 휘장 뒤쪽으로 돌아가 보니, 그것은 누각의 창살 틈
으로 비춰 들어온 햇살이었어요. 그런데 저쪽에 오색찬란하게 칠
한 탁자가 놓여 있고, 탁자 위에는 수놓은 비단 솜옷 몇 벌이 어지
러이 쌓여 있었어요. 멍텅구리가 그 옷을 들어 보니, 솜을 대고 박
은 세 벌의 조끼였어요. 그는 이것저것 가리지 않고 그 옷을 들고
누각에서 내려와 대청을 나오더니, 문밖에 이르러 말했어요.

　"사부님, 이곳에는 인적이라곤 전혀 없습니다. 죽은 혼령의 집
입니다. 이 몸이 안으로 들어가 바로 높은 누각에 올라가 보니, 누
런 비단 휘장 안에는 한 무더기 해골이 있었습니다. 옆에 딸려 있
는 방에 솜을 대고 박은 조끼가 세 벌 있어서, 가지고 나왔습니다.
우리가 요즘 운이 좋은가 봐요. 날씨가 추우니 입기에 딱 좋습니
다. 가사를 벗으시고 이걸 안에다 입으시면 따뜻해서 추위를 견
딜 수 있을 겁니다."

　"안 된다. 안 돼. 계율에 이르기를 '공공연히 가져오건 몰래 가져

오건 모두 도둑질이다(公取竊取 皆爲盜)'라고 하였다. 만약에 누가 알고 우리를 쫓아와 관청에 끌려가게 된다면, 틀림없는 절도 죄가 될 거다. 다시 가져다가 원래 있던 곳에다 놓아두지 못하겠느냐? 우리는 이곳에서 바람을 피해 잠시 앉아 있다가 오공이가 오면 길을 떠나도록 하자. 출가한 사람은 이렇게 작은 이익을 탐해서는 안 된다."

"사방을 둘러봐도 사람이라곤 없습니다. 닭이나 개도 모르고 우리만 아는 건데, 누가 우리를 고소하겠습니까? 무슨 증거가 있습니까? 주운 거나 마찬가지인데 뭐 공공연히 가져왔다느니 몰래 가져왔다느니 하고 따질 것이 있습니까?"

"무슨 짓이냐! 사람은 모른다 해도 하늘을 어떻게 가리겠느냐? 현제玄帝*께서 가르치시기를, '어두운 방에서 양심에 부끄러운 짓을 해도 신의 눈은 번개와 같아서 모두 아신다(暗室虧心 神目如電)'고 하셨다. 빨리 갖다 놓아라. 합당치 않은 재물을 탐해서는 안 된다."

멍텅구리는 그 말을 들으려 하지 않고 삼장법사를 보고 웃으며 이렇게 말했어요.

"사부님, 인간 노릇을 한 이후 몇 벌의 조끼를 입어봤지만, 이렇게 솜을 댄 조끼는 본 적이 없습니다. 사부님이 안 입으시겠다면 이 몸이 먼저 시험 삼아 입어서 등이나 따뜻하게 해야겠습니다. 형님이 돌아오면 벗어서 돌려주고 길을 떠나도록 하겠습니다."

사오정이 말했어요.

"그렇게 말하니 나도 입어봐야겠소."

둘은 위에 걸치고 있던 승복을 벗고 조끼를 입었어요. 그러나 둘이 허리띠를 막 졸라매자, 어찌된 영문인지 가만히 서 있질 못하고 털썩 쓰러졌어요. 알고 보니 이 조끼는 포졸보다도 솜씨가 좋아서,

순식간에 둘의 두 손을 등 뒤로 교차시켜 꼭 묶어버렸어요. 깜짝 놀란 삼장법사는 발을 동동 구르며 원망했어요. 급히 다가가 조끼를 벗기려고 했지만 그게 어디 벗겨지겠어요? 세 사람이 그곳에서 연신 소리를 질러대자 그 소리가 요괴를 놀라게 했어요.

그러니까 그 누각은 정말로 요괴가 법술로 지어낸 것으로 하루 종일 사람을 잡으려고 기다리고 있는 덫이었어요. 요괴가 동굴 속에 앉아 있다가 문득 원망하는 소리를 듣고 급히 문을 나와 보니, 몇 사람이 묶여 있었어요. 요괴는 즉시 졸개들을 불러 함께 와서 누대와 집들의 모습을 거둬들였어요. 그리고 삼장법사와 저팔계와 사오정을 붙잡고, 백마를 끌고, 짐을 메고 동굴로 돌아왔지요. 두목 요괴가 높은 누대에 올라앉자 여러 졸개 요괴들이 삼장법사를 누대 근처로 떠다밀며 땅바닥에 무릎을 꿇게 했어요. 요괴가 물었어요.

"너는 어디서 온 중이냐? 어찌 이렇게 대담하게도 대낮에 남의 옷을 훔쳤느냐?"

삼장법사는 눈물을 흘리며 대답했어요.

"소승은 동녘 땅 위대한 당나라에서 명을 받고 서천으로 가 경전을 구하려는 사람입니다. 배가 고파 큰제자를 동냥하러 보냈는데 여태 돌아오지 않길래, 그의 말을 따르지 않고 바람을 피하려는 생각에 신선의 뜰에 잘못 들어왔습니다. 그런데 갑자기 이 두 제자가 작은 이익을 탐하여 이 옷들을 가지고 나왔습니다. 소승은 절대 나쁜 마음을 품어서는 안 된다고 생각하여 본래 있던 곳에 갖다 놓으라고 했습니다만, 그들은 제 말을 듣지 않고 이 옷을 입어 등을 따뜻하게 하려고 했습니다. 그런데 뜻밖에도 대왕님의 계책에 걸려 저까지도 붙들려 오게 된 것입니다. 부디 불쌍히 여기시어 제 남은 목숨을 살려주셔서 불경을 가져올 수 있도록 해주신다면, 영원히 대왕님의 은혜를 기억하여 동녘 땅으로 돌아가 천고에 길이 전하여 칭송하게 하겠습니다."

요괴가 웃으며 말했어요.

"나도 이곳에서 사람들이 하는 말을 종종 들었다. 누구든 당나라 중의 고기를 한 점만 먹으면 흰머리도 검게 되고, 빠진 이도 다시 난다고 하더구나. 다행히 오늘 부르지도 않았는데 제 발로 찾아왔구나. 그러고도 살기를 바라느냐? 네 큰제자의 이름은 뭐냐? 어디로 동냥하러 갔느냐?"

저팔계는 이 말을 듣더니 입을 열어 그를 칭찬하고 나섰어요.

"우리 형님은 오백 년 전에 하늘궁전을 떠들썩하게 했던 바로 그 제천대성 손오공이시다."

요괴는 제천대성 손오공이라는 말을 듣고 겁이 좀 났어요. 하지만 입으로는 말하지 않고 속으로 이렇게 생각했어요.

'그놈이 신통력이 대단하다는 말을 오래전부터 들었는데, 뜻하지 않게 지금 만나게 되었구나.'

요괴는 졸개들에게 명을 내렸어요.

"애들아, 당나라 중을 묶어놓아라. 두 놈한테서 보배 조끼를 벗기고, 밧줄로 바꿔 묶어 뒤쪽으로 데려가거라. 큰제자라는 놈을 붙잡으면 함께 깨끗이 씻어서 쪄 먹도록 하자."

졸개 요괴들이 일제히 대답하고 세 사람을 모두 묶어 뒤쪽으로 데려갔어요. 백마는 구유에 맸고, 짐은 집 안에 들여놓았지요. 졸개 요괴들은 모두 무기를 갈며 손오공을 붙잡을 준비를 했는데, 그 이야기는 더 이상 하지 않겠어요.

한편, 손오공은 남쪽 마을에서 바리때에 가득 밥을 담아 구름을 타고 이전의 길로 돌아와, 곧장 산비탈 평평한 곳에 이르러 구름을 내렸어요. 그런데 이미 삼장법사는 보이지 않고 어디로 갔는지도 알 수 없었지요. 여의봉으로 그어놓은 동그라미는 여전히 있는데, 사람과 말만 모두 보이지 않았어요. 누대가 있는 곳을 돌아보니 그 역시 모두 사라져버렸고, 산기슭의 기암괴석만 보일 뿐이었어요. 손오공은 놀라 중얼거렸어요.

"두말할 필요 없이 저 지독한 술수에 걸려든 게 분명하군."

그는 급히 길에 나 있는 말발굽 자국을 따라서 서쪽으로 뒤쫓아갔어요. 그렇게 오륙 리 정도 걸으며 서글픈 생각에 잠겨 있을 즈음, 북쪽 언덕 너머에서 사람의 목소리가 들렸어요. 쳐다보니 한 노인이었어요. 그 노인은 몸에는 털옷을 입고, 머리에는 방한모를 썼고, 발에는 반쯤 낡은 방수 장화를 신었고, 손에는 용머리 지팡이를 쥐고 있었어요. 뒤쪽에는 나이 어린 하인 하나가 뒤따르고 있었는데, 납매화臘梅花 가지 하나를 꺾어 산비탈 앞쪽에서 노래를 흥얼거리며 걸어오고 있었어요. 손오공은 바리를 내려놓고 노인의 얼굴을 쳐다보며 인사를 건넸어요.

"노인장, 안녕하십니까?"

노인은 답례하며 물었어요.

"스님, 어디서 오십니까?"

"저는 동녘 땅에서 온 사람으로 서천으로 가 부처님을 뵙고 경전을 구하려 합니다. 일행은 스승과 제자 합해서 모두 넷이지요. 사부님이 시장하다고 하시기에 제가 동냥하러 가면서, 남은 일행 세 명에게 이 산비탈 평평한 곳에 앉아 기다리라고 했습니다. 그런데 돌아와 보니 보이지 않고, 어떤 길로 갔는지도 모르겠습니다. 노인장께서는 혹시 보셨습니까?"

노인은 그 말을 듣고 허허 비웃으며 말했어요.

情因送爱欲
神台八
動遷
塵頭

삼장법사와 저팔계, 사오정이 요괴의 함정에 빠져 붙잡히다

"당신의 그 세 일행 가운데 입이 길고 귀가 큰 자가 있소?"

"있습니다. 있어요."

"검은색 얼굴을 한 자가 백마를 끌고, 얼굴이 희고 뚱뚱한 스님을 인도하고 있지요?"

"맞습니다. 맞아요."

"그들은 길을 잘못 들었소. 그들을 찾을 생각 말고 당신 목숨이나 돌보시오."

"얼굴이 흰 분은 저의 사부님이십니다. 괴상하게 생긴 자들은 제 동생들이지요. 저는 그들과 함께 경건한 마음으로 경전을 가지러 서천으로 가려고 하는데, 어째서 그들을 찾지 말라는 겁니까?"

"내가 방금 그곳을 지나왔는데, 그들이 길을 잘못 들어 요괴의 아가리 속으로 들어가는 것을 보았소."

"귀찮으시겠지만 노인장께서 좀 가르쳐주십시오. 그놈은 어떤 요괴며, 어디 살고 있습니까? 저는 요괴가 사는 곳을 찾아가 그들을 구해서 서천으로 가야 합니다."

"이 산은 금두산金�山이라고 하는데, 산 앞쪽에 금두동이라는 동굴이 있소. 그 동굴 속에는 독각시대왕獨角兕大王이 살고 있는데 신통력도 대단하고 무예도 출중하오. 그들 셋은 이번에 틀림없이 목숨을 잃게 될 거요. 당신이 찾으러 간다면 당신도 목숨을 보존하기 어려울 것이니 가지 않는 게 낫소. 나야 당신을 막을 수도 말릴 수도 없으니, 당신 마음대로 하시구려."

손오공은 거듭 절하며 감사했어요.

"노인장께 많은 가르침을 받았습니다. 하지만 제가 어떻게 찾으러 가지 않을 수 있겠습니까?"

손오공은 동냥한 밥을 그에게 쏟아주고 빈 바리때를 챙겨가려 했어요. 그러자 노인은 지팡이를 내려놓고 바리때를 받아 하인에게 건네주더니, 본래 모습을 드러내어 하인과 함께 무릎을 꿇고 머리를 조아리며 말했어요.

"제천대성님, 저희들이 감히 속이지 못하겠습니다. 저희 둘은 바로 이 산의 산신과 토지신인데, 이곳에서 제천대성님을 기다리고 있었습니다. 동냥한 이 밥은 바리때에 담은 그대로 저희들이 보관하고 있겠습니다. 제천대성께서는 몸이 가벼워야 법력을 잘 쓰실 수 있을 테니까요. 당나라 스님을 재난에서 구출하고 나서 이 동냥한 밥을 드린다면, 제천대성님의 지극한 공경심과 효성이 드러날 겁니다."

손오공이 버럭 소리를 질렀어요.

"이 애송이 녀석들이 맞고 싶어 환장을 했구나! 내가 온 것을 알았으면서 어째서 일찍 마중 나오지 않았느냐? 이렇게 머리는 숨겼다가 꼬리를 드러내는 것은 무슨 까닭이냐?"

토지신이 말했어요.

"제천대성께서는 성격이 급하셔서 저희들이 감히 경솔하게 나설 수 없었습니다. 지엄하신 분의 심기를 거스를까 두려워서 일부러 모습을 감추고 알려드린 겁니다."

손오공은 화를 가라앉히고 말했어요.

"너희들은 맞을 매가 있다는 것을 기억하고 있어라. 내가 저 요괴를 붙잡아 올 때까지 그 바리때를 잘 보관하고 있거라!"

토지신과 산신은 명에 따랐어요. 제천대성은 호랑이 힘줄로 만든 허리끈을 졸라매고 호랑이 가죽 치마를 걷어 올리고 여의봉을 든 채, 곧장 산 앞으로 달려가 요괴가 사는 동굴을 찾았어요. 산기슭을 돌아가니 삐죽삐죽 돌들이 어지럽게 널려 있는 모습이 보였어요. 푸른 벼랑가에는 두 개의 돌문이 있는데, 문밖에서는 수많은 졸개 요괴들이 창과 칼을 휘두르고 있었어요.

안개와 구름에는 상서로움이 서려 있고
이끼가 푸르게 끼어 있네.
험하고 괴이한 돌들 널려 있고
험준하고 꼬불꼬불한 길 굽이굽이 나 있네.
원숭이 울고 새들 우짖고 경치는 아름다우며
난새 날고 봉황이 춤추니 봉래산이나 영주瀛洲 같구나.
태양을 향해 선 몇 그루 매화나무는 막 꽃을 피웠고
따스한 햇살 희롱하는 수많은 대나무들 절로 푸르구나.
가파른 벼랑 아래와
깊은 계곡을 보니
가파른 벼랑 아래엔 눈이 하얗게 쌓여 있고
깊은 계곡물에는 얼음이 얼었네.
양쪽 숲의 소나무, 잣나무 천년만년 수려하고
몇 군데 피어 있는 동백꽃 한결같이 붉네.

> 烟雲凝瑞　苔蘚堆青
> 峻嶒怪石列　崎嶇曲道縈
> 猿嘯鳥啼風景麗　鸞飛鳳舞若蓬瀛
> 向陽幾樹梅初放　弄暖千竿竹自青
> 陡崖之下　深澗之中
> 陡崖之下雪堆粉　深澗之中水結冰
> 雨林松栢千年秀　幾處山茶一樣紅

　　제천대성은 경치 구경은 뒤로한 채, 성큼성큼 곧장 동굴 문 앞으로 가 고함을 쳤어요.

　　"졸개 요괴들아, 빨리 가서 너희 동굴 주인에게 전해라. 나는 당나라 성승의 제자인 제천대성 손오공이다. 죽고 싶지 않으면 너희 왕에게 빨리 우리 사부님을 돌려보내라고 해라."

졸개 요괴들이 동굴로 들어가 보고했어요.

"대왕님, 문 앞에 털북숭이 얼굴에 입이 뾰족한 중이 찾아와, 자기는 제천대성 손오공이라면서 자기 사부님을 내놓으라고 합니다."

독각시대왕은 이 말을 듣더니 매우 기뻐하며 말했어요.

"그가 오기를 바라고 있던 참이었다. 내 본궁을 떠나서 아래 세상에 내려온 이후로 무예를 시험해보지 못했는데, 오늘 그가 왔으니 틀림없이 호적수가 되겠구나."

그는 즉시 졸개 요괴들에게 무기를 꺼내 오라고 명령을 내렸어요. 동굴 안에 있던 크고 작은 요괴들은 급히 어른 키의 두 배나 되는 점강창點鋼鎗을 내와 독각시대왕에게 건네주었어요. 그가 다시 명을 내렸어요.

"얘들아, 각자 준비해라. 앞으로 나아가는 자는 상을 줄 것이고, 뒤로 물러서는 자는 처형을 당하리라."

요괴들은 명을 받고 독각시대왕을 따라 문을 나섰어요. 그가 소리쳤어요.

"누가 손오공이냐?"

손오공이 힐끗 보니, 요괴 왕은 정말로 흉악하게 생겼어요.

외뿔이 삐죽 튀어나왔고
두 눈에서는 빛이 번뜩인다.
머리 위 거친 피부 울퉁불퉁하고
귀뿌리에는 빛나는 검은 혹이 달려 있다.
혀는 길어 때로 코를 휘감고
입은 크고 앞니는 누렇구나.

털가죽은 푸르기가 쪽빛 물감 같고
힘줄은 단단하기가 강철 같다.
물소와 비슷하나 헤엄칠 줄 모르고
암소와 비슷하나 밭을 갈지 못한다.
물소처럼 밭 가는 데는 전혀 쓸모가 없지만[4]
하늘을 무시하고 땅을 떨게 하는 힘은 있구나.
힘줄 튀어나온 푸른 두 손으로
위풍당당하게 점강창을 곧게 뽑아 들었다.
이런 흉측한 모습 자세히 살펴보니
그냥 독각시대왕이라고 불린 게 아니었구나.

獨角參差　雙眸幌亮
頂上粗皮突　耳根黑肉光
舌長時攪鼻　口闊版牙黃
毛皮青似靛　觔攣硬如鋼
比犀難照水　像牯不耕荒
全無喘月犁雲用　倒有欺天振地强
兩皮焦觔藍靛手　雄威直挺點鋼鎗
細看這等兇模樣　不枉名稱兕大王

제천대성이 앞으로 다가가 말했어요.

"너의 손 외할아버지가 여기 계시다! 둘 다 다치는 일이 없도
록 빨리 우리 사부님을 돌려보내라. 만약에 안 된다의 '안' 자만

---

4 이 구절의 시 원문과 관련하여 『세설신어世說新語』「언어言語」에 이런 기록이 있다. 만분萬奮
이 진晉나라 무제武帝에게 대답하기를 "신은 오吳나라 소가 달을 보고도 헐떡거리는 것과 같
습니다"라고 하였다. 그 구절에 대해서 이런 주석이 붙어 있다. "지금 물소는 장강長江과 회
수淮水 사이에서만 서식하므로 오나라 소[吳牛]라고 부른다. 남쪽 지역이 매우 더운데, 이 소
는 더위를 싫어하여 달을 보고도 해인 줄 착각하여 헐떡거리는 것이다."

나와도 네가 묻힐 땅은 없을 줄 알아라!"

요괴도 고함을 쳤어요.

"이 간덩이가 부은 못된 원숭이 요괴야! 네가 무슨 재주가 있기에 감히 그렇게 큰소리를 치는 거냐?"

"이 못된 괴물아! 아직까지 이 손 어르신의 재주를 보지 못했느냐?"

"네 사부가 내 옷을 훔쳐서 내가 붙잡아 온 것은 사실이다. 지금 쪄 먹으려던 참인데 네가 무슨 영웅호걸이라고 감히 내 집에 찾아와 내놓으라는 것이냐?"

"우리 사부님은 충직하고 어질며 정직한 스님이시다. 어찌 네 옷 같은 것을 훔쳤을 리가 있겠느냐?"

"내가 산길 옆에 법술로 집을 한 채 지어놓았다. 그런데 네 사부가 몰래 그 안으로 들어갔다가 욕심이 생겼던지, 솜을 대고 박은 내 비단 조끼 세 벌을 훔쳐 입었다. 분명한 장물의 증거가 있기에 그를 붙잡아 온 것이다. 네가 정말 재주가 있다면 나와 무예를 겨뤄보자. 만약에 나와 겨뤄서 세 합을 막아낸다면 네 사부의 목숨을 살려주마. 하지만 막아내지 못한다면 너까지 함께 저승으로 보내주겠다."

손오공이 웃으며 대답했어요.

"이 못된 괴물아! 입 닥쳐라! 하지만 실력을 겨뤄보자는 말만은 이 어른의 생각과 같구나. 덤벼라! 내 여의봉 맛이나 봐라!"

요괴가 어디 싸움을 두려워하겠어요? 점강창을 뽑아 들더니 정면으로 맞서 싸웠지요. 이번 싸움은 정말 대단했어요.

　　여의봉을 드니
　　점강창으로 상대하네.

여의봉을 드니

빛이 번쩍번쩍

마치 황금 뱀 같은 번개가 치는 듯하고

긴 점강창으로 상대하니

밝은 빛이 번뜩이는 것이

마치 용이 바다를 떠나는 듯하네.

저쪽 문에서 졸개 요괴들이 북을 치고

진세를 펼치며 돕자

이쪽 제천대성도 무공을 펼쳐

종횡무진 능력을 발휘하네.

저쪽 점강창이

기운을 내면

이쪽 여의봉도

뛰어나고 강한 무예 솜씨 보이네.

이는 바로 영웅이 영웅을 만나고

참으로 호적수끼리 만난 것이었네.

요괴 왕이 입에서 자주색 기운 내뿜어 안개 서리게 만들면

제천대성은 눈에서 빛을 내쏘아 오색구름 생기게 하네.

위대한 당나라 스님이 재난을 당했기 때문에

둘은 양보 없이 힘써 싸우는구나.

金箍棒擧　長桿鎗迎

金箍棒擧　亮爍爍　似電掣金蛇

長桿鎗迎　明幌幌　如龍離出海

那門前小妖擂鼓　排開陣勢助威風

這壁廂大聖施功　使出縱橫逞本事

他那裡一桿鎗　精神抖擻

둘은 서른 합을 싸웠지만 승부를 가릴 수 없었지요. 요괴 왕은 손오공이 봉을 쓰는 법도가 질서 정연하여 막고 치는 것에 전혀 빈틈이 없는 것을 보고, 감탄사를 연발하며 좋아했어요.

"대단하군! 대단한 원숭이야! 정말로 하늘궁전을 떠들썩하게 할 만한 재간이야."

제천대성도 그의 창 쓰는 법에 흐트러짐이 없고 이리저리 막고 치는 데 법도가 있는 것에 감탄하여 그를 칭찬했어요.

"대단한 요괴로군! 대단해! 정말 단약을 훔쳐 먹을 만한 솜씨를 가진 요괴로군."

둘은 다시 일이십 합을 싸웠어요. 요괴 왕은 창끝으로 땅을 찍으며 졸개 요괴들에게 일제히 공격하라고 명을 내렸어요. 졸개 요괴들은 각자 칼과 몽둥이를 들고 검과 창을 휘두르며 제천대성을 빙 둘러 포위했어요. 손오공은 조금도 두려워하지 않고 이렇게 말했어요.

"잘 왔다. 잘 왔어. 내 마음에 꼭 드는구나."

그러고는 여의봉을 휘두르며 이리저리 막고 치고 했어요. 하지만 졸개 요괴들은 물러설 생각을 하지 않았어요. 손오공은 초조해져서 여의봉을 던지며 "변해라!" 하고 외쳤어요. 그러자 수천수백 개의 여의봉으로 변하여, 마치 뱀과 구렁이가 날아내리듯 하늘 가득 어지럽게 떨어져 내렸어요. 요괴들은 이를 보더니 모두 혼비백산하여 머리를 감싸고 목을 움츠리며 동굴 안으로 도망쳐버렸어요. 요괴 왕은 깔깔거리며 비웃더니 이렇게 말했어요.

"원숭이놈아, 무례한 짓 그만하고 내 솜씨를 봐라."

그는 급히 소매 속에서 번쩍번쩍 빛나는 흰 고리를 꺼내더니 공중에 던지며 "붙어라!" 하고 소리쳤어요. 그러자 철컥하는 소리가 나면서 여의봉을 모두 거두어 한 묶음으로 만들더니 거둬가버렸어요. 제천대성은 여의봉을 잃고 빈손이 되자 근두운을 타고 죽어라고 달아났지요. 요괴는 승리를 거두고 동굴로 돌아갔어요. 손오공은 막막해져서 뾰족한 방법이 생각나질 않았어요. 이는 바로,

도가 한 자 높아지니 요괴의 시험은 한 길 높아지고
성정이 어지럽고 어두워 상대를 알아보지 못했네.
법신이 앉을 자리조차 없음을 한탄하노니
그때의 행동은 잘못 생각한 것이었네.

道高一尺魔高丈　性亂情昏錯認家
可恨法身無坐位　當時行動念頭差

라는 것이었지요. 결국 이번에는 어떻게 결말이 날지 여기서는 알 수 없는데, 이에 대해서는 다음 회를 들어보시라.

부록

현장법사의 서역 여행도

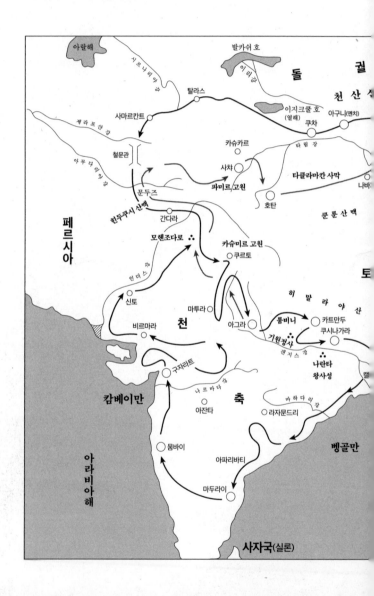

: 여행 노선
: 귀국 노선

하미)

고비 사막

유사허

둔황

옥문관

가욕관

황허

양주(랑저우)

난주(란저우)

장안(시안)

당

양쯔 강

나란타 사원 부근

나란타 사원

연못

신왕사성

권

권

왕사성

취봉산

부드가야

『서유기』5권 등장인물

손오공

동승신주東勝神洲 오래국傲來國 화과산花果山의 돌에서 태어나 수보리 조사須菩提祖師에게 도술을 배워 일흔두 가지 변신술을 익힌다. 반도 대회를 망치고 도망쳐 화과산의 원숭이 무리를 이끌고 스스로 '제천 대성齊天大聖'이라 칭하며 옥황상제에게 도전했다가, 석가여래에게 붙 잡혀 오백 년 동안 오행산 아래 눌려 쇠구슬과 구리 녹인 쇳물로 허 기를 때우며 벌을 받는다. 관음보살의 안배로 서천으로 불경을 가지 러 가는 삼장법사의 제자가 되어 신통력과 기지로 온갖 요괴들을 물 리친다.

삼장법사

장원급제한 수재 진악陳沂의 아들이자 승상 은개산殷開山의 외손자이 다. 아버지는 부임지로 가던 도중 홍강洪江의 도적들에게 피살되고, 임신 중이던 어머니는 강제로 도적의 아내가 된다. 죽은 아버지의 직 위를 사칭하던 유홍劉洪의 음모를 피해, 어머니는 그를 강물에 띄워 보낸다. 요행히 금산사金山寺의 법명화상法明和尙이 그를 구해 현장玄奘 이라는 법명을 주었다. 그는 이후 불가의 수양에 뜻을 두고 수행하다 가 관음보살의 배려로 불경을 찾아 서천으로 떠나도록 선발된다. 당 태종은 그에게 삼장三藏이라는 법명을 준다.

저팔계

본래 하늘의 천봉원수天蓬元帥였으나 반도대회에서 항아를 희롱한 죄로 인간 세상으로 내쫓긴다. 어미의 태를 잘못 들어가 돼지의 모습으로 태어났으나, 서른여섯 가지 술법을 부리며 요괴가 되어 악행을 일삼다가 관음보살에게 감화되어 삼장법사의 제자로 안배된다. 이후, 오사장국烏斯藏國 고로장高老莊에서 데릴사위로 있었는데, 손오공을 만나 싸우다가 복릉산福陵山 운잔동雲棧洞으로 도망친다. 하지만 곧 굴복하여 삼장법사의 제자가 된다. 아홉 날 쇠스랑[九齒花]을 무기로 쓴다.

사오정

본래 하늘의 권렴대장군捲簾大將軍이었으나, 반도대회에서 실수로 옥파리玉頗璃를 깨뜨리는 바람에 아래 세상으로 내쫓긴다. 유사하流沙河에서 요괴 노릇을 하며 지내다가 관음보살에 의해 삼장법사의 제자로 안배된다. 훗날 유사하를 건너려던 삼장법사 일행을 몰라보고 손오공, 저팔계와 싸우지만, 관음보살이 자신의 큰제자인 목차木叉 혜안惠岸을 보내 오해를 풀어주어서, 결국 삼장법사의 셋째 제자가 된다. 무기로는 항요장降妖杖을 쓴다.

홍해아

우마왕牛魔王과 나찰녀羅刹女의 아들로, 화염산火聆山에서 삼백 년 동안 수행하여 삼매진화三昧眞火를 단련한 후, 육백리찬두호산六百里鑽頭號山 고송간枯松澗의 화운동火雲洞에서 요괴 노릇을 하다가, 불로장생을 위해 삼장법사를 잡아먹으려고 납치한다.

악어 요괴

본래 경하 용왕의 아들이자 서해 용왕 오순敖順의 외조카인 타룡恨龍인데, 형양곡衡陽恬 흑수하黑水河에서 요괴 노릇을 하고 있다가 불로장생을 위해 삼장법사와 저팔계를 납치한다. 삼각형 돌기가 달린 쇠막대기[三綾簡]를 무기로 쓴다.

호력대선 · 녹력대선 · 양력대선

각기 호랑이와 사슴, 영양의 정령인데, 도사로 변신하여 어리석은 거지국車遲國 왕을 속이고 불교를 탄압한다. 손오공 일행은 탄압받던 지연사智淵寺의 승려들을 구해주고, 다시 손오공이 요괴들과 각기 술법을 겨루어 모두 물리친다.

영감대왕

본래 관음보살이 기르던 금붕어였다. 홍수를 틈타 도망쳐 나와 거지국에 있는 통천하通天河에서 그곳에 있던 자라를 내쫓아 집을 차지하고 요괴 노릇을 한다. 해마다 진가장陳家莊의 동남동녀童男童女를 제물로 받아먹는다. 쏘가리 할멈의 계책에 따라 통천하의 물을 얼려서 얼음 위를 지나는 삼장법사를 납치한다. 손오공의 구원 요청을 받은 관음보살은 대나무 바구니를 엮어와서 금붕어를 잡아 거두어 간다.

독각시대왕

금두산金岘山 금두동에서 요괴 노릇을 하고 있다가, 우연히 길을 잘못 들어 찾아온 삼장법사와 저팔계, 사오정을 잡아먹으려고 한다. 무기로는 점강창點鋼槍을 쓰며, 어떤 무기라도 쓸어 가버리는 보물인 흰 고리를 지니고 있다.

불교 · 도교 용어 풀이

【ㄱ】

구전대환단九轉大還丹

도가에서 말하는 신선의 단약. '구전九轉'은 아홉 번 달였다는 뜻이다. 도가에서는 단약을 달이는 횟수가 많고 시간이 오래될수록 복용한 후에 더 빨리 신선이 될 수 있다고 생각했다. "아홉 번 달인 단약은 복용한 후 사흘 안에 신선이 될 수 있다"는 말이 『포박자抱朴子』「금단金丹」에 보인다.

금련金蓮

원래는 '지용보살地湧菩薩'이라고 한다. 『법화경法華經』「용출품湧出品」에 의하면, 석가여래가 「적문迹門」―『법화경』은 「적문」과 「본문本門」으로 나뉜다―을 강의한 후 「본문」을 강의하려 하자, 석가여래의 교화를 입은 무량대보살無量大菩薩이 땅 밑에서 솟아올라 허공에 머물렀다고 한다. 부처와 보살은 모두 연꽃 자리에 앉아 있으므로 '지용금련地湧金蓮'이라 칭하기도 한다. 여기에선 수보리조사가 위대한 도의 오묘함을 강론했음을 비유한 것이다.

급고독장자給孤獨長者

중인도中印度 교살라국橋薩羅國 사위성舍衛城의 부유한 상인 수달다須達多의 별칭이다. 그는 자비와 선을 베풀기를 좋아해서 종종 외롭고 쓸쓸한 이들에게 먹을 것을 베풀어주었기 때문에 이런 별칭을 얻었다. 그는 왕사성王舍城에서 석가여래의 설법을 듣고 크게 감동하여 석가여래를 자기 나라로 초청했다. 그리고 태자 기다祇多의 정원을 사서 기원정사祇園精舍를 세워 석가여래에게 바치며 설법하는 장소로 쓰게 해주었다.

기원祇園

기원祇園, 즉 지원정사祇園精舍를 가리키는 듯하다. 인도의 불교 성지 중 하나이다. 코살라Kosala국 급고독장자給孤獨長者가 큰돈을 주고 파사닉왕태자波斯匿王太子 제타(Jeta, 祇陀)의 사위성舍衛城 남쪽의 화원花園인 기원을 사들여 정사精舍를 건축하여 석가가 사위국舍衛國에 머물며 설법하는 장소로 삼았다. 제타 태자는 화원을 팔았을 뿐만 아니라 화원에 있던 나무를 석가에게 바치고 두 사람의 이름을 따 이 정사를 기수급독고원祇樹給獨孤園이라고 불렀다. 기원은 약칭이다. 왕사성王舍城의 죽림정사竹林精舍와 함께 불교 최고最古의 두 정사로 알려져 있다. 당나라 현장법사가 인도를 찾았을 때 이 정사는 이미 붕괴되어 있었다.

【ㄴ】

"너는 열 가지 악한 죄를 범하였다."(제1권 5회 171쪽)

불교에서는 사람이 몸, 입, 생각으로 범하는 10가지 죄악으로 살생, 절도[偸盜], 음란[邪淫], 망령된 말[妄語], 일구이언[兩舌], 욕설[惡口], 거짓으로 꾸민 말[綺語], 탐욕, 격노[瞋迷], 사악한 생각[邪見]을 들고 있다. 십악대죄十惡大罪라고 하면 모반謀反, 모대역謀大逆, 모반謀叛, 악역惡逆, 부도不道, 대불경大不敬, 불효不孝, 불목不睦, 불의不義, 내란內亂을 가리킨다.

네 천제[四帝]

도교에서 떠받드는 네 명의 천신으로 사제四帝 또는 사어四御라고 불린다. 호천금궐지존옥황대제昊天金闕至尊玉皇大帝, 중천자미북극대제中天紫微北極大帝, 구진상천천황대제勾陳上天天皇大帝, 승천효법토황제지承天效法土皇帝祇를 가리킨다.

녹야원鹿野苑

석가모니가 도를 깨달은 후 처음으로 법륜法輪을 전하고 사체법四諦法을 이야기하였다는 곳으로 전해진다.

【ㄷ】

"다시 오천사백 년이 지나서 해회가 끝날 무렵에는 정貞의 덕이 하강하고 원元의 덕이 일어나면서 자회子會에 가까워지고……."(제1권 1회 27쪽)

여기서는 송나라 때의 소옹(1011~1077, 자字는 요부堯夫, 시호諡號는 강절선생康節先生)이 쓴 『황극경세皇極經世』에 들어 있는 천지의 개벽과 순환에 관한 설명을 빌려 쓰고 있다. 『주역』「건괘乾卦」의 괘를 풀어놓은 글에 '원형이정元亨利貞'이라는 표현이 들어 있는데, 흔히 이것을 건괘의 '네 가지 덕성[四德]'이라고 부르며, 그 하나하나가 네 계절과 짝을 이룬다고 설명하곤 한다. 그런 속설에 입각하면 "정의 덕이 하강하고 원의 덕이 일어난다"는 것은 겨울이 가고 봄이 오기 시작한다는 뜻이된다.

대단大丹

도가 용어로 오랜 기간의 수련과 고행을 통해 얻어지는 내단內丹을 가리킨다.

대라천

도교에서 말하는 서른여섯 층의 하늘 중 가장 높은 곳에 위치한 하늘.

대승교법大乘教法

1세기 무렵에 형성된 불교의 교파로서, 대자대비한 마음으로 중생을 두루 제도하여 불국정토佛國淨土를 건립하는 것을 최고의 목표로 삼으면서, 개인적 자아 해탈을 추구하던 원시불교와 다른 교파를 '소승'이라고 비판했다. 대승불교에서는 삼세시방三世十方에 무수한 부처가 있다고 여기는 데 비해, 소승불교에서는 석가모니만을 섬긴다.

대천大千

'대천세계大千世界', '삼천대천세계三千大千世界'를 줄인 말로 석
가모니의 교화가 미친 지역을 가리킨다. 불교에서는 수미산을
중심으로 하여 사대부주四大部洲의 일월이 비추는 곳을 합쳐서
하나의 소세계小世界로, 천 개의 소세계를 소천세계小千世界로,
천 개의 소천세계를 중천세계中千世界로, 천 개의 중천세계를
대천세계로 생각한다.

도솔천궁兜率天宮

도교 전설에서는 태상노군이 거주하는 곳이다. 불교에도 도솔
천이 있는데, 욕계慾界의 육천六天 가운데 네 번째 하늘이다. 욕
계의 정토로 미륵보살이 사는 곳이다.

동승신주東勝神洲 · 서우하주西牛賀洲 · 남섬부주南贍部洲 · 북구로주北俱蘆洲

여기에 언급된 4개 대륙은 불경에서 말하는, 수미산을 사방으
로 둘러싼 염해海에 떠 있는 4개의 큰 대륙을 가리킨다. 다만
여기서는 그 명칭을 약간 바꾸어 사용하고 있다. '동승신주'는
원래 '동승신주東勝身洲'라고 되어 있는데, 이것은 반달 모양
의 그 지역에 사는 사람들이 신체와 용모가 빼어나고 각종 질
병을 앓지 않는다는 뜻이었다. 그리고 '서우하주'는 본래 '서
우화주西牛貨洲'라고 되어 있는데, 이것은 보름달 모양의 그 지
역에서는 소를 화폐로 사용했기 때문에 붙어진 명칭이라고 한
다. 또 '남섬부주'의 명칭은 '염부閻浮'라는 나무의 이름을 뜻
하는 '섬부贍部'라는 표현을 이용해서 만든 것인데, 수레의 윗
부분에 얹은 상자처럼 생긴 이 대륙에 염부나무가 많이 자
라기 때문에 붙어진 것이다. 마지막으로 '북구로주'는 '북구로
주北拘蘆洲'라고 쓰기도 하는데, 정사각형의 그릇 덮개 모양으
로 생긴 이 땅에 사는 사람들은 천 년 동안 장수를 누리고, 다
른 지역보다 평등하고 안락한 생활을 한다고 했다.

【ㅁ】

만겁의 세월

고대 인도에서는 세계가 일정한 시간이 지나면 멸망했다가 다시 시작된다고 믿었는데, 그 한 번의 주기를 하나의 '칼파kalpa'라고 불렀다. '겁'은 칼파를 음역한 것이다. 80차례의 작은 겁이 모이면 하나의 큰 겁이 되는데, 하나의 큰 겁에는 '성成', '주住', '괴壞', '공空'의 네 단계가 들어 있어서, 이것을 '사겁四劫'이라 부른다. '괴겁'의 때에 이르면 물과 불과 바람의 세 가지 재앙이 나타나 세상은 훼멸의 단계로 들어가기 시작한다고 하는데, 이 때문에 후세에는 '겁'을 '풀기 어려운 재난'의 뜻으로 사용하기도 했다.

"모든 것이 결국은 정과 기와 신이니……."(제1권 2회 72쪽)

정신력과 체력[精], 원기[氣], 정력[神]을 가리킨다. 도교에서는 이 세 가지를 조화롭게 키우고 수양하면 신선이 될 수 있다고 생각했다. 이는 주로 『황정경』의 주장을 인용한 것이다.

"무상문의 진정한 법주이시니……."(제1권 7회 224쪽)

무상문은 여기서 불문佛門을 범칭하는 것으로 쓰였다. 불교의 삼론종三論宗이 '모든 법이 모두 공'이란 사상을 종지로 삼기 때문에 무상종無相宗이라고 불린다. 법주法主는 불경에서 석가모니에 대한 칭호로 쓰인다. 설법주說法主라고 쓰기도 하며 교의를 선양하는 스승이란 의미를 갖는다.

문수보살文殊菩薩

대승불교의 보살 가운데 하나로, 지혜를 상징한다. 특히 보현보살과 함께 석가모니를 좌우에서 모시고 있는데, 일반적으로 석가모니의 왼쪽에서 머리에 큰 태양과 다섯 지혜를 상징하는 상투를 틀고, 손에는 칼을 쥔 채 푸른 사자를 탄 모습으로 묘사된다.

【ㅂ】

반야般若

범어 '푸라쥬냐Prájuuñá'를 음역한 것으로 '포어루어[波若]'라
고도 하며 '지혜'라는 뜻이다. 즉, '모든 사물을 여실히 이해하
는 지혜'를 가리키는 것으로 일반적인 지혜와는 다르다.

법계法界

불법의 범위로 원시불교에서는 열두 인연[因緣], 대승에서는
만유의 본체인 진여眞如, 우주를 가리킨다. 또 불교도의 사회
라는 의미도 가질 수 있는데, 여기서는 전자와 후자의 의미를
겸한다고 할 수 있다.

법상法相

모든 사물에 내재하거나 외재하는 표상을 통틀어 가리키는 말
이다.

"별자리 밟으니……"(제5권 44회 117쪽)

본문의 '사강포두査勍佈斗'는 '답강포두踏勍佈斗', 즉 도교의 법
사가 단을 세우고 의식을 치를 때 별자리를 따라 걷는 걸음걸
이를 가리킨다. 이렇게 걸으면 신령을 불러낼 수 있다는 것인
데, 이 걸음을 만들어낸 이가 우禹임금이라 해서 '우보禹步'라
고도 부른다.

보타낙가산普陀落伽山

'흰 꽃이 피어 있는 작은 산' 또는 '꽃과 나무로 가득한 작은
산'이라는 뜻을 가진 범어 '포탈라카potalaka'의 음역이다. 지
금의 저쟝성浙江省 포투어시앤普陀縣 동북쪽 바다 가운데 '보타
도'라는 섬이 있다. 이 섬은 옛날에 산서山西의 오대산五臺山과
안휘安徽의 구화산九華山, 사천四川의 아미산峨眉山과 더불어 중
국 불교의 4대 사찰이 자리 잡은 명산으로 꼽혔다.

복기服氣

도교에서는 선인仙人들이 여름에는 화성火星의 적기赤氣를, 겨
울에는 화성의 흑기黑氣를 마시면 배고픔을 잊는다고 한다.

"불법은 본래 마음에서 생겨나고 또한 마음을 따라 사라진다네." (제2권 20회 271쪽)

법은 범어 '다르마dharma'의 의역이다. 여기서는 모든 사물과 현상을 가리킨다. '심'이란 모든 정신 현상을 가리킨다. 불교에는 '만법일심설萬法一心說'이라는 것이 있다. 『반야경般若經』에 이런 기록이 있다. "모든 법과 마음을 잘 인도해야 한다. 마음을 안다면 모든 법을 다 알 수 있다. 세상의 모든 법은 다 마음에서 비롯된다."

불이법문不二法門

불교 용어로, 모든 현상과 모순이 '분별이 없고' 각종 차이를 초월해야 한다는 뜻이다. 이른바 언어나 문자를 떠난 '진여眞如', '실상實相'의 깨달음으로, 그들은 서로 평등하며 서로 간에 구별도 없다. 보살이 이 '불이不二'의 이치를 깨달은 것을 '불이법문不二法門'에 들었다고 한다. 여기에서 불이법문은 '불문佛門'을 뜻한다.

【ㅅ】

사대천왕四大天王

불교에서는 33개 하늘의 군주를 제석이라고 부른다. 이들은 수미산 꼭대기 도리천 중앙의 희견성喜見城에 거주하고 있다. 이들 밑에 수미산의 사방을 지키는 외장外將이 있는데 이들을 사대천왕, 혹은 사대금강四大金剛이라고 부른다. 천하의 네 방위를 맡아 지키고 있기 때문에 호세사천왕護世四天王이라고도 불린다. 동방의 다라타多羅咤는 지국천왕持國天王으로 몸은 흰색이고 비파를 들고 있다. 남방의 비유리毗琉璃는 증장천왕增長天王으로 몸은 청색이고 보검을 쥐고 있다. 서방의 비류박차毗留博叉는 광목천왕廣目天王으로 몸은 붉은색이고 손에는 용이 똬리를 틀고 있다. 북방의 비사문毗沙門은 다문천왕多聞天王으로 몸은 녹색이고 오른손에는 우산을, 왼손에는 은 쥐를 쥐고 있다.

"사람이 죽어 삼칠 이십일 일 혹은 오칠 삼십오 일, 칠칠 사십구 일이 다 차면 이승의 죄를 다 씻어내고 환생할 수 있습니다."(제4권 38회 228쪽)

불교에서는 7일을 하나의 주기로 삼는다. 죽은 자의 영혼은 이 주기가 일곱 번 끝날 때까지 자신이 내세의 이승에 다시 태어날 곳을 찾을 수 있으며, 그것이 적절한 선택인지 여부는 저승의 판관들이 심사하여 결정한다. 만약 그가 스스로 마땅한 곳을 찾지 못했다면 저승의 판관이 다시 태어날 곳을 지정해 준다. 어쨌든 49일이 지난 후에는 모든 영혼이 반드시 윤회하여 이승의 어딘가에 태어나게 된다.

"사부님, 겁내지 마십시오. 저건 원래 사부님의 껍질이었습니다."(제10권 98회 228쪽)

이것은 본래 불교의 해탈 과정이라기보다는 육신을 버리고 우화등선羽化登仙하는 도교의 '시해尸解'에 가까운 묘사이다. '시해'에는 숯불에 몸을 던지는 '화해火解'와 물에 빠져 죽는 '수해水解', 칼로 목숨을 끊는 '검해劍解' 등 다양한 방법이 있다.

사상四相

불교 용어로, 아래와 같은 여러 가지 다른 의미를 가지고 있다. 첫째 인과사상因果四相이라 하여 생生, 노老, 병病, 사死를 가리킨다. 둘째 만물의 변화를 나타내는 네 가지 상, 곧 생상生相, 주상住相, 이상移相, 멸상滅相을 가리킨다. 셋째 중생이 실재實在라고 착각하는 네 가지 상, 곧 아상我相, 인상人相, 중생상衆生相, 수자상壽者相을 가리킨다.

사생四生

불교에서는 중생의 출생을 네 가지로 나눈다. 사람과 가축 같은 태생胎生, 날짐승과 길짐승 및 물고기 같은 난생卵生, 벌레와 같이 습기에 의지해 형체를 이루는 습생濕生, 의탁하는 것 없이 업력業力을 빌려 홀연히 출현하는 화생化生이 그것이다.

사인四忍

고통이나 모욕을 당해도 원망하는 마음이 없고 편안한 마음으로 불교의 교리를 믿고 지키며 동요되지 않는 것을 말한다. 지혜의 일부분으로 이인二忍, 삼인三忍, 사인四忍 등이 있다.

사위성舍衛城

사위[śrāvastī]는 원래 코살라국의 도성 이름이었는데, 남쪽에 있었던 또 하나의 코살라국과 구별하기 위하여 '사위舍衛'라는 도시 이름으로 국명을 대체하였다. 이곳에는 불교를 숭상하는 것으로 유명하던 파사닉왕波斯匿王이 살았는데, 성안에 급고독장자給孤獨長者가 보시한 기원정사祇園精舍가 있는데 유적이 아직도 남아 있다. 전하는 바에 따르면, 석가모니가 성불한 후 이곳에서 25년 살았다고 한다. 7세기에 당나라 현장법사가 이곳을 찾은 적이 있다.

사치공조四値功曹

도교에서 신봉하는 치년値年, 치월値月, 치일値日, 치시値時 네 신의 총칭으로 신들이 사는 천정天庭에 기도문을 전달하는 관직을 맡고 있다.

삼계三界

불교에서는 인간 세상을 세 단계로 나눈다. 욕계慾界는 온갖 욕망을 다 가지고 있는 중생의 세계이고, 색계色界는 욕계의 윗단계로서 욕망은 없으나 외형과 형태는 존재하는 세계이고, 무색계無色界는 다시 색계의 윗단계로서, 색상色相(사물의 형태와 외관)이 모두 사라지고 오로지 정신만이 정지 상태에 머무르는 중생계이다. 여기에선 인간세계에 대한 범칭으로 쓰였다. 감원坎源이란 수원水源을 의미한다. 『주역』 「감괘坎卦」가 수에 속하므로 이렇게 일컫는 것이다.

삼공三空

불가 용어로, 삼해탈三解脫, 삼삼매三三昧라고도 한다. 아공我空, 법공法空, 아법구공我法俱空을 가리키기도 하고 삼공해탈三空解脫, 무상해탈無相解脫, 무원해탈無願解脫을 가리키기도 한다.

삼관

도교의 기氣 수련에 관련된 용어인데, 그에 대한 해설은 각각이다. 『회남자淮南子』 「주술훈主術訓」에서는 귀, 눈, 입이라고 했고, 『황정경』에서는 손, 입, 발이라고 했다. 명당明堂, 가슴에 있는 동방洞房, 단전丹田의 셋이라고 하기도 하고(『원양자元陽子』), 머리 뒤쪽의 옥침玉枕, 녹로翁晤, 등뼈 끝부분의 미려尾閭의 셋이라고 하기도 한다(『제진현오집성諸眞玄奧集成』).

삼귀오계

삼귀는 '삼귀의三摹依'의 준말이다. 불교에 입문할 때 반드시 스승에게서 '삼귀의'를 전수받게 되니, 즉 부처[佛], 불법[法], 승려[僧]의 삼보三寶를 가리킨다. 오계五戒는 살생하지 말고, 도둑질하지 말고, 음란하고 사악한 짓을 말며, 망령된 말을 하지 말고, 술을 마시지 말라는, 불교도가 평생 지켜야 할 다섯 가지 계율이다. 도가에도 오계가 있으니, 살생하지 말고, 육식과 술을 하지 말며, 속 다르고 겉 다른 말을 말며, 도둑질하지 말고, 사악하고 음란한 짓을 하지 말라는 것이다.

삼단해회대신三壇海會大神

덕이 깊고 넓은 것이나 수량이 엄청난 것을 비유하여 쓰는 말이다. 『화엄현소華嚴玄疏』에 따르면, '바다가 모인다[海會]'고 말하는 것은 그 깊고 넓음 때문이다. 어짊이 두루 미쳐 중생들에게 골고루 퍼지고 덕이 깊어 불성佛性을 구하는 것이 헤아릴 수 없이 넓고 크기 때문에 '바다'라고 한 것이라고 했다.

삼도三塗

'삼악취三惡趣' 또는 '삼악도三惡道'라고도 하는데, 뜨거운 불로 몸을 태우는 지옥도地獄道와 서로 잡아먹는 축생도畜生道, 그리고 칼과 몽둥이로 핍박하는 아귀도餓鬼道를 가리킨다. 불교에서는 악행을 저지른 사람은 죽어서 반드시 이 셋 가운데 하나에 빠지게 된다고 한다.

삼매화三昧火

삼매란 범어 '사마디Samadhi'의 역어로서 '고정되다', '정해지다'의 뜻을 가지고 있다. 보통 한 가지에 집중하여 흩어짐이 없는 정신 상태를 가리킨다. 삼매화란 삼매의 수양을 쌓은 사람의 몸 안에서 돌고 있는 기운이며 진화眞火라고 부르기도 한다.

삼승三乘

승乘이란 물건을 실어 나르는 기구로서, 중생을 구제해 현실 세계인 차안此岸에서 깨달음의 세계인 피안彼岸에 도달함을 비유한 것이다. 불교에선 인간을 세 종류의 '근기根器'로 나눌 수 있다고 보므로, 수양에도 세 종류의 경로가 있게 되고, 수레로 실어 나르는 것의 비유에 따라 세 종류의 수행 방법을 '삼승'이라고 일컬으니, 성문승聲聞乘, 연각승緣覺乘, 보살승菩薩乘이 그것이다. 도가에도 '삼승'이 있는데, 동진부洞眞部가 대승, 동현부洞玄部가 중승中乘, 동신부洞神部가 소승이다.

삼시신三尸神

도교에서는 인간의 신체에 세 가지 벌레가 있다고 여기는데, 이를 삼충三蟲, 삼팽三彭, 삼시신三尸神이라 한다. 『태상삼시중경太上三尸中經』에 이르기를, "상시上尸는 팽거彭倨라 하는데 사람 수염 속에 있고, 중시中尸는 팽질彭質이라 하는데 사람 배 속에 있고, 하시下尸는 팽교彭矯라고 하는데 사람 발 속에 있다"고 한다. 송나라 때 섭몽득葉夢得이 쓴 『피서록화避暑錄話』에 따르면, 삼시신은 "인간의 잘못을 기억해 경신일庚申日에 사람이 잠든 틈을 타 상제께 그것을 일러바친다"고 한다.

삼원三元

도교 용어로 도교에서는 천天, 지地, 수水를 삼원三元 혹은 삼관三官이라고 한다.

삼재三災의 재앙

불교에는 큰 '삼재'와 작은 '삼재'가 있다. 전자는 한 겁이 끝날 무렵마다 나타나 세상 만물을 없애버리는 바람과 물과 불의 세 가지 재앙을 가리키고, 후자는 기근과 역병과 전쟁을 가리킨다. 여기서는 전자를 의미한다.

삼청三淸

도교에서 추앙하는 세 명의 최고신으로 옥청원시천존玉淸元始天尊(혹은 천보군天寶君), 상청영보천존上淸靈寶天尊(혹은 태상노군太上道君), 태청도덕천존太淸道德天尊(혹은 태상노군太上老君)을 말한다. 도교에서는 사람과 하늘 밖의 선경, 곧 삼청경三

淸境이라는 곳에 이들 세 신이 살고 있다고 생각한다.

"세 송이 꽃 정수리에 모여 근본으로 돌아갈 수 있었고……."(제2권 19회 240쪽)

도교의 연단술에서는 정情, 기氣, 신神을 세 송이 꽃 혹은 세 가지 보물이라고 부른다. 세 송이 꽃이 정수리에 모였다는 것은 신체가 영원히 훼손당하지 않는 경지에 이르렀다는 것을 뜻한다.

세 혼

도가에서는 사람에게 혼이 세 개가 있다고 여겼으니, 탈광脫光, 상령爽靈, 유정幽精이 그것이다. 『운급칠첨雲笈七籤』 54권 「혼신魂神」에 따르면, 도가에서는 그 세 개의 혼을 굳게 지키는 법술이 있다고 한다.

"손에 든 여의봉은 위로 서른세 곳의 하늘……."(제1권 3회 107쪽)

범어 '도리천瀟利天'의 의역이다. 『불지경론佛地經論』에 따르면, 이 명칭은 수미산 정상의 네 면에 각기 팔대천왕이 자리 잡고 있고, 가운데 제석帝釋이 살고 있다고 해서, 그 수에 맞춰서 붙여진 것이다.

수미산

인도의 전설에 나오는 산 이름이다. '수미須彌'는 '오묘하고 높다[妙高]'는 뜻을 가진 범어 '수메루sumeru'를 잘못 음역한 것이다. 불교에서는 이 산을 인간세계의 중심이자, 해와 달이 돌아서 뜨고 지는 곳이며, 삼계三界의 모든 하늘들을 지탱하는 기둥으로 여긴다.

수보리조사須菩提祖師

'수보리'는 본래 부처의 십대제자 가운데 하나이나, 여기서는 불교와 도교의 수련을 겸한 신선의 하나로 설정된 허구적 등장인물이다.

수중세계[下元]

도교에서는 하늘나라[天上]를 상원上元이라 하고, 육지를 중원中元, 물속을 하원下元이라 부른다.

"신묘한 거북과 삼족오三足烏의 정기 흡수했지."(제2권 19회 240쪽)

이 구절은 도가에서 물과 불을 조화롭게 하고 정精과 기氣가 서로 호응하는 연단술을 사용함을 나타내고 있다. '이離'와 '감坎'은 각각 팔괘의 하나로서, 이는 불이고 감은 물이다. 용과 호랑이는 도가에서 각각 물과 불, 납과 수은을 의미한다. 연단술에서 신묘한 거북은 신장 속의 검은 액체이다. '금오'는 신화 속의 '삼족오'로서 태양을 의미하고, 결국 심장을 뜻한다. '신령한 거북'과 '금오'는 연단술의 정과 기이다.

"신장腎臟의 물 두루 흘려 입속의 화지로 들어가게 하고……."(제2권 19회 240쪽)

도교에서는 혀 아래쪽에 있는 침샘을 화지華池라고 부른다. 여기서는 오행 가운데 물에 해당하는 신장腎臟에서 정화된 기운이 온몸에 흐른다는 관념을 엿볼 수 있다.

십지十地

불교 용어로 '십주十住'라고도 한다. 보살이 수행하는 열 가지 경계를 말한다. 『화엄경華嚴經』에 따르면, 이것은 환희지歡喜地, 이구지離垢地, 발광지發光地, 염승지眺勝地, 난승지難勝地, 현전지現前地, 원행지遠行地, 부동지不動地, 선혜지善彗地, 법운지法雲地를 가리킨다.

【ㅇ】

"아래로는 십팔 층 지옥……."(제1권 3회 107쪽)

지옥은 범어 '나락가那洛迦'의 의역이며, 불락不樂, 가염可厭, 고기苦器 등으로도 쓴다. 지하에는 팔한八寒, 팔열八熱, 무간無間 등이 있다. 불교에서는 사람이 생전에 악업을 지으면 사후에 지옥에 떨어져 각종 고통을 당한다고 한다. 『남사南史』「이맥전夷貊傳」에 따르면, 유살하劉薩何가 갑자기 병으로 죽었다가 나중에 다시 소생했는데, 스스로 십팔 층 지옥에 다녀온 적이 있다고 말했다는 기록이 있다.

아비지옥

불교에서 말하는 팔대지옥 중에서 여덟 번째 지옥으로서 거기에 떨어지면 영원히 벗어나지 못한다.

"아홉 등급 연화대가 있네."(제1권 7회 224쪽)

구품화九品花란 곧 구품 연화대蓮花台를 가리킨다. 불교 정토종淨土宗에서는 수행자의 공덕이 각기 다르므로 극락왕생해서 앉게 되는 연화대 또한 등급이 있게 된다고 본다. 상상上上, 상중上中, 상하上下, 중상中上, 중중中中, 중하中下, 하상下上, 하중下中, 하하下下 종 아홉 등급이다.

여산노모驪山老母

여자 신선의 이름이다. 전설에 따르면, 은나라와 주나라가 교체될 무렵에 천자가 된 여인이라고 한다. 당나라와 송나라 이후로 신선으로 받들어져서 '여산모驪山姆' 또는 '여산노모'라고 불렸다. 『집선전集仙傳』에 따르면, 당나라 때의 이전李筌이 신선의 도를 좋아했는데, 숭산嵩山 호구암虎口岩의 석벽에서 『황제음부경黃帝陰符經』을 얻고, 그것을 베껴 수천 번을 읽었으나 그 뜻을 이해할 수 없었다. 그러다가 여산에서 한 노파를 만났는데, 신령한 생김새가 예사롭지 않았다. 마침 길가에 불에 탄 나무가 있었는데, 노파가 "불은 나무에서 일어나지만 재앙은 반드시 극복된다(火生於木 禍發必剋)"고 중얼거렸다. 이전이 깜짝 놀라서 "그건 『황제음부경』의 비밀스러운 문장인데, 노파께서 어찌 알고 언급하시는 겁니까?" 하고 물었더니, 노파는 이전에게 그 경전의 오묘한 뜻을 풀어 설명해주고 보리밥을 대접해주고는 바람을 타고 사라져버렸다. 이전은 이때부터 밥을 먹지 않아도 배가 고프지 않아서, 그 참에 곡식을 끊고 도를 추구했다고 한다. 여산은 당나라 때 장안 부근(지금의 산시성陝西省 린동시앤臨潼縣 동남쪽)에 있는 산이다. 당나라 현종玄宗은 이곳의 온천에 화청궁華淸宮을 지어 양귀비楊貴妃와 함께 놀았으며, 근처에는 진秦 시황제始皇帝의 무덤이 있다.

연등고불燃燈古佛

정광불錠光佛이라고도 한다. 『지도론智度論』의 기록에 따르면,

그가 태어났을 때 몸 주변의 빛이 등과 같아서 그런 이름이 붙여졌다고 한다. 석가모니가 부처가 되기 전에, 연등불燃燈佛은 그가 장래에 부처가 될 거라고 예언했다고 한다.

영대방촌산靈臺方寸山

'영대'는 도가에서 사람의 마음을 비유하는 표현이며 '영부靈府'라고도 한다. '방촌' 역시 사람의 마음을 나타내는 표현이다. 이런 표현 때문에 일반적으로『서유기』는 사람이 마음을 수양하는 과정을 비유와 상징으로 묘사한 작품이라고 여겨지곤 한다.

"예로부터 연단술과『역경易經』, 황로黃老 사상의 뜻을 하나로 합쳤으니……."(제10권 99회 258쪽)

동한의 방사方士 위백양魏伯陽은『주역참동계周易參同契』를 지어『주역』의 효상론爻象論을 통해 연단하여 신선을 이루는 법을 설명하면서, 연단술과『주역』, 황로 사상을 합쳐 하나로 만들었다.

예수기고재預修寄庫齋

기고寄庫란 요나라에서 제사 의식을 이르던 말이다. 또 한편으로는 민간신앙의 하나로 생전에 지전을 사르며 불사를 행하여 저승 관리에게 미리 돈을 주어 사후에 쓸 수 있도록 준비하는 의식을 가리키기도 한다.

오방오로五方五老

도교에서는 동왕공東王公(동화제군東華帝君), 단령丹靈, 황노黃老, 호령皓靈, 현로玄老를 오방오로라고 한다.

오온五蘊

'오음五陰'이라고도 하며 색色, 수受, 상想, 행行, 식識의 다섯 가지를 가리킨다. 이것은 순서대로 형상形相, 기욕嗜慾, 의념意念, 업연業緣, 심령心靈을 의미한다. 불교에서는 일체의 중생이 다섯 가지에 의해 이루어진다고 여긴다.

옥국보좌玉局寶座

태상노군의 보좌를 가리킨다. 옥국玉局은 지명으로 현재 청뚜

시成都市에 있다. 도교의 전적에 따르면, 동한東漢 환제桓帝 영수永壽 원년(155)에 태상노군이 장도릉張道陵과 함께 이곳에 도착했는데, 다리가 달린 옥 침상이 땅에서 솟아올라 태상노군이 보좌에 앉아 공중으로 올라가 장도릉에게 경전을 강설하였다고 한다. 그리고 그가 떠나자 침상은 사라지고 땅에는 구멍이 생겼는데, 후에 그것을 옥국화玉局化라고 불렀다 한다. 송나라 때는 이곳에 옥국관玉局觀이 설립되었다.

"우리는 정精을 기르고, 기氣를 단련하고, 신神을 보존해서 용과 호랑이를 조화롭게 만들고, 감坎으로부터 이離를 채워야 하니……."(제3권 26회 151쪽)

도교의 연단煉丹에 대한 설명이다. 용과 호랑이는 음양오행의 원리에 따라 내단內丹을 설명하는 말이다. 용은 양陽에 속해서 이離에서 생기는데, 이는 불에 속하기 때문에 "용은 불 속에서 나온다(龍從火裏出)"고 한다. 이에 비해 호랑이는 음陰에 속해서 감坎에서 생기는데, 감은 물에 속하기 때문에 "호랑이는 물가에서 태어난다(虎向水邊生)"고 한다. 이 두 가지를 합쳐서 '도의 근본[道本]'이라 하는 것이다. 인체의 경우 간肝은 용에 해당되고 신장腎臟은 호랑이에 해당한다. 용과 호랑이의 근본은 원래 '참된 하나[眞一]'에 있으니, 음양의 융합이란 곧 그 근본을 합쳐 하나가 되는 것을 가리킨다. 한편, 외단外丹에서도 용과 호랑이로 음양을 비유하며, 수은[汞]을 구워 약을 제련하는 것을 일컬어 "용과 호랑이를 만든다(爲龍虎)"라고 하는데, 이 또한 음양의 융합을 가리키는 말이다.

원신元神

도교에서는 인간의 영혼이 수련을 거친 경우에 그것을 '원신'이라고 부른다. 신선의 도를 터득한 사람은 원신이 육체를 떠나 자유자재로 다닐 수 있다.

원양元陽

원양지기元陽之氣를 가리킨다. 도교에서는 이것을 선천적으로 타고나는 것이자 후천적인 양생의 노력으로 키울 수 있다고 본다. 이 기운은 타고난 정기精氣가 변화된 것으로, 오장육부

등의 모든 기관과 조직의 활동을 추동하고, 생명 변화의 원천이 된다.

육도六道

불교 용어로 '육취六趣'라고도 한다. 불교에서는 중생의 세계를 여섯 가지, 즉 하늘, 사람, 아수라阿修羅, 아귀餓鬼, 축생畜生, 지옥地獄으로 나눈다. 『엄경楞嚴經』에 따르면, 불문에 귀의하지 않으면 영원히 이 여섯 세계 안에서 윤회를 거듭하고 해탈할 수 없다고 말한다.

육도윤회六道輪廻

불교에서는 중생이 선악의 업인業因에 따라 지옥과 아귀餓鬼, 축생, 수라修羅, 인간, 천상의 여섯 세계를 윤회한다고 여겼다.

육욕

여섯 가지 탐욕. 첫째는 색욕色慾으로 빛깔에 대한 탐욕이고, 둘째는 형모욕形貌慾으로 미모에 대한 탐욕, 셋째는 위의자태욕威儀姿態慾으로 걷고 앉고 웃고 하는 애교에 대한 탐욕, 넷째는 언어음성욕言語音聲慾으로 말소리, 음성, 노래에 대한 탐욕, 다섯째는 세활욕細滑慾으로 이성의 부드러운 살결에 대한 탐욕, 여섯째는 인상욕人相慾으로 남녀의 사랑스런 인상에 대한 탐욕을 가리킨다.

육정六丁과 육갑六甲

도교에서 받들고 있는 천제天帝가 부리는 신으로 바람과 우레를 일으킬 수 있고 귀신을 제압할 수 있다. 육정은 정묘丁卯, 정사丁巳, 정미丁未, 정유丁酉, 정해丁亥, 정축丁丑으로 음신陰神, 즉 여신이고, 육갑은 갑자甲子, 갑술甲戌, 갑신甲申, 갑오甲午, 갑신甲辰, 갑인甲寅으로 양신陽神, 즉 남신이다.

은혜

불교에서 말하는 "네 가지 크나큰 은혜[四重恩]"란 세상 사람들이 마땅히 갚아야 될 네 가지 은덕을 가리킨다. 『석씨요람釋氏要覽』「권중卷中」에 따르면 두 가지 설이 있다. 하나는 부모의 은혜, 중생의 은혜, 임금의 은혜, 삼보三寶의 은혜를 말한다. 다른 하나는 부모의 은혜, 스승과 나이 많은 어른의 은혜, 임금의 은혜, 시주施主의 은혜를 말한다.

일곱 부처

불가에서는 비파시불毘婆尸佛, 시기불尸棄佛, 비사부불毗舍浮佛, 구류손불拘留孫佛, 구나함모니불拘那含牟尼佛, 가섭불迦葉佛, 석가모니불釋迦牟尼佛을 '과거의 칠불' 혹은 약칭으로 '칠불'이라 부른다.

입정入靜

불교에서 좌선을 하고 모든 잡념이 끊어진 고요한 상태에 들어가는 것을 일컫는 말이다.

【ㅈ】

작소관정鵲巢貫頂

석가여래가 참선을 하느라 나무 아래 앉아 있는데, 새 한 마리가 그런 석가여래를 나무인 줄 알고 머리에다 집을 짓고 알을 낳았다. 참선을 끝낸 석가여래는 머리 속에 알이 있는 줄 알고는 참선을 계속하여 그 알이 부화하여 새가 되어 날아간 다음에야 일어섰다는 이야기에서 유래한 표현이다.

장생제長生帝

도교에서 숭상하는 태산신泰山神을 가리킨다. 이 신이 인간의 생사를 주관한다는 전설이 있다. 그래서 '장생제'라고 부른다.

재동제군梓潼帝君

도교에서 공명功名과 녹위祿位를 주재한다고 여겨 모시는 신이다. 『명사明史』「예지禮志」와 『삼교원류수신대전三教流流搜神大全』에 따르면, 그의 이름은 장아자張亞子이고 촉蜀 땅의 칠곡산七曲山(지금의 쓰촨성四川省 쯔퉁시앤梓潼縣 북쪽)에 살았다고 한다. 그는 진晉나라에서 벼슬살이를 하다가 전사했는데, 후세 사람들이 그를 위해 사당을 세워주었다. 당나라와 송나라 때 여러 차례 벼슬이 더해져서 '영현왕英顯王'에까지 봉해졌다. 도교에서는 그가 문창부文昌府의 일과 인간 세상의 벼슬살이를 관장한다고 여겼기 때문에, 원나라 인종仁宗 연우延佑 3년(1316)에는 '보원개화문창사록굉인제군輔元開化文昌司祿宏仁帝君'에 봉해져서 흔히 '문창제군文昌帝君'으로 불렸다.

"절로 거북과 뱀이 얽히게 되리라."(제1권 2회 73쪽)

모두 도교에서 내단內丹을 수련함을 의미하는 용어이다. 옥토끼는 달에서 약을 찧고 있다는 신화 속의 동물이고, 까마귀는 해에 산다는 다리 셋 달린 새로서 보통 금조金鳥라고 부른다. 여기에선 이것들로 인체 내의 정, 기, 신, 음양이 서로 어울려 조화되는 이치를 비유하고 있다. 거북과 뱀이 뒤얽혀 있다는 것은, 도교에서 떠받드는 북방의 신 현무玄武로서 거북과 뱀이 합체된 모습을 하고 있다. 북방 현무가 수水에 속한 것을 가지고 중의中醫에서는 오행 가운데 수에 속하는 콩팥[腎臟]을 비유하고 있는데, 콩팥은 타고난 원양 진기眞氣를 보존하는 곳이다.

"제호醍醐를 정수리에 들이부은 듯……."(제4권 31회 16쪽)

불교 용어로 지혜를 불어 넣어 깨닫게 한다는 뜻이다. 제호醍醐란 치즈[崢酪]에서 추출한 정화로, 불가에서 최고의 불법을 비유하는 말이다.

좌관坐觀

자기 몸 하나가 들어갈 만한 작은 방에 들어가 외부와 일체의 교섭을 단절한 채 수행하는 것으로 90일이 한 단위가 된다.

지장왕보살地藏王菩薩

불교의 대승보살大乘菩薩 가운데 하나로, 범어 '걸차저얼파乞叉底蘗婆'의 의역이다. 그는 "대지처럼 편안히 참아내는 부동심을 갖고 있고, 비장의 보물처럼 고요하게 생각에 잠겨 깊고 은밀한 성품을 나타낸다(安忍不動如大地 靜慮深密如秘藏)"(『지장십륜경地藏十輪經』)는 데서 '지장'이라는 이름을 갖게 되었다. 불교에서는 그가 석가모니가 사라지고 미륵彌勒이 세상에 나타나기 전에 육도六道에 현신하여 천상에서 지옥에 이르기까지 모든 중생의 고난을 구제해주는 보살이라고 한다.

진언眞言

불교 밀종의 경전을 진언이라고 하니, 범어 '만다라mandala'의 의역으로서 망령되지 않고 진실된 말이란 의미이다. 또 승려나 도사가 귀신을 항복시키고 사악한 기운을 쫓기 위해 암송하는 구결을 진언이라고 하기도 했다. 여기서는 후자에 해당한다.

진여

'진眞'은 허망하지 않고 진실한 것을 가리키며, '여如'는 '여상如常', 즉 항상 변하지 않는 것을 가리킨다. 이런 경지는 투철한 깨달음을 통해서 도달할 수 있는 것이라고 한다.

【ㅊ】

천강성天罡星

도교에서는 북두성 주변에 있는 36개의 별을 지칭하여 천강성天罡星이라 한다.

천화天花

양나라 무제 때 운광雲光법사가 경전을 강의하자 하늘이 감동하여 천화가 떨어져 내렸다는 말이 양나라 혜교慧皎의 『고승전高僧傳』에 실려 있다. 또 『법화경』「서품序品」에 의하면, 부처가 『법화경』 강론을 끝내자 하늘에서 만다라화, 마하만다라화, 만수사화와 마하만수사화가 부처와 청중들 몸으로 어지러이 떨어져 내렸다고 한다. 여기서는 이 두 가지 의미를 함께 가지고 있다.

칠보七寶

불교 용어로 『법화경法華經』에 따르면 금, 은, 유리, 거거硨磲(인도에서 나는 보석), 마노瑪瑙, 진주, 매괴玫瑰(붉은빛의 옥)를 칠보라 한다.

탈태환골

　도교의 연단煉丹에서는 어미의 몸에 태胎가 생기는 것으로 정精, 기氣, 신神이 뭉쳐 내단內丹을 이루는 것을 비유한다. 이런 경지에 이르면 보통 인간의 육신을 벗어던지고 신선의 몸으로 탈바꿈한다는 것인데, 이것을 일컬어 '탈태환골'이라 한다. 오대五代 무렵의 진박陳樸이 편찬한 『내단담內丹談』에 따르면, 도가의 수련은 아홉 단계를 거쳐 연단하게 되는데, 그 과정은 다음과 같다. 첫 번째 단계를 지나면 생기가 유통하고 음양이 화합하면서 내단이 단전丹田을 향해 내려오기 시작하고, 두 번째 단계를 지나면 참된 정기가 단약처럼 둥글게 뭉쳐 단전으로 갈무리되고, 세 번째 단계를 거치면 신선의 태가 어린애 같은 모양을 갖추고, 네 번째 단계를 거치면 신선의 태와 정신이 넉넉해져서 혼백이 모두 갖춰지고, 다섯 번째 단계를 거치면 신선의 태가 자라면서 마음대로 신통력을 부릴 수 있게 되고, 여섯 번째 단계가 지나면 신체 안팎의 음양이 모두 넉넉해져서 신선의 태와 정신이 인간의 육체와 하나로 합쳐지고, 일곱 번째 단계가 지나면 오장五臟의 타고난 기운이 모두 신선의 그것으로 바뀌고, 여덟 번째 단계가 지나면 어린애에게 탯줄[臍帶]이 있는 것처럼 배꼽 가운데 '지대地帶'가 생겨서 태식胎息, 즉 코와 입을 쓰지 않는 호흡을 통해 기운을 온몸에 두루 흐르게 할 수 있으며, 최후의 아홉 번째 단계에 이르면 육신이 도와 하나가 되어 지대가 저절로 떨어지고 발아래 구름이 생겨 하늘로 날아오를 수 있다고 한다.

태상노군급급여율령봉칙太上老君急急如律令奉勅

　'급급여율령急急如律令'이란 도교에서 사용하는 일상적 주문이다. 원래 한나라 때의 공문서에 '여율령'이라는 표현이 자주 쓰였는데, 나중에 도교에서 '신을 부르고 귀신을 잡는[召神拘鬼]' 주문의 말미에 종종 이 표현을 모방해서 썼다. 이것은 율법의 명령과 같이 반드시 긴급하게 집행해야 한다는 뜻을 나타낸 것이다.

태을太乙

태일太一이라고도 한다. 여기서는 하늘과 땅이 나뉘지 않고 혼돈된 상태로 있을 때의 원기元氣를 의미한다. 도가에서도 텅 비어 있는 '도道'의 별칭으로 쓴다.

태을천선太乙天仙

천선이란 도교에서 승천升天한 신선을 가리키는 말이다. 『포박자抱朴子』「논선論仙」에 따르면, "『선경仙經』에 이르기를, '상사上士'는 육신을 이끌고 허공으로 올라가니 천선天仙이라 하고, 중사中士는 명산에서 노니니 이를 지선地仙이라 하고, 하사下士는 죽은 후에야 육신의 허물을 벗으니, 이를 시해선尸解仙이라 한다'고 하였다"고 한다.

【ㅍ】

팔난八難

팔난이란 부처님을 만나고 불법을 구하기 어려운 여덟 가지 상황을 말하는 것이다. 즉 지옥, 축생, 아귀, 장수천長壽天, 북울단월北鬱單越, 맹롱음아盲聾瘖啞, 세지변총世智辯聰, 불전불후佛前佛後이다.

팔대금강八大金剛

팔대금강명왕八大金剛明王의 약칭으로 금강수보살金剛手菩薩, 묘길상보살妙吉祥菩薩, 허공장보살虛空藏菩薩, 자씨보살慈氏菩薩, 관자재보살觀自在菩薩, 지장보살地藏菩薩, 제개장보살除蓋障菩薩, 보현보살普賢菩薩을 가리킨다.

【ㅎ】

현무玄武

도교의 사방신四方神 가운데 북방의 신을 가리킨다. 그 모습은 대체로 거북과 뱀이 합쳐진 모양으로 묘사된다. 송나라 대중상부(大中祥符, 1008~1016) 연간에는 휘諱를 피하기 위해 '진무眞武'라고 칭했다. 송나라 진종眞宗 때는 '진천진무령응우성제군鎭天眞武靈應祐聖帝君'으로 추존되어 '진무제군'으로 불리기 시작했다. 도교 사당에 조각상이 모셔진 경우가 많은데, 그 모습은 검은 옷을 입고 머리를 풀어헤친 채, 손에 칼을 짚고 발로 거북과 뱀이 합쳐진 괴물을 밟고 있으며, 그 하인은 검은 깃발을 들고 있는 것으로 묘사된다.

현장玄奬

당나라의 실존했던 고승으로, 속세의 성명은 진위(陳褘, 602~664)이며, 낙천洛川 구씨柳氏(지금의 허난성河南省 이앤스시 앤偃師縣 꺼우스쩐柳氏鎭) 사람이다. 어려서 출가하여 불교 경전을 연구했고, 천축天竺, 즉 인도에 유학하여 17년 동안 공부하고 장안으로 돌아와 불경의 번역에 힘써서, 중국 불교 법상종法相宗의 창시자 가운데 하나가 되었다. 『서유기』에서는 비록 이 인물을 모델로 삼았지만, 오랫동안 민간에서 전설로 전해지면서 실제 역사에 나타난 것과는 많은 차이가 생기게 되었다.

현제玄帝

노자老子를 가리킨다. 당나라 고종高宗 건봉乾封 원년(666)에 노자를 태상현원황제太上玄元皇帝로 추존하였는데, 간략히 현제라고도 불린다.

화생化生

『유가론瑜迦論』에 따르면, 껍질에 의지해서 나는 것을 난생卵生, 암수 교합을 통해 몸에 담고 있다가 낳은 것을 태생胎生, 습기를 빌려 나는 것을 습생傀生, 아무것도 없는 상태에서 변화하여 생겨난 것을 화생化生이라 한다고 했다.

『황정경黃庭經』

도가의 경전 가운데 하나로, 원래는 『태상황정내경경太上黃庭內景經』과 『태상황정외경경太上黃庭外景經』이라는 두 권의 책으로 되어 있다. 이 책에 담긴 내용은 주로 양생수련養生修練의 방법들이라고 한다.

"할멈과 어린아이는 본래 다름이 없다네."(제3권 23회 63쪽)

　시에서 '할멈'은 도교에서 신봉하는 비장脾臟의 신이다. 비장
은 오행 가운데 토土에 속하고, 그 색은 황색이기 때문에 이런
명칭이 붙었다. 『서유기』에서 황파는 종종 사오정의 별칭으로
쓰인다. '어린아이'는 심장의 신으로, '적성동자赤城童子'라고
도 한다. 심장을 상징하는 색은 적색이기 때문에 이런 명칭이
붙었다.

서유기 5

1판 1쇄 인쇄	2019년 10월 30일
1판 3쇄 발행	2024년 9월 26일

지은이	오승은
옮긴이	홍상훈 외
펴낸이	임양묵
펴낸곳	솔출판사

편집	윤정빈 임윤영
경영관리	박현주

주소	서울시 마포구 와우산로29가길 80(서교동)
전화	02-332-1526
팩스	02-332-1529
블로그	blog.naver.com/sol_book
이메일	solbook@solbook.co.kr
출판등록	1990년 9월 15일 제10-420호

ISBN	979-11-6020-109-3	(04820)
	979-11-6020-104-8	(세트)